무직전생

이세계에 갔으면
최선을 다한다

17

글 리후진 나 마고노테
일러스트 시로타카
옮긴이 한신남

실피에트

루데우스

아리엘

인물소개

무직전생

이세계에 갔으면
최선을 다한다

⑰

글 리후진 나 마고노테   일러스트 시로타카   옮긴이 한신남

無職転生　～異世界行ったら本気だす～ 17

ⒸRifujin na Magonote 2018
First published in Japan in 2018 by KADOKAWA CORPORATION, Tokyo.
Korean translation rights arranged with KADOKAWA CORPORATION, Tokyo.

CONTENTS

"행동, 말, 돈, 많은 것이 신뢰를 파괴한다."

The will which isn't broken maintains trust.

글 : 루데우스 그레이랫

옮김 : 진 RF 매곳

제17장

청년기

아슬라 왕국 후편

제1화　아슬라 왕국으로 출발

아슬라 왕국으로 가는 길.

일반적으로 이동하면 몇 달은 걸리는 여정이지만, 우리는 전이마법진을 사용한다.

마차로 공중성채까지 갔다가, 마차를 탄 채로 전이마법진을 사용하여 적룡의 윗턱 북부로 전이하고, 그대로 육로를 따라 남하할 예정이다.

"굉장해! 굉장하다! 루데우스! 저기 봐! 도시가 콩알 같아!"

공중성채로 이동하자, 에리스가 갈채를 올렸다.

말에서 뛰어내려 하늘을 내려다보거나, 성을 올려다보면서 감탄사를 내뱉기 시작했다.

도저히 스무 살 여성으로는 생각되지 않을 만큼 흥분한 모습이라서, 우리는 쓴웃음을 보일 수밖에 없었다.

정말이지 흐뭇한 광경이다.

그런 에리스의 태도에 기분 좋아 보이는 사람도 있었다.

마법진 앞에서 대기하던 실바릴이었다.

그녀는 흥분하여 떠드는 에리스를 보고 자랑스러운 눈치였다. 가면 너머로도 그게 느껴졌다.

"공중성채 케이오스 브레이커에서 보는 풍경은 마음에 드셨습니까?"

"최고야! 이런 거 처음이야!"

그 티 없는 웃음에 에리스에 대한 실바릴의 호감도가 상승하였다.

인간은 솔직한 게 제일이겠지.

"그렇습니까, 저는 페르기우스 님의 첫 번째 종, 공허의 실바릴이라고 합니다. 앞으로 잘 부탁드립니다."

"에리스 그레이랫이야!"

에리스는 성 안에 들어가고 싶어서 좀이 쑤시는 기색이었다. 실바릴도 그걸 알아차렸는지 기쁜 눈치로 안내를 시작했다.

우리는 그걸 흐뭇한 심정으로 지켜보면서 뒤를 따랐다.

실바릴의 설명을 들으면서 도착한 곳은 알현실이었다.

"왔나."

페르기우스는 이전과 마찬가지로 정령들에게 둘러싸인 모습으로 의자에 떡 하니 앉아 있었다.

이번에는 인사만 하기로 했기에 아리엘이 앞으로 나서서 딱딱한 인사말을 시작하려는 때에.

에리스가 스윽 앞으로 나섰다.

"뭐냐, 너?"

오싹했다.

내 머릿속에는 에리스가 주먹을 휘두르며 페르기우스에게 덤비는 광경이 떠올랐다.

아무리 페르기우스라고 해도 당당히 정면에서 싸움을 걸어 온다면 관대하게 있을 수 없겠지.

내가 다급히 막으려고 했을 때, 에리스가 한쪽 무릎을 꿇었다.

"처음 뵙겠습니다. 이번에 루데우스의 아내가 된 에리스 그 레이랫입니다. 잘 부탁드립니다."

얼떨떨해졌다.

"갑룡왕 페르기우스 도라다. 에리스 그레이랫. 알고 있지, 검왕의 자리를 받고 올스테드에게 도전했던 '광검왕'이로군."

"아직 미숙한 몸입니다만….."

"호오."

에리스는 겸손하게 말했지만 딱딱한 어조였다. 어쩌면 통째 로 외워서 하는 말일지도 모르겠다.

"에리스 그레이랫. 너의 그 기특한 태도, 마음에 들었다."

페르기우스는 기쁜 눈치였다.

"그렇다면 나도 사과를 해야겠지. 8년 전에 내 부하가 너를 공격했던 것을 말이다."

에리스는 고개를 들고 의아한 표정을 하였다. 저건 기억 못 한다는 얼굴이다.

"신경 안 써!"

"그런가…. 감사하마."

페르기우스는 큭큭 웃더니 거만하게 손짓을 하였다.

에리스는 일어서서 의기양양한 얼굴로 내 쪽으로 걸어왔다. 이 정도는 하려고만 하면 할 수 있다는 얼굴이었다. 일부러 연습한 걸지도 모르겠다.

아무튼 페르기우스는 에리스가 마음에 든 모양이다.

나 때랑은 태도가 다르다. 역시 표리가 없는 인간은 모두에게 사랑받나.

사이좋은 건 좋은 일이다.

"여러분, 이쪽으로 오시지요."

아리엘이 인사를 마친 뒤, 우리는 실바릴의 안내에 따라 알현실을 뒤로 했다.

전이마법진은 우리가 사용했던 출입구로 나가서 주욱 돌아간 곳에 있었다.

지금은 아무것도 없는, 휑뎅그렁하게 거대한 공간 안쪽에 전이마법진이 희미한 빛을 뿜고 있었다.

실바릴이 그 공간에 대해 이것저것 설명했지만, 생략하자.

이 전이마법진은 아슬라 왕국의 국경 근처에 있는 숲으로 이어져 있다.

페르기우스가 쓸 수 있는 전이마법진 중에 가장 아슬라 왕국에 가까운 것이다.

전이마법진은 어느 곳에나 설치할 수 있는 게 아니다. 공중성채에 있는 마법진은 페르기우스의 마력으로 움직이지만, 실제로 전이하기 위해서는 도착지인 마법진에도 마력이 통해야만 한다.

즉, 보통은 두 사람이 동시에 마법진을 기동시키지 않으면 전이는 불가능하다는 소리다.

그럼 두 사람이 없는 경우에는 어떻게 하는 걸까.

어느 마도구를 이용하는 것이다.

과거에 전이마법진이란 것을 만든 천재는 마력농도가 진한 장소의 특성을 살려, 주위에서 마력을 흡수한 후 반영구적으로 마법진을 활성화시키는 마도구를 만들었다.

주위의 마력을 이용한다… 즉, 마력농도가 진한 장소에만 전이마법진을 만들 수 있다는 뜻이다.

내가 베가리트 대륙으로 갈 때에 사용했던 마법진이 숲이나 사막 안에 있던 것은 그런 이유 때문이겠지.

물론 훗날 연구를 거치면서 마력결정을 설치하고 정기적으로 교환하는 것으로 계속 활성화시킬 수도 있게 되었다. 마력결정을 통한 수동공급형 마법진이다.

특히나 아슬라 왕국은 '마력농도가 약하기' 때문에, 대부분의 마법진은 그런 형식이라는 모양이다.

긴급 상황이면 마력결정을 설치하고, 필요 없을 때에는 제거한다. 마력결정을 설치하는 장소는 한정된 인간밖에 모른다.

이번에 누군가의 손에 파괴된 것은 마력결정이 필요한 타입과 아닌 타입, 양쪽 다.

그것들의 장소를 다 아는 것은 인신밖에 없고, 그런 마법진을 모두 파괴할 수 있는 것은 아슬라 왕국 전체에 사병을 둔 다리우스 상급대신…이라는 것이 현재의 예상이다.

장소와 장치와 마법진. 세 가지 지식이 없으면 전이마법진을 만들 수 없다. 그렇기 때문에 우리는 아슬라 왕국 안에 직접 전이할 수 없어서 먼 길을 가게 되었다.

뭐, 우리는 그렇게 이동하는 걸로 됐다고 치고, 페르기우스는 어떻게 아슬라 왕궁으로 올 생각일까…하는 점에 대해서는 '네가 걱정할 필요 없다'라는 대답밖에 들을 수 없었다.

아리엘은 아는 모양인데, 무슨 방법을 동원하여 깜짝 등장이라도 할 생각일까.

우리가 전이한 곳은 유적이었다.

전이마법진의 유적이다. 라노아 왕국 근처에도, 베가리트 대륙에도 있었던 그거로군.

올스테드의 말에 의하면, 예전에는 이런 유적이 더 대량으로 존재했으며 많은 인종이 자유롭게 대륙 사이를 오갔다는 모양이다.

하지만 전쟁에 그것이 악용된 뒤로는 전면적으로 금지되었다.

이렇게 비밀리로 남아 있는 것은 어느 용족이 그 금지조치를 싫어하여 자기가 쓰는 유적에 결계를 쳤기 때문이라는 모양이다. 어느 세계든 자기 사정으로 세상에 거스르는 녀석은 있군.

그 덕분에 이렇게 편하게 이동할 수 있으니까 뭐라 할 마음은 전혀 없다.

유적을 나오니, 거기는 울창한 숲이었다.

사전에 지도로 확인한 정보에 따르면 '적룡의 윗턱'이라고 불리는 협곡의 다소 북서쪽이다.

하지만 거기서 문제가 생겼다. 전이마법진으로 마차와 함께 이동한 건 좋은데, 마차가 유적에서 나갈 수 없었다. 이렇게 사람이 많이 있으면서 그 점을 생각하지 않았나….

황당해하고 있을 때, 아리엘의 종자 두 사람이 천천히 마차를 분해하기 시작했다. 두 사람은 익숙한 솜씨로 마차를 조각조각 분해하더니 유적 밖으로 가지고 나갔다.

어쩐지 마차가 작다 싶었는데, 조립식이었던 모양이다.

그리고 말에게 마차 부품을 실어서 가도 부근까지 이동.

가도 부근에서 마차를 재조립하니 순식간에 복구되었다.

가도로 나올 무렵에는 해가 졌기에, 가도 부근에서 캠프를 치고 하룻밤을 보내게 되었다.

주위에 숲이 있는 이 장소에서는 장작도 식량도 걱정이 없었다.

동물 계열의 마수와 장작(트렌트), 그리고 들풀 약간. 모두 현지 조달이다.

트렌트는 정말 어디든 있군. 우리 집에도 정착했을 정도고, 어쩌면 이 세계의 다음 지배자는 트렌트일지도 모른다.

보통은 지면에 그대로 앉든가, 적당한 통나무에라도 앉겠지만, 종자 한 명이 융단을 들고 나왔다. 역시 왕녀님 일행이라고 해야 할까, 야숙도 우아하군.

요리는 종자 두 사람과 실피가 담당하였다.

돕겠다고 나섰는데, 완곡하게 거절당했다. 뭐, 실피의 솜씨를 보면 내가 거들어도 방해만 되겠지. 일단 식기나 요리도구가 부족하면 만들겠다는 말은 해 두었다.

요리 도중에는 한가하다. 그럼 주위 경계를 할까 했는데, 이미 에리스와 길레느가 보초를 서고 있어서 내 차례는 없을 듯하였다.

이 여행에서는 내가 해야 할 일이 없다.

이런 일은 처음이었다.

혼자서 여행을 하고 곳곳의 파티에게 신세 지던 무렵에도 경험한 바가 없다. 그 무렵 마력에 여유가 있는 나는 편리한 잡일 담당으로 중시되었다. 식기 제작부터 물 정제까지 전부. 마술을 쓸 수 있는 종자가 여러 명 있으면 이 정도로 내 일이 없어지는 모양이다.

뭐, 내가 해야 할 일은 아리엘 왕녀를 돌보는 잡일이 아니다.

누가 인신의 사도인지를 알아내어 그 녀석을 쓰러뜨리는 것이다.

지금 예상으로는 루크, 다리우스, 그리고 또 한 명. 가능성이 높은 것은 북제나 수신.

각각의 대처법은 올스테드에게 들었다.

나는 머릿속으로 배운 것을 몇 번이나 시뮬레이션하고 실전에 임하면 된다.

그렇게 생각하면서 나는 루크를 관찰하였다.

그는 멋진 갑옷 차림으로 아리엘의 바로 곁에 서 있었다. 여차하면 곧바로 아리엘을 감쌀 수 있는 위치다.

…루크는 인신의 사도일 가능성이 크다. 하지만 그렇더라도 그는 목숨을 걸고 아리엘을 지키겠지. 인신의 사도가 딱히 인신의 부하인 것은 아니다.

내가 경험했던 것처럼, 언뜻 봐선 이쪽에게 유리할 듯한 조언을 하다가 마지막 순간에 함정에 빠뜨리는 것이다.

다시 말해 인신의 사도란 것은 대부분의 경우 피해자라고 할 수 있다.

루크도 피해자. 그렇게 생각하면 그를 죽이는 것이 망설여진다.

애초에 루크는 아리엘의 중진이다. 왕이 된 뒤에도 큰 도움이 되겠지.

아니, 아슬라 왕국이 올스테드에게 도움이 되는 것은 백년 뒤. 장래를 내다본 이야기다. 그렇다면 그 무렵에는 루크도 죽었겠고, 별로 관계없을지도 모른다.

하지만 왕이 된 아리엘이 마음대로 통치할 수 없다면 의미가 없지 않을까.

아니, 분명 '아리엘이 왕이 된다'라는 이벤트가 그대로 전환점이 되는 거겠지.

어쩌면 '제1왕자가 왕이 된다'라는 이벤트가 배드엔딩의 플래그가 되는 걸지도.

게임처럼 생각해도 현실이 마음대로 돌아가지 않는다는 것은 잘 알고 있다.

아무튼 그런 자세한 사정에 대해서는 올스테드에게 배울 필요가 있겠지. 가르쳐 줄지는 모르겠지만.

올스테드는 백년 뒤의 일에 대해서 그리 자세히 가르쳐 주지 않았다. 인신이 '내가 죽으면 세계가 멸망한다'라고 말했던 것에 대해서도 물었지만, '그럴 가능성도 있다'는 대답뿐이었다.

인신만 죽이면 그 다음에 세상이 어떻게 되든 상관없다는 느낌이었다.

장래에 세계가 멸망한다고 해도 나로서는 거기까지 신경 쓸 여유가 없다.

지금은 가족을 지키는 것만으로도 빠듯하다. 무책임한 소리지만, 내가 알 바가 아니다.

미래의 일은 미래의 인간이 정리해야 한다.

하지만 내 자손은 '세계가 멸망한다'는 것을 알면서 올스테드에게 협력하는 걸까.

모르는 상태로 협력하는 걸까.

후자라면 좀 불쌍하군.

일단 그럴 가능성이 있다는 점에 대해서도 글을 남겨두는 편이 좋을지 모르겠군. 후세를 위해서.

"루디, 식사 준비 됐어. 에리스랑 길레느도!"

그 말에 생각이 중단되었다.

아, 아슬라 왕국에서 돌아온 뒤에도 일기는 써야겠군. 잊어버릴 것 같고.

심야. 아리엘만 텐트를 사용하고, 다른 이들은 교대로 불침번을 선다.

불침번은 2인 1조. 그렇다고 해도 아리엘을 제외하면 여행 멤버는 일곱 명이다. 한 번은 3인 1조가 되는 시간대가 있다.

그 시간대에는 한 명이 주위를 둘러본다.

능력면에서 볼 때 혼자서 마물을 쓰러뜨릴 수 있는 사람. 즉 나, 실피, 에리스, 길레느 중 누군가다.

"주위를 좀 살피고 오겠습니다."

첫날은 내 차례다. 나는 다른 이들에게 그렇게 말하고 모닥불 주위를 떠났다.

숲 안쪽으로 향했다.

주위는 어두컴컴해서 불빛이라고는 손에 든 횃불뿐이었다.

물론 나는 이 주변에 마물이 없다는 것을 알기 때문에 그리 경계하지 않았다.

"……."

그렇게 5분 정도 걸어가서 모닥불과 충분히 거리를 두었다.

그러자 어둠 속에서 갑자기 그 녀석이 나타났다.

은발금안에 사나운 눈. 악마처럼 무서운 얼굴을 한 남자가 암흑 속에서 나타났다.

"히익!"

무심코 비명이 나오고 횃불을 떨어뜨릴 뻔했다.

"아…. 실례. 수고많으십니다, 올스테드 님."

"음."

나는 인사를 하면서 근처 나무뿌리에 앉았다. 올스테드 또한 맞은편의 나무뿌리에 앉았다.

올스테드는 우리를 뒤따라오고 있었다. 그 점은 페르기우스도 알고 있겠지. 같은 마법진을 사용했으니까.

여행하는 동안은 이렇게 올스테드와 정기적으로 연락을 취한다. 너무 빈번하게 연락을 취해도 의심을 사니까, 며칠에 한 번. 내가 순찰을 돌 때에만.

"어떻지?"

"루크에게 딱히 수상쩍은 움직임은 없습니다. 여행도 순조롭습니다."

그렇게 정기연락을 했다.

첫날이기도 해서 딱히 할 말은 없다. 올스테드도 거기에 대해서는 기대하지 않았던 모양인지, 그 이상 질문을 하는 일은 없었다.

"그런가. 한동안은 아무 일도 없겠지."

"예."

"다만 적룡의 윗턱을 빠져나갈 때에는 주의해라."

"예."

적룡의 윗턱.

적룡산맥으로 둘러싸인, 아슬라 왕국과 북방대지를 잇는 계곡이다. 커다란 마차가 서로 엇갈릴 수 있을 정도 크기의 외길뿐인 계곡. 참고로 과거에 내가 올스테드에게 죽을 뻔한 장소는 적룡의 아래턱이다.

이 계곡을 빠져나가면 커다란 숲이 있다.

아슬라 왕국에서도 유명한 숲이다.

그 숲에는 '적룡의 수염'이라는 이름이 있다.

하지만 그 북쪽에 있는 협곡과 숲을 통틀어서 적룡의 윗턱이라고 부르는 일이 많다.

일단 거기도 아슬라 왕국의 일부지만, 아슬라 왕국의 국경은 숲보다 남쪽에 있다. 숲의 남쪽을 틀어막는 형태로 만리장성 같은 성벽이 있고 수백 명의 병사들이 주둔해 있다.

마물을 통과시키지 않기 위해, 북쪽에서 오는 침공을 막기 위해. 이유는 여러 가지다.

그리고 중요한 포인트.

이 깊은 숲은 요인을 암살할 때 흔히 사용되는 장소다.

국외이기도 하고, 숲에 들어가면 목격자도 없다. 숲속에는 강력한 마물이나 남북을 넘나드는 도적단도 활개를 친다. 남몰래 누군가를 처리하기에 안성맞춤인 장소다.

혹시 다리우스가 인신에게 조언을 얻었다면 거기서 습격해 오겠지.

적룡의 윗턱보다 북쪽에 병사를 파견하는 것은 다른 나라에게 간섭하는 걸로 비칠 수 있다. 관문보다 남쪽이면, 아슬라 왕국 내에서 왕녀가 습격을 받는 사건은 뉴스가 된다. 양쪽 다 상황에 따라서는 다리우스에게 마이너스가 된다. 고로 처음에 습격해 올 곳은 여기.

여기라면 가장 적은 리스크로 아리엘을 처리할 수 있다.

올스테드는 그렇게 예상한 것이다.

"그럼 예정대로 하는 것으로."

"그래."

습격이 있으면 가도를 가는 루트의 위험성을 호소할 수 있다.

이대로 가도를 따라가는 건 위험하니까 다른 루트로 가자는 식으로. 그리고 그런 흐름을 타고 트리스가 있는 도적단과 접선하는 방향으로 갈 수 있다.

습격이 없으면 그때는 올스테드가 움직인다. 자작극이다.

그걸 위해서 미리 소환마법진이 그려진 스크롤과 마력결정을 준비했다.

소환수는 이 주변의 마물이 아니니까 누군가가 방해하는 것이라는 변명도 준비했다.

모두 다 예정대로다.

"습격이 있을 경우, 북제 오베르 코르베트가 나올 가능성이 크다. 녀석은 조심해라."

"예. 그것도 예정대로."

"…그래."

혹시 아슬라 왕국이 북제와 수신을 고용하였다면, 습격자로 북제를 파견할 가능성이 크다. 올스테드는 그렇게 보았다. 오베르라는 검사는 그런 일이 전문이라는 모양이다.

북신류를 체현한 것 같은 기발한 검사. 복장부터 머리 모양, 전투법에 이르기까지 전부 기발.

기습의 달인. '공작검' 오베르 코르베트.

"걱정되는군."

"뭐가 말입니까?"

"너 말이다."

"……"

"싸움을 앞두고 있는데 낙관적으로 보인다."

낙관적. 그런가. 그럴지도 모르지.

아니, 준비는 했다. 대처법에 대해서도 들었다. 오베르가 온다고만 할 수는 없지만, 여러 가지로 시뮬레이션도 하였다. 무서운 상대라는 것도 머리로는 알고 있다.

이제 냉정하게 대처하기만 하면 된다.

만전이라고 하긴 어렵지만, 그래도 필요 이상으로 긴장할 필요는 없다…고 본다.

오히려 지금 단계에서는 마음을 편안히 갖는 편이 좋다…고 본다.

"일단 이걸 가져가라."

올스테드는 품에서 종이다발 몇 개를 꺼내었다. 복잡한 마법진이 그려진 스크롤이었다.

"왕급 치유 마술의 마법진이다. 너는 치유 마술을 상급까지밖에 못 쓴다고 했으니까. 여차할 때에는 그걸 써라."

"…예."

왕급 치유 마술은 어디까지 낫는 거였더라. 팔이 날아가더라도 재생할 수 있는 거였나.

내 방어력과 회피력, 그리고 상대의 공격력.

그것을 감안하면 이 정도의 회복력은 있는 편이 좋겠지.

"왕급 치유 마술도 마법진이 있군요."

"이 세계에 있는 대부분의 마술은 마법진으로 재현이 가능하다."

"대부분…. 그렇다면 재현할 수 없는 것도?"

"특수한 발동방식을 가진 고유 마술은 거기에 들어가지 않는다."

"예를 들자면?"

"수족이 쓰는 포효 마술, 왕룡이 쓰는 중력 마술…. 그런 것은 이치를 모르면 쓸 수 없다."

포효 마술이란 내가 목소리 마술이라고 부르는 건가. 일단 나도 상대를 깜짝 놀라게 하는 정도는 쓸 수 있지. 큰 소리로 상대를 움찔하게 만드는 것뿐이니까, 마술이라는 틀에 들어가는지는 미묘하지만.

"미래의 너는 중력 마술을 썼다고 들었는데, 아마도 그걸 쓰기까지 상당한 시간을 들였겠지. 연구와 이해와 훈련의 시간이."

"…올스테드 님은 모든 마술을 쓴다고 들었습니다. 중력 마술도 쓸 수 있습니까?"

"그래. 그리 쓰기 좋은 것은 아니지만."

오오, 쓸 수 있나. 대단하다.

"…태어났을 때부터 쓸 수 있었던 게 아니라, 역시나 그렇게 하나씩 깨우쳤던 겁니까?"

"그래."

그렇군. 가능하다고 해도 지금 시점에서는 원리조차도 상상이 가지 않지만. 반중력 같은 것도 오랜 시간을 들이면 자연스럽게 깨닫는 것일까.

뭐, 가능할지 아닐지 모르는 것을 추구하기보다도 지금은 눈앞의 것을 정리하자.

그런 방면으로 눈을 돌리는 것은 더 여유가 있을 때면 되겠지.

좋아. 또 물어봐야 할 것은… 루크 문제인가.

"그러고 보니 올스테드 님. 혹시 루크가 인신의 사도였을 경우, 내게 생사여탈의 판단을 맡긴다고 하셨지요?"

"그래."

"혹시 죽이지 않고 아리엘 왕녀를 왕으로 만들 수 있다면, 그는 어떻게 됩니까?"

"어떻게고 뭐고 없다. 그때는 녀석도 인신의 주박에서 벗어나겠지."

"인신의 사도는 세 명까지라고 했지요? 방치해도 괜찮을까요?"

"문제없다. 인간이 인신의 사도로 있을 수 있는 것은 녀석의 미래예지의 결과가 나올 때까지다."

미래예지의 결과가 나올 때까지?

어이, 어이, 두목, 그런 중요한 건 더 일찍 가르쳐 줘. 그렇다면 뭐야, 싸우는 도중에 사도가 변하는 사태도 있을 수 있다는 거야?

"그리고 녀석의 미래예지는 어떤 전환점이 경계가 된다. 이번 경우는 아리엘이 그라벨과 다리우스를 물리치고 왕이 되냐 아니냐, 일까."

"그때까지 사도는 바뀌지 않는다?"

"그래."

음, 중요한 사실을 이제 와서야….

뭐, 됐어. 그걸 안 것만으로도 잘 된 일이라고 치자.

이번 일이 끝날 때까지 사도는 바뀌지 않는다. 반대로 말하자면 그 일이 끝나 버리면 자연적으로 사도가 아니게 된다는 소리다. 뭐, 또다시 사도가 될 가능성은 남아 있지만.

그리고 올스테드의 말에 의하면, 그 미래예지의 결과가 나올 때까지 사도가 죽어도 새로 채워 넣을 수 없는 것이다.

즉, 한 명을 죽이면 당분간 상대의 카드가 한 장 줄어든 상태가 된다.

과연, 죽이라고 할 만하군.

"…그럼 돌아가도록 하겠습니다. 너무 늦어지면 의심을 살 테니까."

"알았다."

그렇게 말하고 올스테드와의 정기연락을 끝냈다.

서둘러 모닥불 옆으로 돌아가서 주위에 이상이 없다고 보고. 시간 맞춰 교대하여 모포를 두르고 잠들었다.

이렇게 아슬라 왕국으로 가는 여행의 첫날이 지나갔다.

제2화 적룡의 윗턱

적룡의 윗턱.

그저 외길이 계속되는 협곡. 그 길은 성검가도처럼 직선이 아니다. 하지만 갈림길이 없는 외길이다. 나라와 나라 사이에 있는, 어느 나라의 것도 아닌 영역.

거기를 이동하다가 커다란 상단과 엇갈렸다. 열 대의 포장마차와 쉰 마리 이상의 말에 짐을 실은 이들이었다. 아슬라 왕국에서 마법삼대국으로 화물을 운반하는 것이다.

긴 행렬에는 일정 간격마다 사람들이 붙어 있었다. 호위를 맡은 모험가다. 그들은 날카로운 시선으로 우리를 노려보았다.

그걸 보니 문득 옛날 일이 떠올랐다. 분명히 북부로 이동할 때에 나도 저런 상단에 섞여 있었다. 저렇게 대규모는 아니고, 상인도 호위도 젊은이가 많았던 것을 기억한다.

그때 나는 혼자였다. 고독했다. 외로웠다.

에리스에게 버림받았다고 믿었던 시기다. 남자로서 끝났다고 생각했던 시기다.

이 세계에서 믿을 수 있는 거라곤 하나도 없다고 생각했던 시기다.

그 무렵에는 그저 몸을 단련하는 것과 신을 모시는 것만이 세계의 진실이었다.

그 뒤로 많은 일이 있었다.

실피에게 자신감을 얻었고, 지금은 한 아이의 아버지다. '홀

륭한'이라는 형용사를 붙일 수 없다는 게 아쉽지만, 일단은 아버지다. 에리스와의 일도 착각이었고, 지금은 그녀도 내 아내.

록시와도 어쩌다 보니 결혼하였고, 현재 록시는 임신 중.

아내가 셋이고, 밤 생활도 충실. 이런 상황을 당시의 내가 보면 뭐라고 말할까.

누군가에게 의지하고 싶다고 생각하면 마음 편히 그럴 수 있는 이 상황을….

"…뭐야, 갑자기 말이 없어지고."

옆에서 에리스의 목소리가 들렸다.

슬쩍 시선을 주니, 어느 틈에 에리스가 몰던 말이 옆에 나란히 서 있었다. 참고로 나는 승마술이 별로라서 실피의 뒤에 붙어 있다.

"저기, 에리스."

"왜?"

"가슴 만져도 돼?"

"갑자기 뭐야…. 당연히 안 되지."

안 되나. 마음 편히 부탁하는 것과 승낙이 나오는 것은 다른 거로군.

…뭐, 당시의 내가 지금의 나를 봐도 뭐라고 하지 않겠지. 그저 쓸쓸하게 웃으면서 '축하합니다'라고 하겠지.

예전의 나는 그런 녀석이었다. 말로는 축사를 보내면서 '그런 행복은 나와 인연이 없다'고 생각하며 거리를 두었겠지.

"……."

"저기, 루디."

앞에서 목소리가 들렸다. 실피였다.

"에리스에게는 만져도 되냐고 물으면서 왜 나한테는 안 물어…?"

어느 틈에 내 손은 실피의 가슴을 만지고 있었다. 어쩐지 손바닥이 기분 좋더라니.

"어어, 실례. 미안해, 마이 스위트. 무의식중에 그만."

"뭐, 여기서는 마물도 거의 없으니까 괜찮지만…. 계곡을 빠져나가거든 참아야 돼?"

"고마워, 고마워, 실피. 너는 착한 애구나, 정말 착한 애야…."

"가슴 주무르면서 그런 말을 해도 말이지…."

실피는 귀 뒤를 벅벅 긁으면서 쓴웃음을 지었다.

그녀의 가슴은 결혼한 뒤로 틈만 나면 만졌다. 그래서 실피도 내가 가슴을 주무르는 것에 익숙해진 구석이 있다. 나도 실피의 가슴에 대한 애정은 깊다.

"루데우스, 내일은 내 뒤에 타도 돼!"

에리스가 대항심을 불태우는 건지, 새빨간 얼굴을 하면서도 그렇게 말하며 대열의 선두로 도망쳤다.

하핫, 인기가 많군.

…자, 슬슬 협곡을 빠져나간다.

습격은 반드시 온다, 그렇게 생각하며 나도 마음의 준비를 하자.

 적룡의 윗턱을 빠져나가자 숲이 펼쳐졌다.

 협곡의 출구는 다소 높은 장소에 위치하기 때문에 크게 퍼진 숲과 저 멀리에 있는 성벽이 다 보인다.

 하지만 나무의 높이도 있고, 도중에 길이 구부러져서 그 끝이 보이지 않는다. 숲 어디에 뭐가 있는지는 알 수 없다. 여기에서 무슨 일이 일어나더라도 누구의 눈에도 띄지 않는다.

 반대로 성벽에서는 여기, 숲의 출구가 보이는 모양이다. 누가 들어가고 누가 나왔는지를 저쪽은 확인할 수 있다는 소리다. 반대로 이쪽에서는 숲이 방해가 되어 관문의 출입구가 보이지 않는다.

 이게 지형적 유리라는 것이겠지. 습격에 안성맞춤인가.

 "드디어 여기까지 돌아왔네."

 숲의 입구에서 실피가 말을 세웠다.

 루크도 멈추었다. 마차도 멈추었다. 에리스와 길레느도 말을 세웠다.

 두 종자가 마부석에서 내려왔다.

 실피와 루크도 말에서 내렸다. 마차에서 아리엘이 나왔다. 그녀는 작은 꽃다발을 들고 있었다.

 다섯 명은 길가에 있는 돌까지 걸어갔다. 특이할 거라고는 하나도 없는, 딱히 장식도 없는 돌이었다. 하지만 그 표면에는

X자가 새겨져 있었다.

선두로 선 아리엘이 돌 위에 꽃다발을 놓고 손을 모았다.

미리스 교단의 기도 포즈. 아리엘은 경건한 미리스 교도가 아니다. 그녀가 신에게 기도하는 모습은 본 적이 없다. 루크도 그렇다. 종자는 모르지만, 실피도 아니다.

그 돌 밑에 잠든 것은 아리엘의 지인이다. 이 숲, 적룡의 윗 턱에서 죽은 아리엘의 호위 기사나 술사, 종자다. 적룡의 윗턱 의 국경 부근에서는 특히나 많이 죽었다고 들었다. 분명 그중 에 경건한 미리스 신도도 있었겠지.

그럼 나도 일단 손을 모으도록 하자.

"여기서부터는 습격의 가능성이 커집니다. 오늘은 여기서 쉬 고, 내일 단숨에 통과하죠."

아리엘의 발언에 실피 일행은 말로 돌아갔다.

그 얼굴은 방금 전보다 한층 긴장한 것처럼 보였다.

그 날 밤, 다시 한번 포메이션을 확인했다.

그리고 각자 어떤 기술, 어떤 마술을 쓸 수 있는지를 말하고, 이러한 상황이 되면 이렇게 움직인다는 것을 서로 이야기 나누 었다.

에리스와 길레느가 전위, 상황 판단이 빠르고 대응력이 있는 실피가 중위. 예견안을 가진 나는 전장을 둘러보기 쉬운 후위. 기본적으로 나는 모든 인원을 볼 수 있는 위치에 선다.

또 루크와 엘모어는 아리엘을 호위한다. 이 두 사람도 장비는 좋지만, 아무래도 전투력이 부족하다. 에리스나 길레느와 나란히 싸우게 해도 방해가 되겠지. 그렇다면 기습에 대비하여 아리엘의 곁을 지키게 하기로 했다.

클리네는 아리엘이 가진 마도구를 쓴다. 얼굴과 머리 색깔을 바꾸는 마도구다. 그렇게 하여 아리엘의 대역으로 행동한다. 이 날을 위해 두 종자는 머리길이를 아리엘과 비슷하게 잘랐다고 한다. 체격이나 키는 다르지만… 뭐, 그건 어쩔 수 없다. 일단 아리엘과 체격이 가장 비슷한 클리네가 먼저, 그녀가 당하면 다음은 엘모어가 대역이 된다.

두 종자의 목숨이 아리엘의 남은 목숨인 것이다.

나는 그녀들에 대해서 거의 모르지만, 한 명도 죽게 하고 싶지 않았다.

내일은 습격이 있으리라는 생각으로 움직이게 된다.

"우리는 전이마법진으로 이동했습니다. 습격자가 배치되는 것은 조금 더 나중이 아닐까요?"

누군가 그렇게 질문을 던졌지만 아리엘은 대답했다.

"다리우스 상급대신은 주도면밀한 사람입니다. 아바마마가 몸져누우신 순간부터 이미 손을 써두었겠지요."

그런 것이다.

그게 과연 어떤 수이고, 어떤 자가 기다리고 있을지는 아직 아무도 모른다. 하지만 북제나 수신이 아슬라 왕국에 고용되었다는 정보는 이미 공유되었다. 그리고 북제 오베르가 자객이 되리라는 예상도 말했다.

그 전투법에 대해서는 이렇게 대처하는 편이 좋다는 것도 말할까 했는데, 루크와 오베르가 인신의 사도일 경우 그걸 역으로 이용해 올 가능성도 있어서 말하지 않았다.

대책을 짤 생각인데 오히려 적에게 대책을 주게 되면 끔찍한 일이 생긴다.

이번에는 나 혼자서 대처하게 된다. 오베르의 기습을 경계하면서 모두를 무사히 지킨다.

길레느는… 내가 지키는 게 아니라 내가 길레느에게 보호받는 느낌이 되겠지.

어찌 되었든 최선을 다하자.

다음날.

미리 이야기한 포메이션대로 이동하였다.

제일 앞에 에리스와 길레느, 이어서 실피가 탄 말. 나도 실피의 말에 함께 탔다. 에리스의 뒤에 타고 싶었지만, 포메이션 관계상 오늘은 참는다. 우리의 뒤에는 아리엘과 두 종자가 탄 마차가 따르고, 루크는 마차 뒤에 있다.

경계하면서 숲속의 외길을 나아가는데, 앞쪽에 시선을 가로

막는 커브길이 있었다.

그 직전. 다소 키가 작은 나무에 어느 마크가 새겨진 것이 보였다.

$ 같은 무늬의 마크. 그건 사전에 올스테드와 이야기해 둔 것이었다.

그 의미는 '이 앞에 매복이 있다'는 것. 아무래도 자작극이 되지 않아도 될 것 같다.

나는 예견안을 최대한 개방하고 지팡이를 움켜쥐었다. 자리프의 토시도 기동하여 언제든지 손바닥의 흡마석을 기동할 수 있도록 하였다.

숲속에서 갑자기 독화살이나 바람총이 날아올지도 모르고, 상급 이상의 마술이 마차를 향해 날아올지도 모른다. 어느 쪽이든 예견안을 최대로 개방하고 보면 회피 가능할 것이다.

하지만 그럴 필요는 없었다.

선두를 가는 에리스와 길레느의 말. 두 사람의 앞을 가로막듯이 갑옷 차림의 병사가 줄줄이 서 있었다. 그 숫자는 열 명 이상.

"워, 워!"

에리스와 길레느가 거리를 두고 말을 세웠다.

"누구냐!"

길레느의 말에 병사들은 대답하지 않았다. 풀페이스 헬멧 때문에 표정이 보이지 않았다.

병사들 중에 한층 눈에 띄는 깃털 장식을 단 자가 있었다. 저 사람이 오베르일까.

아니, 아마도 저건 그냥 대장이다. 오베르는 더 화려할 테고.

"……."

그들은 아무런 말도 없었다. 묵묵히, 그저 통과시키지 않겠다는 듯이 길을 막고 있었다.

"루디…. 내려."

그 말에 나는 말에서 내려 아리엘의 마차 근처로 이동했다.

실피가 말을 탄 채로 앞으로 나갔다. 에리스와 길레느 사이에 위치를 잡으면서 대장을 향해 말했다.

"호위술사 피츠다! 이 마차가 아슬라 왕국 제2왕녀 아리엘 아네모이 아슬라의 것이라고 알면서 이런 행패인가! 어디 소속이냐! 이름을 대라!"

드높고 씩씩한 목소리가 울렸다. 멋지다.

"……."

하지만 대장은 대답하지 않았다. 그저 말없이 검을 뽑았다.

"!"

그걸 신호로 병사들도 허리에 찼던 검을 뽑았다.

스르릉 하는 소리가 숲에 울렸다.

그와 동시에 숲속에서 완전무장한 병사들이 우르르 튀어나왔다.

대부분이 검을 들고 있었지만, 몇 명은 지팡이를 들고 있었다.

"적습!"

이미 루크는 말에서 내려서 후방을 경계. 마부석의 종자 엘모어는 긴장한 얼굴로 채찍을 움켜쥐었다. 마차 안에는 아리엘로 변장한 종자 클리네.

그것을 확인하고 앞을 보았다.

"으랴아아아아!"

"하아아아!"

이미 에리스와 길레느는 선두의 병사들에게 덤비고 있었다.

잔상조차 남지 않는 속도로 차례로 병사들을 베어 넘겼다. 저쪽이 먼저 검을 뽑았는데, 공격은 이쪽이 먼저라니 이것도 참 웃기는 소리.

"마술은 맡겨줘!"

실피는 두 사람을 향해 날아오는 마술을 정확하게 상쇄시켰다.

눈에는 보이지 않지만, 병사들 뒤에도 마술사가 있는 모양이다.

보이는 병사의 숫자는 30명 정도. 숲속에서 계속 나오고 있으니까 더 많겠지.

하지만 에리스와 길레느에게 숫자의 유리함 따윈 없는 거나 마찬가지인가 보다. 순식간에 적의 숫자가 줄어들었다.

멋대로 움직이는 에리스. 그녀의 사각을 길레느가 커버하고, 그 두 사람을 또 실피가 마술로 서포트. 포위당하지 않도록 잘 움직이면서 전신갑옷의 기사들을 공격하였다.

이 세 사람… 강하군. 도서미궁에서의 경험도 있어서인지 연대에 빈틈이 없다.

맡겨둬도 괜찮을 것 같다.

"루크 선배! 뒤에 적은?!"

"없다!"

마차 뒤를 지키는 루크가 대답했다. 마치 뒤로 도망치라고 말하는 듯한 형태다.

덫인가? 덫이겠지.

"어쩌지? 물러날까?!"

"아뇨, 돌파할 수 있을 것 같습니다. 여기서는 전방을 통과해서…."

그러면서 앞을 보았을 때, 병사들의 무리가 갈라졌다.

그리고 그 사이에서 나온 인물을 보고 에리스와 길레느가 움직임을 멈추었다.

그 인물은 예상보다 작았다.

신장은 1미터 정도인 것 같았다.

호빗이다. 작은 체구를 전신갑옷으로 감쌌다. 꽤나 잘 닦은 갑옷이 햇빛을 반사하여 반짝반짝 빛났다. 땅딸막한 체격도 있어서 완전히 미러볼이군.

그가 앞으로 나오자, 주위의 병사들이 다소 안도하는 게 느껴졌다.

선생님, 부탁드립니다, 라는 느낌이다.

아무래도 강자인가 보다. 그렇다면 저 녀석이 오베르인가?

"내 이름은 북왕 위 타! 북신삼검사 중 하나! '빛과 어둠'의 위 타다!"

…누구야?

"'검은 늑대' 길레느인가! 지금 정정당당한 대결을 신청하겠다!!"

미러볼은 검을 뽑았다.

체격 탓도 있어서 30센티미터 정도의 짧은 검이었다. 하지만 그 도신은 거울처럼 반짝반짝 빛났다.

그렇긴 해도 대결이라니. 이미 수십 명 대 세 명의 상황인데, 어쩌려는 거지?

"흥."

지명을 받은 길레느는 콧방귀를 한 차례.

칼끝을 위 타에게 향했다.

"좋다! 검왕 '검은 늑대' 길레느! 상대해 주지!"

길레느는 허리 높이로 검을 들고 그 녀석과 상대하였다.

그걸로 흐름이 멈추었다. 이쪽에 밀려들려던 병사들은 발을 멈추고 오히려 물러나서 멀찍이서 구경하기 시작했다. 실피 또한 이쪽을 힐끔힐끔 확인하면서 뒤로 물러나서 병사들의 동향을 경계하였다.

저 북왕이라는 남자가 난전을 제지하고 그런 분위기를 만든 것이다.

하지만 에리스는 분위기를 읽을 줄 몰랐다. 물러난 병사들에게 이때다 싶어서 덤벼들었다.

"타아아아아앗!!"

"아니! 잠깐! 에리스!"

거기에 낚이듯이 실피도 참전. 에리스의 등을 지키면서 난전이 시작되었다.

두 사람은 괜찮을까. 적의 숫자는 많다. 지금으로선 한 대도 맞지 않았고, 여유가 꽤 있는 것 같다…. 좋아, 괜찮겠지.

가세하고 싶지만, 나는 이 자리에서 움직일 수 없다. 그렇긴 해도 에리스가 물러난 병사들에게 돌격한 탓에 마차와의 거리가 꽤 벌어졌다.

게다가 아직 오베르가 나오지 않았다.

나올 때까지 나는 움직일 수 없다.

오베르는 기습이 특기다. 뭔가로 시선을 끌고서 뒤에서 스윽. 아주 심플한 기습이지만, 그 타이밍이 실로 뛰어나다. 의식의 틈새. 아주 잠깐의 틈새를 찌르고 든다.

특히나 강력한 마술사를 처리하고 싶을 때는 마술을 쓴 틈을 찌른다.

고로 올스테드는 말했다.

혹시 전투가 벌어지고 오베르의 모습이 보이지 않거든, 녀석이 모습을 보일 때까지 마술을 쓰지 마라. 아군이 위기에 빠지더라도 원호하지 마라. 기다리고 있으면 오베르는 표적을 바꾸어 누군가 방심한 녀석을 공격한다. 그때를 노리라고.

그러니까 나는 움직일 수 없다. 눈을 크게 뜨고 주위를 경계해야만 한다.

그렇긴 해도 좀 문제네.

북왕 위 타라는 녀석이 나오는 것은 예상 밖이었다. 혹시 여기에 오베르 이외의 강자가 나오면 철수 지시를 내려야만 하겠지.

"윽, 큭!"

"하핫! '검은 늑대' 길레느! 소문만 못 하군!"

길레느는 위 타에게 다소 밀리고 있었다.

아니, 길레느의 움직임이 이상하다. 공격에 나서려는 순간, 아주 잠깐 움직임을 멈추고 고개를 돌린다. 그 사소한 빈틈을 위 타는 놓치지 않는다. 둔중해 보이는 외모에서는 상상도 할 수 없을 만큼 민첩하게 길레느의 품으로 파고들어서 찌르기를 거듭했다.

길레느는 그 찌르기를 쳐내고 피하다가 완전히 피하지 못하여 피부에 얕은 상처가 났다.

방금 전부터 길레느는 한 번도 공격을 하지 못했다. 공격 모션이나 준비에 들어는 가는데, 어째서인지 그때마다 얼굴을 돌리는 바람에 위 타에게 선수를 빼앗겼다.

뭔가가 있다. 하지만 내 위치에서는 그게 뭔지 알 수 없다.

위 타를 잘 살펴보았다.

미러볼처럼 반짝거려서 보기 어렵다. 녀석은 길레느와 일정한 거리를 두면서 왼손을 앞으로 내밀고 있었다. 왼손에는 아무것도 들지 않았다. 그럼 무슨 마술을 쓰는 걸까?

길레느는 얼굴을 돌렸다.

그렇다면 모래? 그렇게 눈을 공격하나?

아니, 그런 느낌은 아니다. 손에서 뭔가가 나오는 걸로는 보이지 않는다. 하지만 분명히 위 타가 왼손을 슬쩍 움직이면 길레느가 얼굴을 돌린다. 게다가 왼손을 향할 때도 있고, 그렇지 않을 때도 있다.

…아니, 그런가.

빛이다. 저 거울 같은 갑옷으로 햇빛을 반사하여 길레느의 시야를 빼앗는 것이다. 길레느가 공격하려고 할 때에 의도적으로.

정말 쪼잔한 기술을 쓰는구나!

하지만 길레느는 힘들어했다. 이대로 가다간 질지도 모른다.

원호를 해야 할까? 어쩌지? 때를 놓친 뒤면 늦는다.

애초에 오베르가 있나? 나는 있지도 않은 상대를 경계하느라 길레느가 죽게 내버려둬야 하나?

…좋아.

나는 지팡이에 마력을 넣었다.

사용하는 마술은 물과 흙. 평소에 쓰던 진흙탕을 조금 더 약하게. 혼합 마술….

"'진흙비'!"

구름이 순식간에 하늘을 뒤덮었다.

내리는 빗방울은 초콜릿 같은 갈색. 그것은 전투구역을 순식간에 뒤덮었다.

고작해야 진흙을 머금은 비. 공격력은 없다. 하지만 지면에 떨어지면 눅눅한 진흙으로 변하여 병사들의 이동력을 빼앗았다. 몇 명이 미끄러져서 넘어졌다.

다리를 단련한 에리스나 길레느에게는 영향이 없다. 실피 또한 백발에 얼룩무늬가 생겼으면서도 개의치 않았다.

"우오옷?! 뭐냐, 이건!"

하지만 전신을 반짝거리던 위 타는 진흙으로 뒤덮이고, 미러볼은 빛을 잃었다.

"하아아아아!"

길레느의 날카로운 기합소리가 숲에 울렸다.

낮게 든 검에서 빛의 칼날이 날아갔다. 위 타가 구르듯이 회피했지만 늦었다. 키잉 하고 금속을 양단하는 소리가 울리고, 그의 어깨에서 크게 피가 솟구쳤다.

이거면 됐다. 계속해서 오베르를 경계….

그런 마음에 뒤를 돌아보았다.

"어?"

"오?"

바로 뒤에 그 남자가 있었다.

이상한 옷차림이었다.

무지갯빛 겉옷에 무릎까지밖에 안 오는 바지, 허리에는 세 자루 검. 뺨에는 공작 문신이 있고, 머리 모양은 파라볼라 안 테나처럼 좌악 퍼졌다. 등에는 흙빛 망토를 둘렀다. 망토에서 는 모래가 주르륵 흘러내려서 길을 만들고 있었다. 길은 바로 근처에 있는 구멍으로 이어져 있고, 그 구멍은 뒤쪽을 경계하 는 루크의 사각이었다.

이 녀석은 길에 구멍을 파고 숨어 있었던 것이다.

"……."

인상, 복장이 일치한다. 이 녀석이 북제 오베르다.

"알아차리다니…."

다음 순간, 예견안이 오베르의 움직임을 보고 있었다.

〈오른손으로 검을 쳐든다〉

"하지만 마술사에게 이 거리…. 피할 순 없겠지!"

〈오베르가 검을 내리친다〉

곧바로 왼손을 앞으로 뻗었다.

왼손에는 자리프의 토시를 장착하였다. 토시는 무겁지 않지 만, 그래도 오베르 쪽이 빠르다. 하지만 내게는 아직 손이 있 다. 아니….

"'팔이여, 날아가라'!"

"후오옷?!"

토시가 엄청난 속도로 사출되었다.

하지만 오베르는 순간적으로 목을 기울이면서 백덤블링하여 토시를 피했다. 토시는 퍼억 소리를 내며 저 멀리에 있는 나무에 박혔다. 오베르는 검을 든 채로 눈을 둥그렇게 뜨고 이쪽을, 그리고 날아간 토시를 교대로 보았다.

"이, 이런 재주를…."

나도 심장이 벌렁벌렁거렸다. 오베르가 공격해 올 건 알고 있었다.

올스테드에게 들어서 알고는 있었는데… 제길.

올스테드의 충고를 무시한 결과가 이건가.

1대 1로 오베르와 상대하게 되었다.

상대는 북제. 기습을 특기로 삼는다고 해도 일반적인 싸움에서 약할 리가 없다. 하지만 모습을 드러낸 뒤의 대처법도 들었다…. 이길 수 있다, 괜찮아, 차분하게 가자, 나는 강해, 아임 스트롱, 아임 스트롱, 아임 스트롱, 이탈리아의 종마….

"'진흙탕' 루데우스."

아니, 아냐. 나는 복서가 아냐. 루데우스다.

오베르는 곧바로 공격해 오지 않았다. 그는 가만히 선 채로 말을 걸어왔다.

"이야기는 들었지만, 그래, 이거 힘들겠군."

왜 공격해 오지 않는 걸까. 공격해 오지 않으면 대처법을 쓸 수 없는데….

"…내 이름을 어디서 들었습니까?"

"어느 야수에게 검을 가르치던 무렵에. 그 야수가 말했다. 루데우스는 대단하니까, 라고."

에리스인가.

"그 야수를 데리고 있을 수 있는 남자. 그건 정말 특이한 남자일 거라고 생각했는데, 설마 소문처럼 팔을 날리다니…."

내 로ㅇ펀치에 눈을 빼앗긴 모양이다.

또 뭔가 이상한 짓을 하지 않는 걸까 하는 경계의 눈으로 날 보는 것이다.

거참 실례되는 녀석일세. 사람을 무슨 진기한 동물처럼 보고….

하지만 경계는 고맙다. 내 시야 구석에서는 위 타를 쫓아낸 길레느가 이쪽으로 향하고 있었다. 그리 멀지 않은 거리다. 당장이라도 올 것 같다.

2대 1이라면 승률은 확 오른다.

"에리스에 길레느. 무언의 피츠에 진흙탕 루데우스. 만일을 위해 위 타를 데려왔는데…. 내가 루데우스를 처치할 수 없다면 힘들겠군. 좋아."

오베르는 혼자 납득하더니 고개를 끄덕였다. 오는 걸까.

"하지만 상대로 부족함 없다!"

온다. 하지만 지금 상황이라면 몇 초만 버티면 길레느와 함께 협공할 수 있다. 그리고 오베르가 쓰는 기술은 대충 알고 있다.

할 수 있다. 이길 수 있다.

"내 이름은 북제 오베르 코르베트!"

오베르는 왼손으로 검을 뽑고 오른손의 검을 칼집에 되돌렸다. 나는 거기에 호응하듯이 마력을 담아서….

"따라서… 싸우지 않겠다! 잘 있어라!"

오베르는 갑자기 달려갔다. 내가 아니라 길레느 쪽으로.

어라? 지금 잘 있으라고 한 거야?

"오베르!"

"오오, 길레느, 오랫동안 못 본 사이에…."

"하아아아아!"

"하나도 안 변한 모양이군."

오베르는 어느 틈에 손에 들고 있던 주머니를 던졌다. 그 주머니는 완만한 포물선을 그리고 길레느에게 날아갔다. 길레느는 반사적으로 그 주머니를 공중에서 베었다.

그 순간 주머니 안에서 연기 같은 것이 확 퍼졌다. 길레느는 그걸 정통으로 얼굴에 뒤집어쓰고… 이런.

"'스톤 캐논'!"

"오옷!"

뒤에서 날아온 바윗덩어리를 오베르는 간신히 회피했다.

그 틈에 길레느가 추격…할 수 없었다. 그녀는 얼굴에 뒤집어쓴 가루 때문에 눈에서 커다란 눈물을 흘리고 재채기를 하였다. 향신료를 섞은 오베르 특제 최루탄이다.

하지만 오베르도 길레느를 계속 공격할 수 없다. 그는 바퀴벌레처럼 길레느의 옆을 빠져나가서 병사들을 섬멸하는 에리스와 실피에게 접근했다.

"철수! 철수! 다음 기회를 노린다!"

그 말에 병사들이 일제히 숲으로 도망치기 시작했다. 그와 동시에 에리스가 오베르를 알아차렸다.

실피를 감싸듯이 몸을 이동시키고 요격하려고 했다.

"으가아아아아!"

"'검이여, 등불을!'"

그 주문과 함께 오베르의 검이 불길에 휩싸였다. 오베르는 사이드스텝을 밟으면서 재빨리 허리에서 뭔가를 꺼내어 입에 머금었다. 이 기술도 알고 있다. 안 늦을 수 있다.

"푸우우웃!"

"'워터 월'!"

오베르의 입에서 기름이 분출, 화염검의 불이 옮겨 붙어서 에리스를 덮쳤다.

하지만 그 직전에 내가 쓴 마법이 그걸 저지했다. 불은 물의 장벽에 부딪쳐서 순식간에 꺼졌다.

에리스는 눈앞의 물의 장벽을 아랑곳하지 않았다.

내 마술과 함께 상대를 베기 위해 대상단세에서 대각선으로 오베르를 베었다.

"타아아압!"

좌악 하는 소리가 들렸다. 오베르의 상반신이 분단되어서 털썩 지면에 떨어졌다.

"좋았어!"

"칫."

내가 기뻐하는 것과 달리 에리스는 혀를 찼다.

잘 보니 지면에 떨어진 것은 오베르의 상반신이 아니었다. 통나무다. 어느 틈에 통나무가 지면에 떨어져 있었다. 모래투성이 망토로 감싼 통나무가.

예견안으로 보고 있었을 텐데도 무슨 일이 일어난 건지 알 수 없었다.

그렇게 생각한 순간.

통나무를 향해 뭔가가 날아왔다.

갈퀴다. 로프가 달린 갈퀴가 통나무를 향해 날아왔다. 갈퀴는 천에 걸리더니 단숨에 그것을 벗겨냈다. 천은 휘리릭 공중을 날아서 로프의 반대쪽 끝을 쥔 남자의 손에 떨어졌다.

숲속에서 들풀로 위장한 망토를 두른 오베르가 있었다.

오베르가 갈퀴로 천을 회수한 것이다. 그렇다면 저 망토는 매직아이템의 일종인가?

두 개의 망토는 그걸 걸친 상대를 순식간에 바꿔칠 수 있다든가.

몸 바꿔치기인가. 저런 이야기는 못 들었습니다, 두목!

"실력이 늘었구나, 광견! 이번에는 이만 실례하지! 다음에 또 보자!"

"기다려!"

"기다려야 하는 건 에리스야!"

에리스는 오베르를 쫓아가려고 했지만, 실피가 제지했다.

"숲속에는 아직 병사가 있어! 혼자서 뛰어들지 마!"

에리스는 그 말에 내 쪽을 보았다. 나는 고개를 내저었다. 에리스는 아쉬운 눈치로 오베르가 사라진 방향을 보았지만, 한 차례 혀를 차더니 검을 수습했다.

"흥."

기분 상한 얼굴로 이쪽으로 다가오는 에리스와 지팡이를 든 채로 주위 경계를 계속하는 실피. 일단 주위에서 적의 기척은 사라졌다.

남은 것은 사체뿐이다.

"휴우…."

이걸로 일단 습격은 끝인가.

하지만 여기서 마음을 놓으면 또 오베르가 습격해 올지도 모른다.

적어도 밤까지는 경계를 계속하자.

전투 후, 상황을 확인했다.

적은 거의 괴멸. 이쪽의 피해는 거의 없음. 길레느가 약 한 시간 정도 눈물과 재채기가 멎지 않은 정도다. 치유 마술과 해독 마술이 안 통했기 때문에 조금 당황했는데, 물 마술로 씻어 내자 증상이 나아졌다.

치유도 해독도 의외로 약점이 많은가 보군.

아마 화분증에도 안 먹힐 거다. 이 세계에는 화분증이 없는 것 같지만.

길가의 사체는 처리해 두었다. 그대로 놔둬도 되겠지만, 여기는 숲속이다. 놔두면 사체는 언데드가 되어서 되살아난다. 사체를 방치하는 행위는 기본적으로 금기다.

갑옷을 벗기고 유품이 될 만한 것을 길가에 정리한 뒤에 사체를 태웠다.

"……"

그 작업을 하는 동안 루크의 안색이 안 좋았다. 그는 작업을 하면 할수록 안색이 점점 나빠졌다. 사체에 익숙하지 않은 게 아니라 사체의 갑옷을 주목하고 있었다.

뭐가 있는 걸까.

"저기, 루크, 이 문장은….."

이유는 곧 판명되었다.

수많은 사체 중 몇 할이나 될까. 그들의 갑옷에 어떤 문장이 새겨져 있었다.

그 문장은 아슬라 왕국 어느 영토의 영주의 것이다. 그 영토의 이름은 밀보츠령이라고 한다.

아슬라 왕국에서 지극히 강한 힘을 가진 지방 4대 귀족 중 하나가 다스리는 영지다. 우리를 습격한 병사 중에서 그 영지를 다스리는 자의 병사가 있었다는 소리다.

그것이 의미하는 바. 그걸 알고 루크가 중얼거렸다.

"이럴 수가⋯."

밀보츠령 영주 필레몬 노토스 그레이랫은 아리엘을 배신한 것이다.

제3화 짐작

습격으로부터 한 시간 뒤. 숲의 약간 안쪽에 캠프를 차렸다.

모닥불을 돌들로 둘러싸서 빛이 새어나가지 않도록 하면서 작전회의를 했다.

"이럴 수가⋯. 어떻게 이런 일이⋯."

루크는 망연자실한 표정이었다.

병사의 갑옷에서 밀보츠령의 문장이 발견된 뒤로 계속 공허한 눈으로 중얼거렸다.

그는 밀보츠 영주, 즉 자기 아버지가 아리엘을 배신하고 병사를 보냈다는 것을 믿을 수 없는 모양이다.

루크는 큰 충격을 받았지만, 아리엘과 다른 종자는 태연하였다. 그럴 가능성이 있다고 생각했던 모양이다.

루크만 충격을 받은 것은 필레몬이 가족인 탓도 있겠지만, 인신이 무슨 소리를 쏙살거렸기 때문이겠지.

무슨 소리를 들었을까. 그리고 그 말이 거짓이라는 걸 알았을까.

인신은 기본적으로 듣기 좋은 소리밖에 하지 않고.

…그것에 대해 들어야 할까. 아니, 일단 여기선 이야기를 진행시키자.

"아리엘 님."

"루데우스 님? 하실 말씀이라도?"

"오베르는 '다음 기회를 노린다'라고 외쳤습니다. 이 숲에서, 혹은 국경에서, 가능성이라면 국경을 넘은 뒤에도 계속해서 습격해 올 것으로 보입니다."

아리엘은 고개를 갸웃거렸다.

"그렇겠죠. 그런데?"

그건 처음부터 계산했던 일이라는 얼굴이다.

"이번에는 무사히 격퇴했습니다만, 오베르는 생각 이상으로 강적이었고, 습격해 온 적은 생각 이상으로 많았습니다…. 아무래도 저쪽은 아리엘 님을 진심으로 제거하려는 모양입니다. 다음에는 더 주도면밀한 준비를 하고 습격해 오겠지요."

"…격퇴는 무리라는 말씀입니까?"

아리엘의 말에 나는 크게 고개를 끄덕였다.

"그건 지금 시점에서는 알 수 없습니다만, 아마도 다음에 습격을 받는다면 관문이겠죠. 덫이 있으리라고 생각합니다. 돌파하기 어려울 것은 틀림없습니다."

"하지만 전이마법진은 없습니다. 전진할 수밖에 없겠지요."

예상했던 대화 전개.

아리엘과는 대화가 아주 잘 통한다. 마치 이쪽이 무슨 말을 하고 싶은 건지 다 아는 듯하다.

"예. 하지만 덫이 있을 게 뻔히 보이는 장소에 뛰어들 필요는 없습니다."

"어머…. 그럼 관문을 통과하지 않고 국경을 넘는 수가 있나요?"

"예."

"그건 어떤 방법이죠?"

어느 틈에 주위 사람들이 나와 아리엘의 이야기를 귀 기울여 듣고 있었다.

다소 말하기 껄끄럽긴 하지만, 개의치 않는다.

"이 국경 부근에는 밀수나 노예매매를 생업으로 삼는 도적단이 있다고 들었습니다. 거기와 거래를 하지요. 잘만 풀리면 관문을 통과하지 않고 아슬라 왕국으로 들어갈 수 있을지도 모릅니다."

그렇게 말하자 아리엘은 흠 소리를 내면서 생각하는 듯한 포즈를 취했다.

실피가 약간 의심스러운 표정을 지었다. 에리스와 길레느는 듣고 있지 않았다.

"루데우스 님은 이전에 켕기는 짓이라면 하지 않는 게 좋다고 말씀하시지 않았습니까?"

"예. 그 점에 대해서는 여전히 같은 마음입니다. 하지만 상황이 이렇게 빡빡할 거라고는 생각하지 못했습니다. 어쩔 수 없겠지요."

"그렇습니까…."

그렇게 말하자 아리엘은 납득한 얼굴로 끄덕였다.

그녀는 주위를 둘러보고, 눈썹을 찡그린 실피와 시선을 주고받았다.

"실피, 어떻게 생각하나요?"

"…괜찮다고 봅니다. 그 도적단을 얼마나 신용할 수 있을지 모르지만, 그래도 루디의 제안이라면 위험은 적으리라고 보고요."

그렇게 말하면서도 조금은 불만스러운가 보군.

미리 말하지 않았던 게 문제였을까.

하지만 제안한 뒤에 습격이 오면 마치 내가 습격을 지시한 것 같잖아?

"루크는?"

아리엘은 고개를 돌려 루크를 보았다.

그때 루크가 귀신처럼 느릿느릿 고개를 들었다. 살짝 분노한 눈으로 이쪽을 보았다.

"너, 무슨 꿍꿍이지…?"

떨리는 목소리로 그렇게 말했다.

나를 보고 있다. 의심하는 얼굴로.

"네 움직임, 마치 오베르가 기습해 오리란 걸 알고 있었던 것 같다."

"예상은 하고 있었습니다."

"어떤 식으로 싸울지 알고 있었던 것 같다."

"내게는 예견안이 있으니까요."

루크야말로 사각이어서 거의 안 보였을 텐데도 잘 알잖아.

"오베르의 철수도 너무 빨랐던 것 같다."

"처음 일격으로 나를 처치했다면, 물러나지 않고 계속 공격했겠죠."

"녀석의 철수를 너라면 막을 수 있지 않았나?"

"…대규모의 마술을 쓰면 막을 수야 있었습니다. 그 경우 사선 위에 있는 에리스와 실피가 휘말려들겠고, 그 마도구인지 마력부여품인지로 피했을 가능성도 큽니다만."

"…그럴까."

어이어이. 마치 내가 오베르랑 한통속인 듯한 말투잖아.

…아, 그런가. 그런 각본인가. 내가 오베르, 나아가서 다리우스와 내통하는 걸로 하는 게 인신으로서는 제일 편한가.

큰일인데. 내가 다리우스나 오베르와 내통하지 않았다는 건 조금만 생각해도 알 수 있는데…. 루크, 조금 더 머리를 굴려

봐. 아버지의 배신으로 충격을 받은 건 알겠지만, 나는 적이 아냐.

"…루크 선배, 나는 당신의 부탁으로 아리엘 님에게 협력하는 겁니다."

"분명히 나는 부탁했다…. 하지만 이상하지 않나. 아버님이 배신할 리가 없다. 아버님이…."

루크의 언동이 이상하다. 역시 인신의 짓이겠지. 대체 인신은 루크에게 어떤 조언을 한 거야….

잠깐. 어쩌면 인신은 현재 루크가 보이지 않나? 나는 올스테드에게 받은 팔찌를 장착하고 있다. 팔찌는 인신에 대한 방어막이 된다.

그렇다면 루크에게 한 조언이 부정확할 가능성도 있다.

…어쩌면, 혹시 인신이 이미 루크를 버렸을 가능성도.

"…아까부터 뭐야?"

에리스가 짜증내는 표정으로 루크를 노려보았다.

당장이라도 루크에게 덤비려는 기색이다. 실피는 평소보다 날카로운 시선으로 나와 루크를 교대로 보고 있다.

길레느는 옆에서 머리 위에 물음표를 띄우고 있다. 어려운 이야기로군, 나랑은 관계없어, 라고 말하는 듯.

"아리엘 님."

루크는 엄한 표정을 하면서 아리엘에게 고개를 돌렸다.

"저는 반대입니다. 최근 루데우스는 어딘가 불투명합니다."

"…그렇습니까?"

"그 도적단이란 놈도 정말로 괜찮은지 알 수 없습니다. 관문을 통과하면 안 된다는 점에서는 동의합니다만, 여기선 일단 물러나서 페르기우스 님에게 협력을 요청해야 한다고 생각합니다."

페르기우스에게 조력을 부탁한단 말이지. 분명히 일리가 있군.

페르기우스의 정령을 한두 명 호위로 붙여달라고 해서 전력을 늘리고 강행돌파.

응, 그것도 괜찮을 것 같다.

나도 아리엘이 무사하다면 아무래도 좋다. 나는 도적단에 있는 트리스와 접촉하고 싶을 뿐이니까. 딱히 아리엘과 24시간 내내 함께 있을 필요는 없다. 내가 곁에 없을 때 아리엘이 죽을 가능성도 있지만….

"…엘모어, 클리네. 어떻게 생각하나요?"

"저는 루크 님을 지지합니다."

"저도."

"그렇습니까."

두 종자는 루크를 지지하는 모양이다. 이걸로 2대 3인가.

물론 이 집단은 민주주의가 아니다. 어느 쪽이냐면 봉건국가다. 여기는 아리엘의 뜻으로 결정된다.

뭐, 정 안 되면 혼자서 트리스와 접촉해 보자. 내가 먼저 아슬라 왕국을 정찰하고 온다는 핑계를 대고. 혼자면 의심을 살 테니까 실피나 에리스를 데려간다든가….

"……."

아리엘은 에리스와 길레느에게 의견을 묻지 않았다.

얼굴에 어두운 기운을 띠고 잠시 생각했다. 눈을 가늘게 뜨고 모닥불의 불길을 바라보면서 깊은 생각에 잠겼다.

"좋아."

잠시 뒤에 그녀는 고개를 들었다.

나와 루크를 교대로 보았다. 두 번 정도 시선을 움직인 뒤에 루크 쪽에서 시선을 멈추었다.

"루데우스 님의 생각대로 가겠습니다."

"아니!"

루크의 안색이 변했다.

"어째서입니까!"

"페르기우스 님은 자국에도 돌아가지 못하고 도망쳐 온 자를 왕으로 인정해 주지 않겠지요. 이 정도의 일로 '부탁'할 수는 없습니다."

아리엘은 그렇게 말하고 내게 눈짓을 하였다.

…혹시 의도적으로 내 편을 들어준 건가?

어떻게 된 거지. 왜 아리엘은 내 편을 들어주는 걸까. 나한테야 좋은 일이지만… 조금 불안하기도 하다.

"하지만 죽으면 모두 헛수고입니다. 게다가 도적단이라니!

아리엘 님을 팔아치우려는 생각일지도 모르….”

“루크.”

아리엘의 말에 루크는 침묵했다.

“갑자기 왜 그러나요? 루데우스 님이 그런 짓을 할 리가 없지 않나요?”

“하지만 아버님이….”

“필레몬 님이 배신할 가능성에 대해서는 전부터 예상했었습니다. 당신도 아버님이라면 어떻게 움직일지 모른다고 이전에도 이야기하지 않았나요.”

“부, 분명히 전에는 그렇게 생각했습니다만. 하지만 저는 분명히 이 귀로 들었….”

거기까지 말하다가 루크는 놀라서 손으로 입을 눌렀다.

아리엘도 이 반응에 다소 놀란 기색이었다. 눈을 둥그렇게 뜨고 입술을 떨었다.

“루크, 혹시나, 혹시나 싶지만, 당신은 오라버니에게….”

아리엘은 거기서 말을 끊었다. 그걸 다 말하면, 규탄하면, 이 자리에서 루크를 버려야만 할 가능성이 있다고 생각했을지도 모른다.

그녀는 그걸 피해서, 대신 다른 말로 루크에게 물었다.

“루크 노토스 그레이랫, 당신은 무엇입니까?”

루크는 정신이 든 표정으로 아리엘을 보았다.

그리고 실피와 종자들을 보았다. 걱정하는 얼굴인 세 사람을 본 뒤에 그는 다시 아리엘의 눈을 보았다.

눈을 돌리지 않고 무릎을 꿇더니, 올려다보는 채로 말했다.

"당신의 기사입니다."

"그렇습니다, 그리고 저는 당신의 왕녀입니다."

루크는 고개 숙였고, 아리엘은 끄덕였다.

두 사람은 제정신을 차린 것처럼 만족스러운 표정을 짓고 있었다. 그 말을 할 수 있으면 충분하다. 그 말을 들을 수 있으면 충분하다는 듯이. 그거면 모든 게 다 된다는 듯했다.

실피도, 종자들도 안도한 얼굴을 하였다.

이게 두 사람 사이에 있는 유대감이겠지.

"그럼 출발하지요. 루데우스 님, 앞장서 주세요."

"예."

아무튼 이렇게 우리는 도적단과 접촉하는 흐름이 되었다.

루크는 배신하지 않는다. 하지만 불안은 남았다.

이번 대화로 루크가 인신의 사도임이 틀림없어졌으니까.

도적단이 있는 장소로 가기 위해 일단 가도로 돌아갔다.

도적단에게 가는 방법은 알고 있다. 가도변에 굴러다니는 어느 바위. 그중에 표식이 있는 것이 하나 있다. 거기서 숲으로 들어가서 똑바로 동쪽으로.

문제의 도적단이 있는 곳은 숲의 동쪽 끝. 산기슭의 절벽 밑에 있다고 했다.

숲속에 들어갔기 때문에 이동속도는 느려졌다. 마차를 분해하고 말에 실어서 이동하기 때문이다.

처음에는 아리엘도 말에 탔지만, 숲속을 이동하게 되자 말에서 내렸다. 나무나 지면에서 나온 뿌리가 너무 커서 낙마의 위험이 있기 때문이다.

도적단의 위치는 동쪽이지만, 숲은 울창하고 이동은 몹시 어렵다.

말을 끌면서 지나갈 수 있을 만한 장소를 이동하고, 때로는 마술로 나무를 잘라내어 길을 만들었다.

나무를 쓰러뜨리면 흔적이 남아서 추적당하기 쉬워진다. 하지만 도중에 마물과 싸우면 아무래도 흔적은 남는다. 이쪽은 숫자가 많고, 추적을 피하는 방법을 숙지하고 있는 것도 아니다. 별로 신경 쓰지 않는 편이 좋겠지.

도중에 몇 번 휴식을 취했다.

아리엘이 금방 다리가 아프다고 호소했기 때문이다. 숲을 걷는 것에 익숙하지 않은 탓이겠지. 물론 아리엘은 우는 소리를 하지 않았다. 그때마다 실피가 아리엘의 다리에 치유 마술을 걸고, 호흡이 좀 가라앉으면 출발하는 식을 거듭했다.

"……."

딱히 대화는 없었다.

대화가 없으면 머릿속에서 생각을 한다. 각자가 무슨 생각을 하면서 걷는지는 모르겠지만, 내가 생각하는 것은 인신의 사도, 그리고 인신이 사도에게 어떤 조언을 했는가 하는 점이다.

즉, 루크가 인신에게 어떤 조언을 들었는가 하는 점이다.

어떠한 조언을 들었음은 틀림없겠지.

하지만 어떤 시점에서, 어떤 식이냐는 점은 불명확하다.

내 사례를 들어보자면, 인신은 그렇게 자주 조언을 해 주지 않았다. 가끔씩 짧은 간격으로 나왔지만, 기본적으로 1년의 간격이 있었다. 루크도 비슷하다면 이번에도 조언은 한두 번이겠지.

가능성이 높은 것은 도서미궁에 가기 전, 루크가 내게 와서 조언을 청했을 때겠지. 그 내용으로는 '아리엘에게 도움이 될 테니까 루데우스를 동료로 끌어들여라'라는 느낌일까.

루크의 행동에 직결되는 조언이다.

하지만 이번 습격의 반응을 보면, 한두 번 정도 더 조언을 받은 것으로 여겨진다.

이번에는 이상하게 내 말에 시비를 걸었다. 마치 내가 범인이라는 소리를 들은 듯이.

그렇다면 예를 들어서… '내가 노토스 집안을 집어삼키려 한다'는 걸까?

아니, 그럴 리가. 조금만 생각하면 내가 그런 걸 욕심내지 않는 걸 알 수 있겠지. 그런 것에 흥미가 있으면 마법도시 샤리아에 살지 않고, 더 적극적으로 아리엘을 편들겠지.

하지만 가치관은 각자 다르다.

자기가 제일 탐내는 것의 가치는 크다. 그걸 누군가가 노린다는 말을 들으면 의심하지 않을지도 모른다. 오오, 그렇다면 루크는 노토스 가문의 당주가 되고 싶은가. 그렇게 보이지 않는데.

뭐, 루크가 어떤 조언을 들었는지는 일단 나중에 생각할 수밖에 없다.

두 번째 사도, 다리우스 실바 가니우스 상급대신은 어떨까. 올스테드도 말했지만, 사도일 가능성은 농후하다. 확정적이라고 해도 과언이 아니다.

그에게는 어떠한 조언을 했을까.

적어도 '아리엘이 왕궁으로 향하고 있다'는 정보는 받았을 것이다.

아리엘은 '다리우스는 국왕이 몸져누운 시점에서 저의 귀환을 예측하였을 터'라고 말했다.

하지만 그렇다고 해도 적의 전력이 많았다.

북제에 북왕. 어느 쪽도 귀중한 전력일 것이다. 그것을 올지 말지 불확실한 상대를 위해 배치할까. 제2왕자에 대한 대비로 남겨둬야 하지 않을까.

이쪽은 전이마법진으로 이동해 왔다. 마법도시 샤리아에서 아슬라 왕국까지 정보가 얼마나 빨리 전달되는지는 모르지만,

정보가 도달한 뒤에 오베르나 위 타를 배치해도 늦겠지.

더 말하자면 오베르는 제일 먼저 나를 노리고 덤볐다.

아리엘이 아니라 나다. 내 정보를 얻은 모양이었다.

다리우스가 아리엘이 아니라 나를 노릴 가능성…은 아무래도 좋나.

잘 생각해 보면, 다리우스와 인신에게는 아리엘도 나도 방해가 된다. 루크처럼 뱅뱅 도는 짓을 할 필요는 없다. 자세한 정보를 흘리면 된다.

마지막 사도는 여전히 불확실하다.

이번에 필레몬이 아리엘을 배신했다.

이건 인신의 조언에 따른 바가 아닐까.

아니, 일기에 기록된 미래에서는 필레몬의 저택에 에리스가 있었다. 에리스는 보레아스고, 보레아스는 제1왕자파다. 그렇게 생각하면 인신과 관계없이 필레몬은 배신했을 가능성이 크다.

그 능력과 영향력을 생각하면 다리우스의 하위호환이고, 필레몬이 사도일 가능성은 그리 크지 않다.

오베르일까.

오베르는 이쪽의 구성원을 알고 있어서 '위 타를 데려왔다'고 말했다.

그렇다면… 아니, 그것도 다리우스가 알고 있을까.

이번 일만으로는 인신의 사도인지 아닌지 판단하지 않는 편이 좋을 것 같다.

내 존재는 알고 있었던 모양이지만, 그것은 다리우스에게게도 들을 수 있겠지.

어찌 되었든 오베르는 쓰러뜨리는 게 좋은 상대다.

…그런 식으로 여러모로 생각하였지만, 딱히 결론이 나오는 것도 아니고 획기적인 아이디어가 떠오르는 것도 아니었다.

그렇긴 해도 오베르는 정말 신기한 방식으로 싸우는 녀석이었군.

마력부여품만이 아니라 각종 도구도 잘 소화하였다.

기름이나 최루탄…. 분명 아직 더 다양하게 있겠지.

괴짜라는 인상이 강했지만, 올스테드의 이야기로는 평범하게 칼싸움을 벌여도 강하다고 했다.

일단 이야기로는 들었지만, 듣는 것과 보는 것은 크게 다르다.

방심했던 것은 아니고, 그 자리에서 길레느를 원호하기도 해야 했으니까 잘못을 저지른 건 아니라고 생각한다. 다만 그 한 순간의 틈을 놓치지 않고 내 뒤를 잡았다.

다음에는 확실히 끝내고 싶지만, 올스테드의 말로는 한 번 도망치기 시작한 녀석을 처리하기란 어렵다고 했다.

그렇게 눈에 띄는데 숲에 들어가면 전혀 보이지 않았다.

북제라는 이름은 괜히 붙은 게 아닌가. 뭐, 북제나 공작검이라는 이름보다도 닌자라는 느낌이지만.

그야말로 NINJA다.

NINJA는 이세계에도 있었군.

그 최루탄이나 기름, 나도 좀 흉내내 볼까….

이동을 계속하여 밤이 되었다.

우리는 캠프를 차리고 지난번과 마찬가지로 순서대로 순찰과 경비를 섰다.

그때 나는 올스테드에게 두 번째 보고를 하였다.

첫 싸움에서 보고해야 할 점은 많았다.

"오베르를 놓쳤나."

"예, 죄송합니다. 대처법도 들었는데…."

"아니, 괜찮다. 이야기만 듣고서 잘 행동할 수 있는 녀석은 없지. 게다가 일단 도망가기로 마음먹은 오베르를 처리할 수 있을 리도 없다."

후퇴하기로 마음먹은 뒤로 오베르의 행동은 잽쌌다.

패턴은 풍부하고, 내가 모르는 마력부여품도 사용하였다. 올스테드는 그 패턴을 대부분 아는 모양이지만, 나는 그 모든 것에 대응할 수 있는 것도 아니다.

뭐, 그렇거든 올스테드가 미리 움직여서 처리해 주면 좋았을 것도 같은데.

…아니, 되도록 의지하지 않는 방향으로 가자. 남의 힘만 빌려서는 아무것도 해결되지 않는다.

오베르의 대처는 내게 내려온 일. 내가 해야만 한다.

"그렇기는 해도 위 타라는 자는 대체 뭡니까?"

"누군가가 불러들인 거겠지. 인신의 제안일까."

"…으음, 어떤 녀석입니까?"

일단 상대의 전력에 대해서 들어두어야겠지.

"'빛과 어둠'의 위 타. 기발파의 북왕으로, 칼맨 3세의 제자다. 분명히 오랫동안 노토스 가문의 경호원 노릇을 했을 거다."

노토스? 그렇다면 혹시 파울로의 스승이었던 건 아니겠지.

"그 이름처럼 빛을 이용하여 시야를 막는 전법이 특기다. 낮에는 반짝거리는 갑옷과 거울을 이용하고, 밤이 되면 온몸에 먹을 칠하고 검은 연기를 내는 마도구를 써서 어둠과 동화한다. 고로 낮에는 갑옷을 더럽히고, 밤에는 불 마술로 밝히는 것으로 대처한다."

"과연."

파훼법을 알고 나면 별것 아닌 느낌이로군.

"그런 기술만 봉쇄하면 에리스나 길레느가 대처할 수 있겠지만, 결코 검술 실력이 미숙한 것은 아니다. 방심하지 마라."

쪼잔한 기술은 어디까지나 서포트인가 보다.

그렇겠지, 눈속임 기술 정도로 북왕이 되었을 리가 없지.

"하지만 위 타만이라고만 생각하지 마라. 그 외에도 몇 명 고용되었을지도 모른다."

"북왕급 말입니까?"

"검왕은 없겠지만…. 수왕, 수성, 검성이 몇 명 있을지도 모른다."

"많이 고용해서 이쪽을 압살할 생각일까요?"

"아니, 수신이 있는 상태라면 다리우스도 그리 많은 경호원을 고용할 리가 없다. 기껏해야 한둘이다."

수신이라는 절대적인 전력을 가졌으니까 저쪽도 방심하는 건가.

인신은 더 고용하라고 말할 것 같지만… 결국은 조언이고.

"하지만 이 시기라면 북신삼검사가 모두 아슬라 왕국 안에 있을 거다. 그걸 모두 고용하였을 가능성도 있다."

"북신삼검사, 그런 게 있습니까?"

"그래, 그 녀석들의 대처에 대해서도 가르쳐 주지."

북신삼검사. 북신류의 정점에 군림한다고 자칭하는 **네 명**의 검사다.

전원이 기발한 기술을 가졌고, 눈에 띄기 좋아하는 게 특징이다.

그 녀석들에 대한 대처법을 배운 뒤에 다음 화제로 넘어갔다.

"루크는 어떤가요?"

"좋은 징조다. 인신은 미래가 보이기 때문에 예측이 서툴다.

여러 명의 사도를 조종할 경우, 이런 문제가 발생하는 일이 많다."

말하자면 인신은 사도들끼리의 연대를 생각하여 조언을 해주지 않는다는 소리다.

이번에 루크가 놀랐던 것은 다리우스나 오베르에게 한 조언과 현실이 어긋났기 때문이다. 인신의 조언은 정확할지도 모르지만, 그 이외의 부분으로는 거짓말이 많다.

루크에 대해서도 적당한 거짓말로 둘러댔겠지. 고로 이런 일이 발생했다.

"인신이 루크를 버렸을 가능성도 있다고 생각합니다만."

"그럴 가능성은 크다. 루크는 운명이 약하다. 인신도 그리 기대하지 않고 있겠지. 어디까지나 네 행동을 보기 위한 감시역이다. 하지만 그 감시도 이렇게 내가 근처에 있는 이상, 거의 기능하지 않을 거다."

"…하지만 수중의 패가 세 명밖에 없는데, 그렇게 아까운 짓을 할까요?"

그렇게 묻자 올스테드는 떨떠름한 표정을 지었다.

"모든 것이 보이는 인신에게 상대가 보이지 않는다는 것은 공포다. 감시를 붙이는 데에 그 이상의 이유는 없다."

"…그렇군요."

인신으로서는 가장 믿을 만한 능력이 봉쇄된 꼴이고.

루크가 없으면 변화하는 미래의 예측도 쉽지 않다. 익숙지 않은 일에 힌트도 없이 도전해야만 한다. 그렇게 생각하면 루크를 놔주는 일은 없을까. 견제의 의미도 포함해서.

"일단 루크는 놔둬도 괜찮을까요."

"그래. 하지만 경계는 해라. 인신이 자포자기하였을 때, 사도에게 뒷일을 생각하지 않는 짓을 시키는 일도 많다."

"음…. 그렇군요."

예를 들어서 불쌍한 마술사에게 올스테드를 죽이라고 한다든가.

"너무 눈에 띄게 움직이려 들면 죽여라."

"…그 전에 루크와 한 차례 접촉을 해도 될까요?"

"무슨 이야기를 할 거지?"

"인신과의 접촉이 있었는지, 그리고 어떤 조언을 들었는지. 가능하다면 인신의 말을 듣지 않도록, 혹은 이중간첩이 되도록 설득할까 합니다."

"호오…."

가능할 것 같지는 않다. 루크는 나를 의심하고 있다. 인신에게서 무슨 소리를 들었을지 모른다.

어느 쪽을 믿을까 하는 단계가 되어도, 루크가 나를 믿어줄 만큼의 신뢰를 쌓지 않았을 것이다.

나와 루크의 관계는 그 정도다.

"…헛수고라고 생각하지만, 어디 해 봐라."

좋아, 허락은 받았다. 이제 타이밍을 보아서 말을 하기만 하면 된다.

괜히 들쑤시는 꼴이 될지도 모르지만.

"지금으로선 일이 순조롭게 진행되고 있다. 인신도 제대로 대응하지 못하고 있다. 이대로 가라."

"예!"

그걸로 정시연락은 끝나고, 나는 올스테드의 곁을 떠났다.

계획은 순조롭게 진행되고 있다. 그 말은 분명히 옳겠지.

적룡의 수염에서 오베르와 싸우고, 다음은 트리스를 동료로 넣는다. 사소한 부분에서는 예상했던 바와 다르긴 하지만, 계획을 변경해야만 할 정도는 아니다. 그러니까 자신감을 가지고 전진하면 된다.

그런 건 알지만, 솔직히 나는 일이 너무 순조로워서 두려웠다.

루크의 일과 같은 문제점이 슬쩍슬쩍 보이고 있으니까.

하지만 올스테드는 그걸 느끼지 못하는 모양이다. 실제로 현장을 보지 않은 탓일까, 아니면 다소의 문제는 무시할 수 있다고 생각하는 걸까, 아니면 내 기우일까.

올스테드가 어떻게 생각하는지는 모른다.

문제가 없으니까 움직이지 않는다는 것은 안다. 함부로 움직인 끝에 일이 악화되는 경우는 자주 있다.

안 하고서 후회할 거면 하고서 후회하는 게 낫다는 것은 지난 생에서 자주 들은 말이지만, 그건 어디까지나 어느 쪽을 택해도 후회하는 경우다.

현황유지란 것도 좋은 선택지 중 하나다.

나로서는 역시 최대한 후회하지 않는 선택을 하고 싶다.

예를 들어서 아리엘이나 루크 문제에서는 조금 더 적극적으로 대처하는 편이 낫다고 생각한다.

사실 루크와는 타이밍을 봐서 이야기할 예정이다.

무슨 이야기를 할지는 아직 결정하지 않았고, 괜히 안 해도 되는 짓을 하는 결과가 나올지도 모르지만, 인신의 위험성에 대해서 이야기하는 편이 좋을지도 모른다.

말하지 않는 편이 좋을지도 모르지만.

"......."

그렇게 생각하면서 나는 모두가 자는 곳으로 돌아갔다. 태연한 분위기로 숲에서 나와 모닥불을 지키는 두 사람에게 주위의 안전을 알렸다.

오늘 나와 함께 모닥불을 지키는 것은 실피와 종자 클리네.

내가 걸어다녔던 것은 시간상으로는 30분도 안 되겠지.

그 30분 동안에 모닥불 옆에 사람이 하나 늘어 있었다. 세 명이었다.

누가 일어난 걸까. 내가 없는 동안에 마물의 습격이 있으면 에리스나 길레느가 일어났을지도 모른다.

그 그림자는 그리 크지 않았다. 작고 마른 체구인 실피보다는 크다. 클리네는 여성으로서 평균적인데 그와 비슷한 정도다. 에리스는 두 사람보다 키가 크니까 에리스는 아니다.

그럼 종자 엘모어일까. 그녀는 왜 일어난 거지?

그렇게 생각하며 다가갔을 때, 그림자 하나가 일어섰다.

"좋은 밤입니다, 루데우스 님."

아리엘이었다. 그녀는 모닥불을 등지고 서 있었다. 불이 만드는 그림자가 그녀의 아름다운 얼굴에 음영을 만들었다. 실피와 클리네가 난처한 얼굴을 하고 있었다.

"잠깐 산책을 하지 않겠습니까?"

아리엘은 자신만만한 미소를 지으면서 그렇게 말했다.

제4화 아리엘의 선택

달빛 아래, 나무들 사이를 아리엘과 함께 걸었다.

단둘이다. 실피도, 두 종자도, 루크도 없다.

아리엘이 손수 횃불을 들고 앞장섰다. 이대로 계속 가다가 올스테드와 만났던 장소까지 갈 것 같다.

"이 여행을 시작한 뒤로 루데우스 님과는 단둘이 한 번 이야기를 해야만 한다고 생각했습니다."

실피와 클리네는 따라오지 않았다. 아리엘이 제지하였다.

그녀는 나와 나눌 중요한 이야기가 있다고 하면서 숲속으로 날 데려갔다.

한밤중의 만남. 무슨 이야기일까. 화장실에 같이 가달라는 건 아니겠지. 남이 지켜보지 않으면 볼일을 볼 수 없다는 특수한 성벽이라도 놀라진 않겠지만, 나를 데려간 이유를 모르겠다.

모닥불에서부터 5분 정도 걸었을까.

충분히 거리를 벌린 것을 확인한 뒤에 아리엘은 돌아보았다.

"루데우스 님은 숨기고 싶으신 모양이라서 이렇게 자리를 마련하였습니다."

농담은 그만하자. 아리엘은 진지한 이야기를 하려고 한다.

"…무슨 이야기입니까?"

예상은 하고 있었지만, 나는 물었다. 아리엘은 자신만만한 웃음을 지은 채로 내 턱을 만졌다.

우리 가게에서는 노 터치입니다만….

"어머, 그렇게 서두를 건 없지 않나요. 밤은 기니까요."

"밤은 길어도 잘 시간은 짧지요."

"그런 말씀 마시고 루데우스 님도 어깨에서 힘을 빼고 이야기를 하셨으면 합니다."

아리엘은 그렇게 말하면서 내게서 손을 떼고 나무뿌리에 앉았다.

일단 마안을 개안했다. 아리엘을 경계하는 건 아니다.

아리엘에게 무슨 일이 생길 경우 때문이다.

"그러고 보면 실피와 에리스 님은 꽤나 사이가 좋더군요."

날 데리고 나와서 그런 이야기? 아니, 이건 대화의 물꼬라는 거겠지.

"…그렇지요. 더 다툴지도 모른다고 생각했습니다만, 두 사람 다 사이가 좋은 모양입니다."

솔직히 에리스는 우리 가족에 혼돈과 다툼을 가져올지도 모른다고 생각하였다.

실피나 록시와는 더 충돌하리라고 생각하였다.

하지만 가족과는 싸움다운 싸움을 하지 않았다.

"지난번에도 루데우스 님이 순찰을 나간 동안 두 사람이 나란히 누워서 이런저런 이야기를 했지요."

"헤에, 어떤 이야기를?"

"루데우스에게 맡기면 어떻게든 해 줄 테니까 다들 얌전히 말을 들으면 될 텐데, 라고 하는 에리스 님에게, 루디도 잘못을 하니까 우리가 도와주지 않으면 안 돼, 라고 실피가 타일렀습니다."

날 의지해 주는 건 기쁘지만, 솔직히 에리스는 나를 너무 과대평가한다. 실피의 조용한 내조의 자세는 기쁘다. 그 두 사람도 내가 올스테드 쪽에 붙었다는 것에 불안을 느끼겠지. 지금으로선 딱히 불평도 없이, 항의하는 일도 없이 그저 따라 준다.

"두 사람은 전혀 다르지요. 루데우스 님의 앞에 서서 싸우려는 에리스 님. 루데우스 님의 뒤에서 도우려는 실피…."

"두 사람 다 저의 부족한 면을 잘 채워 주는, 고마운 존재입니다."

두 사람을 향한 나의 애정은 감사에서 나온다. 그것을 죽을 때까지 잊을 일은 없다.

"재미있는 것은 실피는 에리스 님을 부족한 여동생처럼 다룬다는 점일까요."

"부족한 여동생, 이요?"

"예. 에리스 님도 그걸 받아들이는 모양이라서, 투덜대면서도 실피의 말을 듣는 것 같습니다."

그렇군. 그런 말을 들을 때까지 알아차리지 못했다.

아니, 잘 생각해 보면 최근 나는 두 사람과 별로 이야기를 하지 않았다.

시야가 좁아졌던 모양이다. 에리스가 익숙해지면 그걸로 족하다고 생각했던 것 같다. 내가 안 보는 만큼, 실피가 에리스를 돌봐준 것이다.

"재미있지요. 실피가 연하고 키도 작은데."

"아리엘 님은 잘 지켜보시는군요."

"루데우스 님과 비교하면, 봐야 할 장소와 생각할 것이 적으니까요."

아리엘은 그렇게 말하면서 슬쩍 시선을 보내왔다. 아름답군. 노골적으로 유혹하지 말아 주었으면 싶다.

"루데우스 님은 매일 바쁘시게 여기저기로 시선을 보내고, 보이는 것부터 안 보이는 것까지 생각하시는 것으로 압니다."

아리엘은 연극조로 말하더니 내 눈을 보았다. 본론인가.

"그럼 루데우스 님께 한 가지 여쭙고 싶습니다만…. 루크를 어떻게 생각하시나요?"

루크. 루크 문제인가?

올스테드 문제가 아니라.

"어떻게, 라고 하시는 건?"

거참, 아리엘은 어떤 대답을 원하는 걸까.

"루데우스 님의 안 좋은 버릇이 나오네요."

"예?"

"제가 원하는 대답을 하려고 하죠. 때로는 그런 대화술도 필요하겠지만, 지금 이 자리에서 제게 그런 건 필요 없습니다만?"

버릇이라. 그런 버릇이 있었나. 하지만 최근에는 그런 생각만 하면서 대화했던 것 같군.

올스테드를 상대로, 인신을 상대로.

뿐만 아니다. 어쩌면 가족을 상대로도.

"저는… 루크가 배신했다고 생각합니다."

아리엘은 그렇게 말했다. 루크의 배신…. 역시 그 말 때문인가.

"다른 이들에게는 말할 수 없지만요."

그렇겠지. 하지만 조금 쇼크다.

"…아리엘 님은 루크를 더 신뢰한다고 생각했습니다."

아리엘은 그 문답으로 루크의 충성심을 확인했다고만 생각했다. 실피와 마찬가지로 루크가 배신할 리가 없다고. 종자 두 사람도 마찬가지라고.

"했습니다."

"……."

"루크에게 저를 배신할 이유가 없지요. 혹시 배신한다면 더 이른 단계에서 했겠지요. 루크는 언제나 원하는 때에 잠든 저의 목을 벨 수 있었으니까요."

"…그럼 왜?"

"그런 루크라도 배신할 수밖에 없는 상황에 쫓기면 배신하겠죠. 예를 들어서… 루크는 자기 집안에 긍지를 가졌는데, 가족을 인질로 잡혔다든가…."

아리엘은 조용히 그렇게 말했다.

가족을 인질로 잡혔다.

그래. 그렇게 생각하면 딱히 인신이 끼지 않더라도 루크의 언동을 설명할 수 있나.

다리우스에게 인질을 잡혀서 배신을 종용당하고, 그리고 노토스 그레이랫의 병사가 아리엘을 습격한 것으로 약속이 깨졌다. 그렇게 생각하면 대충 앞뒤는 맞는다.

그 이후로 루크는 기분 나쁠 정도로 침묵을 지키고 있다. 아리엘 쪽으로 돌아갈 것인가, 다리우스 쪽에 붙은 채로 있을까, 판단을 내리지 못하고 있다…고 아리엘에게 보였을까?

"그러니까 이렇게 묻고 있습니다. 최근 들어서 갑자기 도와주신 루데우스 님은 어떻게 생각하시는가? 라고 말이죠."

그리고 어쩌면 나도 의심하는 걸까. 루크가 나를 의심하는 언동을 하니까.

그 발언은 어쩌면 내가 루크를 꼬드긴 것으로도 받아들여진다.

"그 질문에 대한 답을 이런 장소에서 해도 되겠습니까? 혹시 저도 배신했다면 아리엘 님의 목숨을 받아갈지도 모릅니다만?"

"그 경우는 아주 아쉽지만…. 결국 제게 사람을 보는 눈이 없었을 뿐. 얌전히 목숨을 드리지요."

배짱이 두둑하다고 봐야 할까. 아니, 생각할 것도 없이 나는 배신을 하지 않는다. 배신하지 않는 이유를 열거하는 건 간단하다. 말로는 의심하는 것처럼 굴면서도, 속으로는 그럴 리 없다고 생각하는 것이다.

"…루크는 배신했을 리가 없다고 생각합니다. 다만 그런 꼬드김을 받을 뿐."

"누구에게?"

답하기 어려운 질문이로군.

인신의 이름을 꺼내도 좋을까. 모든 것을 밝히는 것은 편하다면 편하지만… 잠깐, 이렇게 질문한다는 것을 보면 사실 아리엘이 인신의 사도일 가능성도 있을까?

올스테드는 아니라고 말했지만….

진정해. 아리엘에게 밝혔을 때의 메리트, 디메리트.

일단 그걸 생각하고….

"그런 것을 루데우스 님께 여쭤어도 대답하기 어렵겠죠. 간단히 말할 수 있다면 이미 해 주셨을 테니까요."

아리엘의 다음 말은 내 생각을 끊어낼 만한 힘을 품고 있었다.

"그러니 소개해 주시지 않겠습니까?"

아리엘은 웃고 있었다. 어둠 속에서, 부드럽게 미소 짓고 있었다.

"루데우스 님을 뒤에서 조종하고 계신 분… 올스테드 님을."

"예?"

어라? 어떻게 된 거야? 혼란스러워졌다.

올스테드의 이름이 나왔어? 루크 이야기가 아니었어?

"…알고 있었습니까?"

"그만큼 좋은 타이밍에, 딱 맞게 도서미궁 같은 곳으로 데려가 주시는데, 누구든 알아차리겠지요."

"……."

"그리고 저는 올스테드 님이 '어느 쪽'인지를 확실히 하고 싶습니다."

그것은 올스테드가 아리엘 쪽인가, 그라벨 쪽인가의 의미인가?

너무 완곡한 대화는 하지 말아 줘. 평소의 말하기 쉬운 아리엘 님은 어디 갔어?

"…확실히 해서 어쩌실 겁니까?"

"혹시 '이쪽'이라면 설령 아무리 무서운 분이더라도 저는 그걸 참을 생각입니다."

"참는다고요?"

"싫은 분과 어울리는 것도 왕족에게 필요한 일이기에, 아마 괜찮겠지요."

그런 건가. 올스테드의 저주는 그런 미적지근한 것이 아닐 텐데.

"'저쪽'이라면?"

"이쪽으로 끌어들이겠습니다."

아리엘은 자신만만하게 그렇게 말했다. 대단하네. 딱 잘라 장담했어.

"근처에 계시지요…? 올스테드 님이나 연락 담당인 분이."

하지만 이건 또 어렵군.

이것도 내가 멋대로 결정해도 좋을지 모르겠다. 아리엘은 견뎌낼 작정이겠지만, 올스테드의 저주는 강하다. 보기만 해도 적이라고 인식된다. 참는다고 했지만, 실제로 만난 결과 내가 아리엘에게 적으로 인식되었다간 본전도 못 찾는다.

그렇다고 거절하면 거절하는 대로 켕기는 점이 있다고 선언하는 꼴이다.

적어도 이쪽은 아리엘의 왕도를 방해할 생각이 없다. 아리엘의 왕도를 방해하는 것은 인신이고, 인신을 방해하고 싶은 것이 우리다.

그렇게 설명하는 것은 어렵겠는데. 으으음.

"고민할 필요는 없다."

그 목소리는 내 뒤에서 들렸다.

다급히 돌아보자, 거기에 있었다. 은발금안의 악귀…가 아니라 올스테드가.

"아리엘 아네모이 아슬라가 이야기를 하고 싶다면, 나는 거절하지 않는다."

올스테드의 날카로운 눈빛이 아리엘을 꿰뚫었다.

그 시선에 아리엘은 벼락을 맞은 것처럼 눈을 크게 뜨고 다리를 떨고… 아아, 이럴 수가, 아리엘의 발밑에 물웅덩이가 퍼졌다.

"아… 아…."

얼굴은 공포로 일그러지고, 악몽이 실제로 일어났다는 듯한 얼굴을 하고 있었다.

이거 틀렸군. 이래선 나도 배신자 확정인가….

"아아…."

그렇게 생각한 순간, 아리엘의 얼굴이 황홀로 물들었다.

기분 좋다는 듯한 그 얼굴을 보고 나는 생각했다.

괜찮을 것 같다고.

★　　★　　★

잠시 후에 아리엘은 마음을 가다듬었다.

현재는 싹 얌전하고 태연한 얼굴을 하고 있다.

더러워진 바지와 속옷은 내가 물 마술로 세탁하였고, 바람과 불을 조합한 오리지널 혼합 마술 '스팀드라이'로 말렸다.

천이 망가지는 것과 맞바꾸어서 급속하게 건조시키는 기술로, 사용하면 아이샤가 화내기 때문에 우리 집에서는 금지마술로 지정되었다. 이번에는 긴급사태니까 어쩔 수 없다고 하자.

…그렇긴 해도 나도 제법 오래 살았다고 생각하지만, 왕녀님의 속옷을 세탁하는 날이 올 줄은 몰랐다. 역시 이 세계에서도 비싼 속옷은 실크로군….

그런 작업이 끝날 때까지 아리엘에게는 내 로브를 입혀두었다.

역시 로브는 자락이 긴 게 좋아.

현재 아리엘은 말린 속옷과 바지를 입고 태연한 기색을 하고 있다.

나는 아래가 알몸인 왕녀님이 입었던 로브를 입고 있다. 왠지 좋은 냄새가 풍겨서 흥분되네. 아니, 요즘 며칠 동안 야한 짓과는 거리가 멀었던 탓인지, 게이지가 조금 쌓였던 모양이다.

나중에 소비하자. 자숙이다.

그러는 동안에 올스테드는 계속 불편한 기색으로 있었다.

"아무래도 보기 흉한 모습을 보여드렸습니다, 올스테드 님."

"아니, 됐다."

대충 처리가 끝났을 때, 아리엘이 올스테드에게 말했다.

그 얼굴은 조금 창백하지만, 그래도 올스테드를 극도로 두려워하는 기색은 없었다.

"……."

"그렇게 무서운 얼굴은 하지 말아 주십시오."

"평소의 얼굴이다."

"아하, 그럼 이게 저주의 효과로군요."

"그렇다."

그런데 올스테드는 왜 나왔을까.

뭐, 보스의 판단이니, 지금은 두 사람의 대화를 지켜보기로 하자.

"그렇군요. 저도 신의 아이, 저주의 아이를 몇 명 만났습니다만…. 그중에서도 뛰어나게 강한 저주라는 걸 알겠습니다."

"하지만 너는 극복하는 방법을 아는 모양이군."

"아슬라 왕족이기에 혐오감을 떨쳐내는 것 정도는 간단합니다."

"하지만 너는 진심으로 나를 신용하지 않는다."

"예, 그러니까 이렇게 대화의 기회를 바랐습니다."

서로 견제하는 듯한 대화에 내 마음은 점점 불안해졌다.

하지만 나도 진지하게 듣는 편이 좋겠지. 로브에서 풍기는 이 좋은 냄새가 마음에 걸리지만, 집중해야 해.

"단도직입적으로 여쭙겠습니다. 올스테드 님은 어째서 저를 도와주십니까?"

"다리우스의 뒤에 있는 녀석이 내 적이기 때문이다."

"다리우스의 뒤…. 그것은 오라버니? 제1왕자 그라벨?"

"아니다."

"그럼 어느 분입니까."

대답하기 어려운 질문이지요, 두목.

"인간의 신이라고 칭하는 사악한 신… '인신'이다."

오오, 인신의 이름까지 말하나. 올스테드는 어디까지 밝힐 생각일까.

아리엘이 적이 되지 않는다고 장담할 수는 없을 텐데.

"인신이라면 신화에 나오는 창조신 중 한 명…입니까?"

"그 인신과 내가 싸우는 인신이 동일하다고 할 수는 없지만, 녀석은 그렇게 말한다."

"그러한 신이… 다리우스와 협력한다? 무엇을 위해?"

"너를 죽이고 그라벨을 왕으로 앉히기 위해서."

"하아….."

아리엘은 얼떨떨한 얼굴을 하고… 그 표정으로 내 쪽을 돌아보았다.

"…그렇군요, 뜬금없는 이야기입니다만, 루데우스 님의 얼굴을 보기론 거짓말이 아닌 듯하군요."

내 얼굴은 거짓말탐지기냐.

그렇게 표정에 드러나기 쉽나. 스스로는 포커페이스라고 한 건데.

다음에 실피에게도 물어보자. 내 얼굴을 어떻게 생각하냐고.

멋지다고 말해 주려나….

"하지만 그런 신이 어째서 오라버니를…? 역시 오라버니 쪽이 보다 왕으로 어울리기 때문일까요."

"아니, 녀석이 움직이는 것은 보다 이기적인 이유다."

"어떤 이유로…라고 여쭈어도 될까요?"

올스테드는 나를 보고 다소 복잡한 표정을 지은 뒤에 아리엘 쪽으로 고개를 돌렸다.

"앞으로 백년 뒤, 아슬라 왕국은 위기에 빠진다."

"!"

"그때 네가 왕이 되었는가, 그라벨이 왕이 되었는가로 아슬라 왕국의 대응이 나뉜다."

어이, 왠지 나는 들어본 적 없는 이야기를 시작했는데.

"그라벨이 왕이 되었을 경우, 무력으로 그 위기를 극복하려고 한다. 네가 왕이 되었을 경우, 마술로 그 위기를 극복하려고 한다."

"백년 뒤라면 우리는 살아 있지 않으리라고 생각합니다만…?"

"왕이 된 뒤의 방침이 다르다. 그라벨은 무력 지향, 너는 마력 지향으로 군비를 증강한다."

두목, 난 그런 이야기 못 들었습니다만?

"무력에 의존하면 아슬라 왕국은 멸망한다. 마술이라면 살아남을 수 있다."

"……."

"인신은 아슬라 왕국이 멸망하길 바란다."

혹시 올스테드는 거짓말을 하는 걸까?

아리엘에게 유리한 이야기를 날조해서.

…하지만 아리엘이 내 얼굴로 진위를 가리려고 한다면 거짓말을 들킬 텐데?

"왜 인신은 아슬라를 멸망시키려는 걸까요…?"

"아슬라 왕국에서 녀석을 쓰러뜨리는 인재가 태어나기 때문이다."

"그자가 거슬려서?"

"그렇다."

아리엘은 이해했다는 얼굴을 하였다.

"그리고 올스테드 님에게는 그자가 필요하시군요?"

"그렇다."

그러자 아리엘은 턱에 손을 대고 생각에 잠겼다.

살짝 난처한 표정으로 내 쪽을 보았다.

안 돼. 나를 보지 마! 거짓말 탐지기를 쓰지 마!

아니, 여기서 포커페이스로 올스테드를 원호한다.

"음, 너무 상상과 다른 대답이라서 조금 당혹스럽습니다. 믿어도 될지 안 될지….''

거짓말이라고 생각하는 모양이다. 제길.

"나를 믿을 필요는 없다. 하지만 네가 알고 싶어 하는 것을 가르쳐 주지.''

"제가 알고 싶어 하는 것을 말씀입니까?''

올스테드가 거만하게 말하자 아리엘은 의외라는 얼굴을 하였다.

"루크 노토스 그레이랫은 배신하지 않았다. 다만 인신의 꼬드김을 받고 있을 뿐이다.''

아리엘의 얼굴에서 웃음이 사라졌다.

기본 표정처럼 얼굴에 붙어 있던 웃음이 사라졌다.

"루데우스 님도 그렇게 말씀하셨지만, '꼬드김'이란?''

"인신에게 '너를 위한 일이다'라는 말을 들어서, 잘못된 길을 가고 있다.''

"루크는 그렇게 보여도 현명한 남자입니다. 그렇게 간단히 속을까요?''

"자기에게 유리한 정보를 받았을 때, 인간은 간단히 상대를 신용하지.''

올스테드는 내가 유리한 정보를 주지 않지만.

그것과 신용을 얻는 것과는 또 다른 문제겠지.

"…다소 믿기 어려운 이야기입니다만…. 루데우스 님은 어떻게 생각하시나요?"

갑자기 내게 물었다. 또 거짓말 탐지기로군.

하지만 좋은 수라고 생각한다. 혹시 올스테드가 정말로 뜬금없는 거짓말을 했다면, 내가 정합성 있는 대답을 할 수 없다면, 그 자리에서 거짓말이라고 알 수 있겠고.

하지만 그 질문에는 대답할 수 있다.

"저는 계속 인신에게 조종당했습니다. 녀석은 꿈속에 나타나서, 제가 눈앞의 이익을 얻을 수 있는 조언을 계속했습니다. 덕분에 얻은 것은 많습니다. 하지만 그건 녀석이 마지막 순간에 배신하기 위한 포석이었습니다. 저는 녀석의 조언에 따랐고, 녀석을 믿었다가 배신당한 끝에 올스테드 님과 싸우게 되었습니다. 루크도 비슷한 상황이라고 생각합니다."

스스로도 놀랄 만큼 술술, 그리고 담담한 목소리가 나왔다.

아리엘은 미소가 사라진 얼굴로 그 말을 듣더니 올스테드를 돌아보았다.

입을 열려다가 고개를 내저었다. 다시 생각에 잠기는 얼굴로 생각하고 생각했다.

"루크는… 다리우스 쪽에 붙은 것이, 아니라는 말씀이군요?"

"음, 자기도 모르는 사이에 협력하고 있겠지만, 루크 자신은 그런 의식이 없다."

꽤나 멀리 돌아왔지만, 아리엘이 가장 묻고 싶은 것은 역시 루크 문제인가.

올스테드의 말의 진위보다도….

"…그 말씀을 듣고 안심했습니다."

"믿을 건가?"

"지금 이 타이밍이 아니라면 믿지 않았겠지요. 하지만 납득가는 부분도 있습니다. 루데우스 님이 어째서인지 루크를 힐끔힐끔 본다든가…."

그렇게 눈에 띄었나.

"솔직히 타이밍이 너무 좋은 것 같기도 합니다만…. 속는 셈치고 믿어보기로 하지요."

아리엘은 곁눈질로 나를 보면서 대답했다.

올스테드는 몰라도 나를 믿어 준다는 것일까.

기쁘긴 하지만 복잡하군.

"그래서 루크 이외에 인신의 주구가 된 자는 있습니까?"

"아마도 다리우스가 그렇겠지."

"제일 효과적이로군요. 그 외에는?"

"북제 오베르나 수신 레이다, 그 정도가 사도일 가능성이 크다."

"사도…는 세 명뿐입니까?"

"그래, 그 이외는 없다."

"그렇군요."

아리엘은 끄덕였다.

"즉, 올스테드 님과 루데우스 님은 그 세 사도와 싸우면서 인신의 목적을 저지하는 것이 목적, 그런 말씀입니까."

"그래. 이해가 빠르군."

"이해력만큼은 좋은 편이라고 자부하고 있기에."

아리엘은 자랑스럽게 말했지만, 웃고 있지는 않았다. 방금 전부터 굳은 표정이었다.

"그래서 올스테드 님. 제가 제안을 하나 하겠습니다."

"뭐지?"

"목적이 같다면, 저도 올스테드 님의 지시에 따를까 합니다."

"…네가 그럴 생각이라도 주위는 듣지 않을 거다."

"말하지 않으면 됩니다. 악마에게 영혼을 팔았다고 해도, 아무도 모른다면 군소리 들을 일 없지요."

"……."

아, 악마라는 말에 올스테드가 살짝 풀이 죽었네.

"저는 확실한 승리를 위해 수단을 가릴 생각이 없습니다. 강한 아군은 많은 편이 좋지요."

"…내가 거짓말을 하다가 마지막에 배신할 거라고는 생각하지 않나?"

"리스크를 두려워하다가 기회를 놓치는 것만큼 어리석은 짓은 없습니다."

아리엘 님, 말은 멋있지만 실제로는 사악한 대마왕에게 충성을 맹세하는 기분일까.

나도 올스테드에게 무릎 꿇었을 때에는 그런 기분이었다. 물론 우리 올스테드 코퍼레이션은 복리후생이 잘 되어 있는 좋은 기업이다. 못되게 생긴 녀석이 사장이라고 해서 사원 대접까지 악독하지는 않다.

"그래서 올스테드 님. 당분간 루크 문제는 제게 맡겨주셨으면 합니다만."

"호오."

"루데우스 님에게는 인신의 사도와의 싸움에 전념하게 하고, 저는 루크나 귀족들의 대응에 전념한다. 그러면 서로의 부담도 줄어들고 효과적으로 행동할 수 있으리라 생각합니다."

"…좋아. 그럼 루크 문제는 네게 맡기마. 가능하다면 설득하고, 필요하다면 죽여라."

"그 말씀대로."

아리엘은 올스테드에게 무릎 꿇고, 올스테드는 평소처럼 무서운 얼굴로 그걸 받아들였다.

여우에게 홀린 기분이란 건 이런 기분을 말하겠지.

어느 틈에 아리엘이 올스테드의 부하가 되었다.

그리고 앞으로의 예정을 밝히고 공동전선을 펴게 되었다. 바로 저 아리엘과.

"루데우스 님, 이 사실은 다른 이들에게는 비밀로."

"예, 그보다 괜찮겠습니까?"

"예. 드디어 저도 후련해졌습니다. 아, 화장실 이야기는 아니랍니다."

아리엘은 그 말처럼 후련한 표정을 하고 있었다.

"이걸로 간신히 루데우스 님과 진정한 의미로 협력관계를 맺었군요."

"그렇군요."

나로서는 아직 불안한 부분도 있다.

그래도 올스테드가 맡긴 거라면 따를 뿐이다.

"아리엘 님."

"말씀하세요."

"미리 말씀드립니다만, 혹시 루크 문제로 실피나 에리스에게 위해가 갈 것 같으면 저는 앞장서서 루크를 처리할 생각입니다."

"…올스테드 님의 판단에 따르지 않겠다는?"

"제가 올스테드 님을 따르는 것은 어디까지나 가족을 지키기 위한 것이니까요."

지금으로선 그렇게 말해 두자.

실제로 어떻게 될지는 모르지만, 그만큼 자신만만하게 루크를 어떻게든 하겠다고 말했으니까, 아리엘에게 맡겨 볼 생각이다.

내가 1대 1로 말하기보다는 그 편이 낫겠고.

"알겠습니다, 루데우스 님. 앞으로도 잘 부탁드립니다."

"이쪽이야말로."

이렇게 아리엘은 올스테드의 부하… 내 동료가 되었다.

둘이서 사이좋게 돌아왔을 때, 실피가 볼을 불룩거렸던 것은 말할 것도 없다.

제5화 트리스티나

다음날. 도적단의 영역에 들어갔다.

추격자는 없다. 오베르도, 다른 병사들도 쫓아오는 기척이 없었다. 어찌 되었든 이 숲을 빠져나갈 거면 관문을 통과하는 수밖에 없다고 생각하고 가도 끝에서 기다리고 있겠지.

본래 인신은 그런 미래를 예지했을 것이다.

하지만 나는 팔을 보았다.

용신의 문장이 새겨진 팔찌. 이 녀석 덕분에 인신은 내가 관여하여 변화한 미래를 볼 수 없다. 즉, 이렇게 다른 루트를 통과하는 것은 인신의 예지범위 밖이다.

그러나 예지는 불가능해도 예측은 할 수 있다.

인신이 일기의 내용을 똑똑히 기억한다면 우리의 행동도 예측할 수 있겠지.

물론 올스테드의 말로는, 예지에 의존하기 때문에 예측은 별로라고 하였다. 자세한 내용을 기억하는 타입도 아닐 것 같다. 일기의 내용도 기억하지 않는다고 보면 되겠지.

그렇게 생각하는데 갑자기 분위기가 바뀌었다.

"정지!"

동시에 조금 뒤에서 걷던 길레느가 내 어깨를 붙잡았다.

"있군."

길레느의 짧은 말에 에리스가 앞으로 나서려고 했다.

나는 그걸 제지했다. 에리스가 선두로 나가면 주먹으로 교섭하게 된다.

에리스는 얌전히 뒤로 물러났다…. 하지만 그 시선은 앞이 아니라 옆을 향하고 있었다.

"포위되었군…. 어쩔까? 지금이라면 돌파할 수 있다."

"이야기 못 들었습니까? 내가 교섭하겠습니다."

"…그래, 나는 공주님을 지키지."

길레느는 짧게 말하고 뒤로 물러났다.

힐끗 뒤쪽을 보니 길레느가 실피와 다른 이들과 뭔가 말하고 있었다.

아리엘과 시선이 마주치자, 그녀는 '잘 부탁한다'는 눈짓을 하였다.

그녀는 어제 아무 일도 없었던 것처럼 행동하고 있었다. 루크나 다른 귀족에 대해서는 맡겨달라고 했다. 도중에 루크와도 이따금 이야기했던 것 같은데… 어떻게 될까.

아무튼 올스테드가 그녀에게 루크를 맡겼다. 나는 거기에 따를 뿐이다.

"……."

그런 생각을 하면서 도적이 말을 걸어 오기를 기다리기로 했다.

대화를 유리하게 끌어가려면 선수필승. 먼저 자기소개를 하는 것부터, 라는 것이 나의 지론이지만, 상대가 모습을 보인 뒤라도 늦지 않는다.

"…흥."

에리스는 내 바로 뒤에 서서 주위를 바라보았다.

숲 안쪽에서 이따금 힐끗힐끗 보이는 검은 그림자를 눈으로 좇고 있었다.

오늘. 아니, 어제 습격이 있은 직후부터 나와의 거리가 다소 가깝다.

어제는 오베르의 기습이 있었으니까 거기에 대비하는 거겠지.

잠시 뒤. 에리스의 시선이 멈추었다. 아무래도 포위가 완성된 모양이다.

"다섯 명 정도네. 어떻게든 되겠어."

에리스가 작은 목소리로 가르쳐 주었다. 어느 틈에 그런 스킬을 익힌 걸까.

그렇게 생각하는데 전방에서 덤불을 헤치며 한 남자가 모습을 보였다.

거의 동시에 주위 나무그늘에서, 나무 위에서 차례차례 사람들이 나타났다.

하나… 다섯… 열…. 어이, 어이, 에리스 씨, 스무 명은 있잖습니까. 다섯 명이랑은 차이가 너무 크지 않습니까? 그렇게 생각하며 에리스를 보았더니 시선을 피했다.

선두에 있는 남자. 모피 조끼에 다박수염. 허리에는 손도끼 같은 칼을 찼고, 손에는 불이 붙지 않은 횃대를 들고 있었다. 말하자면 전형적인 산적의 모습이다.

그 녀석은 이쪽에게 들리도록 목청을 높였다.

"메아리는 뭐라고 답하지?"

이런 암호는 올스테드에게 들었다.

"토끼 굴, 그리고 개똥지빠귀의 울음소리."

이 말들이 무슨 뜻이냐 하면,

[무슨 일이냐?]

[밀입국, 그리고 도적단의 구성원에게 볼일이 있다.]

라는 것을 의미한다.

그 외에도 인신매매는 '새끼 있는 여우', 아슬라 왕국에서 사람을 찾을 때는 '고양이 심부름', 적룡의 수염을 지나는 자의 암살이면 '잠에서 깬 곰'이라는 느낌으로 세분화되어 있다.

이 암호를 모른 채 들어오면, 주위에 있는 놈들이 강도로 잡체인지하는 것이다.

내 대답을 듣고 산적은 의아한 표정을 하였다.

"개똥지빠귀 새끼는?"

"줄무늬 도토리."

트리스를 말한다. 산적은 그 말을 듣고 한층 더 의심스러운 표정을 지었다. 그 뒤에는 됐다는 듯이 어깨를 으쓱이고 한손을 들었다.

주위의 사람들이 샤샤삭 물러났다.

"따라와라."

산적은 그렇게 짧게 말하고 횃대에 불을 붙였다.

뒤를 향해 오케이의 신호를 보내자, 기분 탓인지 아리엘 주위의 분위기가 풀어진 것처럼 보였다.

자, 그럼 갈까 싶어서 앞을 보다가 에리스와 눈이 마주쳤다. 왠지 두근거리는 눈을 하고 있군.

"역시 루데우스야."

방금 전의 대화에 그런 소리를 들을 만한 요소가 있었나? 뭐, 됐다.

"가자."

"알았어!"

우리는 숲의 도적단을 따라서 숲속으로 들어갔다.

따라간 장소는 숲속에 덩그러니 지어진 오두막이었다.

밖에는 말을 매어두는 장소까지 다 마련되어 있었고, 안에는 거실과 침실, 창고. 침실에는 3단 침대가 여러 개 있었다. 벌레가 끓을 듯한 시트와 모포지만, 일단은 침대다.

말하자면 나무꾼의 오두막이란 느낌일까.

안내해 준 산적은 내게서 돈을 받더니,

"개똥지빠귀를 데려오지. 통과하는 건 내일 새벽녘이다. 그 전에 여기를 나가면 이야기는 없던 걸로."

그렇게 말하고 어딘가로 가 버렸다.

아지트로 돌아가서 트리스를 데려오는 거겠지.

우리에 대해 자세히 묻지 않았다. 이런 일은 돈만 제대로 낸다면 손님의 정체를 알려고 들지 않는 법이다.

"휴우."

일단 짐을 내려놓고, 주위에게 앞으로의 예정을 설명했다.

새벽에 국경을 넘는다는 것. 이제부터 올 여자에게 안내를 부탁한다는 것. 오늘밤은 여기서 묵는다는 것.

"새벽이 되면 다리우스의 손에 우리를 넘기는 일이 없기를 기도할 뿐이다."

루크가 야유를 던졌다.

그거라면 나도 그렇게 기도하고 싶다. 지금으로선 순조로우니까 슬슬 뭔가 안 좋은 일이 일어날 듯한 예감이 든다. 뭐, 결국은 예감이지만.

"꿈은 깨지고, 도적의 노리개…입니까. 루데우스 님, 그 경우 엘모어와 클리네는 놓아주세요."

아리엘은 농담처럼 말했다.

그녀는 이제부터 일어나는 일을 알 텐데… 저거 봐, 엘모어와 클리네가 노려보잖아.

농담이더라도 부정적인 말은 하지 마.

"일단 오늘 밤은 지붕이 있는 곳에서 잘 수 있겠군요. 내일부터는 국경을 넘고… 험한 길을 지나는 일도 있을 테니, 오늘 밤에는 느긋하게 쉬지요."

아리엘의 말에 다른 이들도 각자 움직이기 시작했다.

아리엘은 피로한 빛이 짙었다. 평소에 숲속을 걷는 것에 익숙하지 않겠지.

종자 두 사람도 그런가 싶었는데, 이 두 사람은 괜찮았다. 지금은 아리엘의 다리를 주무르고 있다. 이럴 때를 위해 7년 동안 단련한 모양이다.

루크는 창가에 서서 빈틈없이 오두막 밖을 살피고 있지만, 때때로 나를 향해 날카로운 시선을 보냈다.

역시나 나를 의심하는 걸까.

인신에게서 동료 중 한 명이 적과 내통하고 있다는 소리라도 들었을지 모른다. 물론 그건 루크가 아니라 인신의 적이지만.

길레느는 방구석, 전체를 바라볼 수 있는 위치에 서 있다. 평소와 같다. 시선을 돌리면 고개를 끄덕여 준다. 무슨 신호 같지만, 아마 이 수긍에 의미는 없다.

실피는 침실로 가서 청소를 하고 있다. 나는 아무래도 좋지만, 저 시트와 모포에서 잘 생각일까. 아니, 그런 건 가지고 온 게 있으니 침대만 쓰면 되는 걸까.

에리스는 내 뒤에서 검을 손질하고 있다. 만족스럽게 히죽히 죽 웃으면서 검을 갈고 있다.

검에서 나오는 기분 나쁜 빛도 있어서 뭔가 위험한 녀석으로 보였다.

뭐, 든든하다고 생각해야겠지.

나는 이 시간에 올스테드와 연락을 하고 싶지만… 나가지 말라고 하는데 나갈 만큼 바보는 아니다.

일단 내 장비를 점검하기로 하자.

두 시간 정도 지났을까. 밖에는 어느 틈에 비가 내리기 시작했다.

대삼림의 우기 정도로 큰 비는 아니었지만, 굵은 빗방울이 오두막의 지붕을 따닥따닥 때리는 소리가 들렸다.

아리엘은 잠들었다. 실피가 준비한 침상에 들어가서 곧바로 숨소리를 내기 시작했다. 종자 엘모어가 함께 침실에 들어가고, 루크는 문 앞에 문지기처럼 자리를 잡았다.

실피와 에리스, 종자 클리네는 작은 목소리로 뭔가 이야기하고 있었다.

때때로 실피와 클리네가 가볍게 웃는 소리를 내는 걸 보면 그리 진지한 이야기는 아닌 것 같다. 그녀들도 항상 긴장하고 있을 수는 없겠으니, 긴장을 푸는 것은 중요하다.

길레느는 방금 전부터 움직이지 않는다. 계속 서 있는 것은 아니지만, 입구 근처에 앉아서 눈을 감고 있다. 자는 것은 아닌 모양이다.

대화는 없다. 이미 장비 점검은 끝나고, 나도 한가한 상태다. 이렇게 남는 시간에 뭘 해야 할까.

"……!"

그런 생각을 하는데, 길레느의 귀가 움찔 하고 움직였다.

"누가 왔어."

호응하듯이 에리스가 일어섰다. 두 사람은 허리춤의 검에 손을 대고 있었다. 방 안에 긴장이 흘렀다.

잠시 후에 문을 다소 세게 두드리는 소리가 있었다.

오두막 안에 똑똑 하는 소리가 크게 울렸다.

"……."

길레느가 눈짓을 하였다. 내가 고개를 끄덕이자, 길레느는 문을 열었다.

들어온 것은 후드를 쓴 여성이었다. 그녀는 마물가죽으로 만든 비옷을 입고 있었다.

하지만 비옷 위로도 그 몸매가 풍만한 것을 알 수 있었다.

"참나…. 얼른 열란 말이야, 느려터져선!"

여자는 투덜거리면서 비옷을 벗었다.

아슬라 왕국에서는 그리 드물지 않은 갈색 머리와 아슬라 왕국에서는 보기 드물게 가슴이 크게 트인 옷이 드러났다. 굉장한데. 에리스보다 큰 거 아닐까.

"그래서 누구야? 날 찾은 게?"

여자는 실내를 둘러보면서 큰 소리로 말했다.

"분명히 어디의 바보가 날 창부 대신 쓰려는 건가 싶었는데, 그런 것도 아닌 모양이고. 할 말 있거든 얼른 해! 나는 바쁘다고!"

그렇게 짜증내는 목소리는 오두막 안을 위압하듯이 울렸다.

에리스가 얼굴을 찌푸리고, 클리네가 나무라는 시선을 보냈다.

내가 뭐라고 하기 전에 실피가 말했다.

"저기, 죄송합니다만 안에서 자고 있는 사람이 있습니다. 조금 조용히 말해 주시겠습니까?"

"뭐?!"

그 순간 여자의 기분이 확 나빠졌다.

"이런 빗속에서 불러내고! 용건이라고 조용히 해 달라는 거야?! 날 얕보는 거야?! 이 '성질 급한' 트리스를 바보로 아는 거야?!"

이 여자가 트리스인 모양이다.

일기 속의 인상과는 좀 다르군. 조금 더 조용한 인물을 상상했다.

하지만 갑자기 화나게 만든 모양이로군.

일기에서는 날 꽤나 존경하는 것 같았는데, 그건 어디까지나 미리스 교단에게서 성전을 훔쳐냈기 때문이다.

지금의 나는 트리스와의 접점이 없지만, 그 점에 관해서는 올스테드와 미리 이야기를 해 두었다.

"에이, 쳇, 대체 뭐야. 사람 가지고 노나. 지금 난 기분이 안 좋아. 도노반한테 도박에서 졌고! 새로 노예가 된 여자는 침을 뱉고! 비오는 날에 부르는 바람에 홀딱 젖었고! 할 말 없으면 돌아간다?! 오늘은 일진이 나쁘니까! 다음부터는 내가 기분 좋은 날로 해!"

불러낸 것 외에는 우리랑 하나도 관계없는데.

얼른 이야기를 하고 싶지만, 지금은 이 분노를 진정시키는 게 먼저겠지. 그렇게 생각하며 말을 고르려는데 루크가 스윽 앞으로 나섰다. 그는 트리스의 손을 잡고 손수건으로 그녀의 이마에 흐르는 물을 닦아주었다.

"갑자기 불러내서 죄송합니다. 트리스 씨, 부디 그 분노를 가라앉히고, 그 귀중한 시간을 우리의 이야기를 듣는 쪽으로 써 주시지 않겠습니까?"

아주 아니꼬운 대사와 동작.

손을 잡힌 트리스는 갑작스러운 일에 입을 쩌억 벌렸다.

하지만 순식간에 그 얼굴이 붉어지고 시선을 내렸다.

"으, 으음, 네가 그렇게 말한다면, 들어주는 정도야 하겠지만…."

효과 대단하군. 대단해…. 미남은 이런가.

"……."

루크는 고개를 돌려서 내게 눈짓을 하였다. 다음은 네 차례라고 하듯이.

스윽 떨어진 루크에게 매달리듯이 트리스가 말하였다.

"저, 저기, 말하기 전에, 네 이름을 물어도, 될까…?"

"…루크입니다."

루크는 집안의 이름을 말하지 않고, 그저 그렇게만 말하고 뒤로 물러났다. 트리스는 그 이름을 황홀하게… 아니, 오히려 의아한 표정으로 들었다. 어디서 들은 적이 있다고 말하는 듯한 얼굴이다.

좋아, 이번에야말로 내 차례다.

"처음 뵙겠습니다, 트리스 씨."

나는 한껏 미소를 지으면서 인사했다.

"넌 뭐야?"

그러자 트리스의 의아한 표정이 노골적으로 혐오 어린 얼굴로 변했다.

정말로 수상한 것을 보는 눈이다.

여전히 나는 미소가 별로인 모양이다. 다음에 짬이 나거든 웃는 연습이라도 할까. 잘 웃는 녀석… 아이샤에게 도움을 받아가면서. 뭐, 그건 또 나중에.

"루데우스라고 합니다."

그렇게 말하며 고개를 숙였다.

트리스는 내 온몸을 핥듯이 보고 한쪽 눈썹을 쳐들었다.

"루데우스라…. 어디서 들은 것 같은데…. 아."

그녀는 생각하던 도중에 뭔가 떠오른 모양이다. 눈썹이 양쪽 다 올라가고 놀란 표정으로 변했다.

"'진흙탕'인가."

음, 내 이름이 알려졌나?

"마법도시 샤리아 최악의 마술사가 왜 이런 곳에…."

최악이라. 어떤 정보가 나도는 거지?

그렇게 생각했을 때 따악 소리가 들렸다.

트리스는 그 소리를 듣고 입을 다물었다. 나도 뭔가 엉덩이 근처에서 근질거리는 걸 느꼈다.

"……."

따악, 따악 하고 리듬을 타듯이 소리가 울렸다.

소리가 들리는 곳을 보니, 에리스가 방구석에서 화난 눈으로 칼자루 끝을 손톱으로 튕기고 있었다.

소리로 경고하듯이, 기분이 안 좋다고 소리로 말하듯이. 마치 영역을 침범당한 방울뱀 같군.

그 소리를 들으니 어째서인지 온몸이 떨렸다. 엉덩이부터 머리까지 올라오는 공포의 떨림이.

"아, 미안."

그리고 나만 그렇게 떤 게 아니었다. 트리스 또한 어깨를 살짝 떨고 있었다.

"따, 딱히 너에 대해 캐물을 생각은 없었어."

그 말은 나보다도 에리스에게 변명하는 것 같았다.

에리스는 콧방귀를 한차례 뀌더니 칼자루를 튕기던 손을 멈추었다. 뭐야, 그거, 무서워.

"이 일은 정보가 생명이니까. 위험인물의 이름과 외모는 알고 있거든."

"그렇게 위험하진 않을 텐데요."

"음, 그래. 알아, 알아. 너는 무명의 루데우스, 항간에 유명한 '진흙탕'이 아냐. 그쪽의 여자도 '광검왕'이 아니고, 그쪽의 수족도 '검은 늑대'가 아냐. 그거면 됐지?"

"…그럼 그렇게 하지요."

이름을 댄 건 실수였을지도 모르겠다.

그렇긴 해도 에리스에 대해서까지 알고 있다니. 어쩌면 그녀도 인신의 사도?

…아니, 설마 그건 아니겠지. 그녀는 '진흙탕' 루데우스를 정보로 알면서, '광검왕'이나 '검은 늑대'가 '진흙탕'과 가깝다는 사실을 정보로 알고 있을 뿐이겠지.

뭐든지 인신하고 엮다 보면 판단을 그르칠 것 같다.

"그래서 그 무명의 루데우스 씨가 외국의 불한당인 트리스 씨에게 무슨 일이지?"

음, 본론으로 들어가자.

그녀에게는 최종적으로 '다리우스의 악행을 폭로하여 실각시키는 일'을 돕게 하자.

하지만 갑자기 그런 요구를 하면 거절당할 것이다.

그렇기에 여기서는 단도직입적으로 '당신은 원래 아슬라 귀족인 트리스티나 퍼플호스로군요'라고 물을 수는 없다.

상대는 아슬라의 대귀족이다. 이쪽의 입장을 설명해도 이길 수 있다고 여기지 않을지도 모른다.

만사에는 순서라는 게 있다. 일단은 친해지는 것부터.

그리고 여행 도중에 은근슬쩍 이쪽의 승산을 전한다.

최종적으로 '혹시 다리우스를 실각시킬 수단… 예를 들어서 그에게 노예로 잡혔던 귀족이라도 있으면….' 식의 말을 슬쩍 흘린다.

거기에 응하면 좋다. 응하지 않으면 조금 억지로라도 부탁하자.

좋아.

"당신은 혹시 트리스티나 퍼플호스 아닙니까?"

뒤에서 들려온 목소리에 예정이 박살났다.

천천히 돌아보니 거기에는 금발 미녀가 서 있었다. 아리엘이다.

그녀는 막 일어난 건지 평소보다 머리가 다소 흐트러졌지만,

평소처럼 카리스마 있는 목소리를 내었다.

그녀를 보고 트리스의 눈이 크게 떠졌다.

"어, 어떻게 그 이름을…."

"아, 역시 트리스티나였습니까. …기억하지 못하나요? 제 다섯 살 생일 때 만난 적이 있지요?"

내가 어쩌야 할지 망설이는데, 아리엘은 나를 손으로 제지했다. 그리고 가볍게 윙크를 보냈다. 맡겨달라는 듯이.

"아…아리엘 님…?!"

트리스는 눈을 크게 뜨고 놀란 표정으로 아리엘을 보았다. 그리고 기억을 더듬는 건지 뚫어져라 아리엘을 보다가 기억이 난 건지 놀란 표정인 채로 정지했다.

"어, 어떻게, 아리엘 님이… 이런 장소에…?"

트리스는 다리를 바들바들 떨면서 그 자리에 무릎을 꿇었다.

아리엘은 나를 밀어내듯이 그녀의 앞으로 나아갔다.

"아바마마가 쓰러지셨다는 소식을 듣고 돌아온 참인데, 아무래도 오라버니는 환영해 주시지 않는 모양이라서…."

아리엘은 자조하듯이 웃으며 대답했다. 그런 소리를 해도 되는 걸까.

나 같은 녀석은 그렇게 생각하지만… 이렇게 숨김없이 가르쳐 주는 게 상대에 대한 신용으로 이어지는 거겠지.

"아하, 그렇군요. 그래서 국경을 안전하게 넘으려고 우리와 접촉했군요…."

트리스는 납득한 것처럼 끄덕였다. 우리가 숲에서 습격을 받았다는 정보는 이미 파악한 걸지도 모른다.

"트리스티나야말로 왜 이런 곳에? 행방불명되었다고 들었는데요?"

"그건…."

그 질문에 트리스는 순간 망설이는 모습을 보였지만, 결심한 것처럼 입을 열었다.

"실은…."

그 뒤로 이야기는 빠르게 진행되었다.

내가 뭐라고 할 것도 없었다. 트리스는 참회라도 하듯이 아리엘에게 지금까지의 반생을 대부분 밝혔다.

어렸을 적에 납치된 것, 다리우스의 성노예로 생활했던 것, 도적단에 팔린 것, 그리고 한동안 도적 두목의 여자로 생활했던 것. 두목의 변덕으로 도적 수행을 시작한 것. 두목이 바뀌면서 자유로운 몸이 되어서 지금에 이른 것. 그중에는 꽤나 심한 내용도 있었지만, 트리스는 울지도 웃지도 않고 담담하게 이야기를 마쳤다.

아리엘은 그녀의 괴로운 인생에 눈물을 흘렸다.

진심에서 나온 눈물로 보였다. 눈물을 흘리면서 아리엘은 '그 괴로움은 모르지만, 그녀를 지옥에 떨어뜨린 장본인에게 천벌을 내리겠다'고 약속했다. 그걸 위해 '다리우스의 성노예로 잡혀 있었다는 증언을 해 달라'고 부탁했다.

박진감 넘치는 연기다.

트리스는 곧바로는 승낙하지 않았다. 아슬라 왕국이 강대한 나라이고, 다리우스가 교활한 남자이며, 아무리 아리엘이라고 해도 이길 수 없다고 주장했다.

아리엘은 거기에 대해 아니라고 대답했다. 실피와 나, 에리스, 길레느, 그리고 페르기우스의 이름을 대면서, 다리우스를 실각시키고 왕위를 차지할 수 있다고 설득했다.

트리스는 망설였다. 시간상으로는 한 시간.

길고 긴, 너무나도 긴 침묵 끝에, 마지막으로 고개를 끄덕였다.

아리엘을 무사히 왕도로 데려다주고 다리우스를 없애는 것을 돕겠다고 신에게 맹세했다.

트리스는 아리엘의 동료가 되었다.

나는 아무것도 하지 않았다. 아리엘은 교묘한 말로 멋지게 트리스를 동료로 끌어넣었다.

물론 트리스를 동료로 끌어들인다는 점에서는 올스테드와의 회합에서 이야기해 두었다. 하지만 그 방법에 관해서는 딱히 의논하지 않았다. 내가 느릿느릿 움직이는 것을 보고 가만히 있을 수 없어서 나선 거겠지.

역시나 아리엘이라고 해야 할까.

선언한 대로 귀족들 문제는 그녀가 스스로 어떻게든 할 생각이겠지.

그럼 나도 내 일을 잘 해야겠군.

제6화 도중

다음날 아침. 우리는 준비를 마치고 오두막을 출발했다.

해는 아직 솟지 않았고, 어두운 숲은 쥐 죽은 듯이 조용했다.

"그럼 따라와."

우리는 트리스를 선두로 그 숲속을 나아갔다.

태양이 솟지 않았기 때문에 방향을 알기 어려웠지만, 지면이 경사진 것을 보면 산 쪽으로 이동하는 모양이다. 우리는 누구도 잡담을 하지 않고 조용히 이동했다.

숲은 깊고, 한없이 계속되는 것 같았다.

하지만 어느 덤불을 빠져나가자….

"오오…."

갑자기 숲이 트이고 커다란 호수가 모습을 보였다.

늪이라고 말해도 좋겠지만, 역시 호수겠지. 높은 절벽과 커다란 숲 사이에 낀 반달 모양의 호수는 푸르고 맑았다. 강이나 폭포가 아니라 땅에서 솟은 물일까.

"지도에는 이런 게 그려져 있지 않았는데."

"멀리서는 보이지 않는 위치니까. 우리 애들이 관리하고 있어서, 지도가 나도는 일도 없어."

"헤에."

혼자 중얼거리자 트리스가 설명해 주었다.

우리는 호수를 따라서 절벽 쪽으로 걸어갔다.

절벽 부근에는 석비가 하나 있고, 트리스가 그 앞에서 뭐라고 주문을 외우자 호수에 접한 절벽 일부가 사라지고 동굴이 생겼다.

"이쪽이야. 미끄러지기 쉬우니까 조심해."

트리스는 그대로 절벽 아래, 호수 가장자리를 걷듯이 호수로 들어갔다.

절벽에 접한 부분은 물이 얕은 모양이다. 수심은 무릎 정도 될까.

"루데우스! 얼른 가자!"

에리스가 그런 정경을 보고 눈을 반짝거렸다.

얼른 저 동굴 안에 들어가고 싶어서 좀이 쑤시는 모양이다. 그녀는 이미 스무 살인데, 이런 부분은 예전과 별로 변하지 않았다. 모험을 좋아하고 재미있어 보이는 곳이 있으면 들어가고 싶어한다.

뭐, 나도 좁은 동굴 안에 들어가는 걸 좋아하니까, 남을 보고 뭐라고 할 수 없지만.

"서두르는 건 좋지만, 말이 미끄러져서 물에 빠지는 일은 없도록 해."

"알고 있어."

에리스는 모른다는 얼굴을 하면서 마츠카제를 잡아끌며 호수로 들어갔다.

마츠카제는 별로 호수에 들어가고 싶지 않다는 듯이 다소 저항도 한 모양이지만, 에리스가 고삐를 잡아당겨서 물속으로 끌려갔다. 완전히 물귀신이군…. 에리스는 스모도 잘할 것 같다. 오이는 좋아할까. 음식을 가리는 건 별로 못 봤지만.

"루디, 우리도 가자."

"그래."

실피의 재촉에 우리는 에리스를 선두로 한 줄로 물속으로 들어갔다.

물은 차가웠다. 이 시기에도 이렇게 차가우면 겨울이 되면 어느 정도일까. 말이 얼어죽지나 않을까. 아니, 겨울에는 호수가 아니까 더 편하게 이동할 수 있을지도 모른다.

동굴 입구는 오르막이라서, 금방 물에서 나갈 수 있었다.

"자, 뒤처지지 않게 따라와. 혼자 뒤떨어지면 귀찮으니까."

횃불을 손에 든 트리스가 어둑어둑한 동굴 안을 안내했다.

일단 나도 등불의 정령을 소환했다. 뒤를 돌아보자, 바지가 젖어서 난처한 얼굴을 한 아리엘과 눈이 마주쳤다.

"아리엘 님. 말리는 건 나중으로 부탁드리겠습니다."

"예, 알고 있습니다."

아리엘은 난처한 얼굴인 채로 생긋 미소를 지었다.

"······."

결국 어제 트리스가 아리엘의 지인이었던 것에 대해서는 '우연한 만남'이라는 결론으로 정리되었다. 우연히 만나게 된 상황에 아리엘이 평소처럼 카리스마를 발휘하여 동료로 끌어넣었다는 느낌이다.

오두막 안은 '역시나 아리엘 님'이라는 분위기가 만연하고, 어째서인지 에리스가 퉁명스러워졌다.

에리스의 기분은 그렇다고 치고, 아리엘은 진심으로 나를 지원해 주는 모양이다.

"···루디."

아리엘과 시선을 교환하자, 옆에서 실피가 말을 걸어왔다.

"왜 그래, 실피. 내 사랑하는 아내."

"너무 아리엘 님을 쳐다보면 귀 꼬집을 거야."

"알았어. 실피만 보면 되지?"

귀를 꼬집혔다.

실피는 어째서인지 내가 아리엘과 친해지는 게 마음에 들지 않는 모양이다. 에리스나 록시는 괜찮은데, 어째서인지 아리엘은 안 된다. 나나호시는 아슬아슬하게 오케이라고 그랬는데….

그녀가 보는 바람기는 대체 어느 선까지일까.

꼬집힌 답례로 뒤에서 귀 뒤에 키스해 주었다.

동굴 바닥에는 아름다운 타일이 깔려 있었다. 아무래도 사람이 손을 댄 모양이다.

"여기서부터는 복잡하니까. 절대로 떨어지지 않도록. 마물은 별로 안 나오지만, 가끔씩 안쪽에서 나오니까 조심해. 또 멀리서 빛이 보여도 절대로 밖으로 나가지 않도록. 밖은 적룡의 영역이니까."

트리스에게 그런 몇 가지 주의를 받으면서 전진했다.

동굴 안은 천장이 높고 폭도 넓었다. 하지만 트리스의 말처럼 구불구불거리고 분기도 많았다. 미궁까지는 아니고 인공터널.

"왠지 대단하네."

실피가 그렇게 말했다.

"루디, 여기는 미궁 아닐까?"

"어? 음, 미궁은 아닐 거야."

"이렇게 거대한 터널을 어떻게 만든 걸까…. 알겠어?"

실피의 질문에 나는 고개를 갸웃거렸다.

"으음…. 적룡이 산에 살기 시작한 게 400년 전이라고 하고, 그 이전에 드워프가 살았을 때의 흔적일지도?"

"아, 그런가…. 그렇다면 꽤 오래된 갱도 같은 걸까."

실피와 둘이서 대화하면서 동굴을 나아갔다.

앞쪽에서는 에리스가 흥미진진하게 이상한 길을 들여다보다가 길레느의 손에 잡혀오곤 했다.

좋든 나쁘든 지붕이 있는 곳에서 하루 머물면서 마음이 조금 느슨해진 걸지도 모른다.

"그러고 보니 루디…."

"왜?"

"…아니, 아무것도 아냐."

실피는 그렇게 말하고 슬쩍 뒤를 보았다.

조금 떨어진 곳에서 아리엘과 다른 이들이 따라오고 있었다. 대열이 흐트러지는군…. 서로의 거리가 너무 벌어지지 않는 편이 좋겠지.

마물은 적은 모양이지만 일행과 떨어지면 재미없겠고.

동굴 안을 꽤나 걸었다.

햇빛이 적은 장소를 계속 걸으면 시간감각이 이상해진다.

걷는 데에 익숙하지 않으면 고작 한 시간 정도밖에 걷지 않았는데도 세 시간 정도는 걸은 것처럼 느껴지기도 한다. 익숙하지 않은 장소, 시간감각을 알 수 없는 장소에서는 피로도 곱절이 된다.

나도 모험가 시절에 햇빛이 닿지 않는 울창한 숲에서 곧잘 그런 감각에 빠졌다.

아리엘이나 종자들이 조금 지친 기색을 보이기 시작하고, 파티 전체에 '며칠은 계속 걸은 느낌이 든다'는 분위기가 흐르기 시작했을 때 트리스가 어느 막다른 곳에서 발을 멈추었다.

입구와 똑같은 장치. 그걸 조작하자 눈앞의 바위가 움직이고… 강한 빛이 들어왔다.

밖이다.

오랜만에 보는 빛에 눈을 가늘게 뜨며 주위를 둘러보았다.

동굴을 빠져나간 곳은 숲이었다.

울창하긴 하지만 아직 하늘이 보이는 정도.

태양의 위치를 보면, 시간은 딱 정오를 지났을 정도. 출발한 시각을 생각하면 대략 여덟 시간 정도 걸었을까.

트리스는 밖으로 몇 걸음 나가더니 이쪽을 돌아보았다. 오랜만에 보는 빛에 눈을 가늘게 뜬 이들을 향해 빙그레 웃더니 연극조의 어조로 말했다.

"아슬라 왕국에 잘 오셨습니다."

이렇게 우리는 아슬라 왕국에 들어갈 수 있었다.

동굴 출구는 국경 남동쪽에 위치하는 모양이다.

여기서 남쪽으로 이동하면 도나티령. 남동쪽으로 이동하면 피트아령이다.

목표인 왕도는 도나티령보다 더 남쪽에 있다.

휴식을 취한 뒤에 우리는 숲을 빠져나가기로 했다.

트리스는 좀 마음이 급한 눈치였다. 왜인가 했더니, 아침부터 저녁까지는 밀입국의 시간. 저녁부터 심야까지는 밀출국의 시간이라는 모양이다. 도중에 엇갈리기라도 하면 도적단의 보스에게 꾸중을 듣는다나. 우리가 그 오두막에서 대기했던 것도 시간 때문이었다는 모양이다.

몇 차례의 휴식을 취하면서 숲을 답파, 도나티령을 종단하듯이 이동을 재개했다.

물론 큰 가도는 이용하지 않는다. 사용하는 것은 뒷길이다.

뒷길이라고 해도 딱히 수상한 자가 이용하는 길은 아니다. 도시와 도시를 잇는 가도 이외에도 인근 사람들이 편리하게 쓰는 샛길이 존재하는 법이다. 그것들은 마차 한 대가 간신히 지날 정도의 두렁길로, 왕녀가 탄 마차가 지나가면 신기하다는 눈길을 받곤 했다.

지도에도 실리지 않았을 만한 길이지만, 트리스는 그런 길에 밝아서 막힘없이 이동할 수 있었다. 그 덕분에 오베르의 습격도 없었다…고 볼 수도 있지만, 그렇다고 해서 인신이 이쪽의 위치를 파악하지 못했다고만 할 수는 없다. 왕도나 왕궁, 그런 쪽에 전력을 집중시켰다고 봐야겠지.

그런 쪽은 인신의 판단일까, 다리우스의 판단일까…. 뭐, 어느 쪽이든 방심은 금물이다.

도중에 피트아령 근처를 지났다.

복구가 시작되고 몇 년이 지나서 조금씩 밀밭이 생겼다. 사람들의 얼굴에도 활기가 돌아온 것처럼 보였다.

하지만 우리의 기억에 있는 황금색 바다 같은 밀밭은 없다.

그걸 되찾기까지는 앞으로 10년은 더 필요할지도 모른다.

에리스와 실피는 나란히 말을 몰면서, 눈앞에 펼쳐진 초원과 밀밭을 보았다.

두 사람의 얼굴은 대조적이었다.

그리움 어린 얼굴의 실피. 울컥한 얼굴의 에리스.

"예전에 지났을 때보다 밭이 늘었어."

"그래? 기억 안 나."

"얼른 부흥이 이루어지면 좋겠네."

"…흥, 아무래도 좋아."

에리스는 입을 삐죽거리면서 고개를 돌렸다.

"아무래도 좋은 일이 아니잖아. 우리 고향이니까. 돌아가자는 생각은 않지만… 에리스도 지인 정도는 있잖아?"

"없어. 난 미움 받고 살았어."

"그러고 보면 나도 그랬네…."

실피는 그렇게 말하며 옛날 생각에 눈을 가늘게 떴다.

그립구나. 두 사람 다 외톨이였지만, 대조적이었다. 괴롭힘 당해서 거북이처럼 웅크리던 실피. 괴롭힘당하기 전에 상대를 패 버려서 경원당한 에리스. 당시의 두 사람이 함께 다니면 딱 좋지 않았을까.

…아니, 아닌가.

에리스가 실피를 패서 울리는 광경밖에 떠오르지 않는다. 지금 에리스는 꽤 분별력이 생겼지만, 당시에는 그렇지 않았다.

그런 에리스와 함께 다니게 하면 실피에게는 지옥의 나날이 되겠지. 매일 자ㅇ앙에게 두들겨 맞는 노ㅇ타 같은 나날이다. 지금 실피라면 어쩌면 스ㅇ오가 되는 강함을 가졌을지도 모르지만.

"실피. 말해 두겠는데."

그런 생각을 하는데, 에리스가 불쑥 말했다.

"왜, 에리스?"

"내가 저기에 남았어도 할 수 있는 일은 없었어."

"……?"

실피는 고개를 갸웃거렸다. 다람쥐 같아서 귀엽다.

"아, 그런가. 에리스는 영주님의 따님이었지. 어째서인지 잊고 있었어."

"흥, 어차피 장식이야."

"하지만 그럴싸하거든? 지금 에리스가 영주님이 되어도 위화감은 없지 않을까?"

"…그래?"

에리스의 기분이 좋아졌다. 단순해서 좋다.

"하지만 딱히 영주가 되고 싶은 건 아냐. 어차피 나로서는 잘 해낼 수 없어."

"에리스는 검을 휘두르는 쪽이 어울리니까."

"그렇지?"

실피의 에리스 띄워주기가 멈추지 않는다.

"하지만 어쩌면 에리스가 아슬라 왕국에서 귀족으로 있을 가능성도 있었네."

"없어."

"루디가 에리스를 옹립해서 뒤에서 조종하는 느낌으로. 루디라면 순식간에 에리스를 보레아스의 당주로 앉혔을 거야."

실피에트 씨, 그 루데우스 띄워주기는 너무 과찬입니다.

"그리고 루디가 나를 속여서 아리엘 님에게 접근시키고, 보레아스가 아리엘 파가 되어서 에리스와 루디를 동료로 맞아서 다리우스나 그라벨과 싸우는 거야."

속이다니.

그 경우 실피는 나한테 속을 생각일까. 아니, 그 경우 나와 실피는 만날 수 없지 않을까, 뭐 망상이니까 상관없나.

"지금하고 별로 다르지 않잖아…."

"에리스는 보레아스의 당주고, 루디는 그 부관이야. 분명 어울릴 거야…."

"나는 매일 검을 휘두르고, 루데우스랑 자식을 만들면 족해."

에리스는 천연덕스럽게 그렇게 말했다. 자식을 만들다니….
듣는 이쪽이 창피하다.

성희롱이야.

"실피는 그것만으로는 만족할 수 없어?"

"만족해. 솔직히 너무 만족스러운 생활을 보내고 있다고 생각해."

"……."

"결혼한 직후에는 나도 루디도 밝혔거든. 단둘이 살면서 루디가 야한 얼굴로 나를 침실로 데려갔어. 나는 나대로 오늘도 루디의 것이 된다는 마음에…. 아니, 이건 대낮에 할 이야기가 아냐."

그래, 그렇지. 그만해 주었으면 좋겠어.

아까부터 에리스가 질투하는 건지 눈꼬리가 곤두섰어. 오늘 밤에 무진장 야한 얼굴로 날 덤불로 잡아갈지도 몰라. 대환영이기는 한데 난처하다.

지금은 그러고 있을 틈이 없어.

"나는 지금 상황에 만족하니까 다른 가능성에 대해 망상하는 걸지도 몰라."

"…나도 자식이 생기면 그렇게 될까."

"에리스와 루디의 아이라. 분명 야한 애가 되겠지."

"무슨 의미야…."

내 유전자를 이었으면 예외 없이 야한 녀석이 될 것 같다.

그렇다면 루시의 장래가 걱정된다. 실피는 그렇지 않더라도, 그녀의 할머니는 엘리나리제다. 내 유전자가 섞이면서 격세유전을 일으켜서, 순박한 소년을 잡아먹는 아이로 자랄지도 모르겠다.

좋아, 도덕교육은 최대한 이른 단계에서 긴밀하게 하기로 하자.

"얼른 생겼으면."

"금방 생길거야. 에리스는 인간이니까. 나 같은 것보다도 궁합이 좋을 거야."

실피에트 씨, '같은 것보다'라는 자학적인 말을 또 하네.

적어도 몸의 궁합은 좋은데. 내 비스트는 지금도 실피에게 둘째 자식을 만들게 하려고 호시탐탐 노리고 있는데.

"하지만 지금은 아이보다도 루데우스를 지키는 게 중요해."

"그래."

그 뒤에도 대화는 이어졌다. 별로 중요하지 않은 이야기였다. 집에 돌아가거든 실피가 에리스에게 요리를 가르쳐 준다든가, 록시는 지금쯤 어쩌고 있을까, 피트아령은 밥이 맛있다, 그런 식의 내용 없는, 적당한 이야기. 실피는 말이 많지만, 에리스는 별로 말이 없어서 대화가 잘 이어진다고 하기 어려웠을지도 모른다.

하지만 그런 대화들은 내 귀에 기분 좋게 와 닿았고, 실피를 뒤에서 껴안은 자세는 마음을 편하게 해 주었다.

언제 어디서 습격이 올지 모른다고 생각하면서도 깜박 졸아 버릴 것 같다.

열흘 정도 이동하고, 리켓이라는 도시에 머물게 되었다.

도나티령의 가장자리, 아슬라 왕령과의 접속점이 되는 커다란 도시로, 북쪽의 산물을 남쪽으로, 남쪽의 산물을 북쪽으로 운반하는 역할을 맡은 도시 중 하나.

남부에서 북부로 물자를 운반하는 행상인은 그 반대와 비교하면 그리 많지 않다. 그렇기 때문에 도나티령의 각 마을의 관리 같은 사람이 많이 모였다. 자기들의 수확물을 남쪽으로 보내고, 각지의 수확물을 이 도시에서 사는 것이다. 아슬라 왕국 내부에서 중요한 교역점이라는 느낌이다.

그렇긴 해도 역시나 아슬라 왕국이라고 할까. 이런 환승역 같은 도시라도 마법도시 샤리아보다 크다.

본래 왕도까지는 모습을 숨기고 가고 싶었다. 각 마을에서 정보를 모으긴 했지만, 추격자의 움직임도 보이지 않았다. 이만큼 큰 도시면 숨을 장소나 습격장소라면 부족함 없다.

그럼 반대로 이쪽도 숨을 곳이 많다. 그렇게 생각했지만, 아쉽게도 이쪽은 눈에 띈다.

아리엘이라고 이름을 밝히지는 않았지만, 길레느, 에리스, 실피처럼 겉모습부터 눈에 띄는 사람들이 줄줄이 있다. 아슬라 왕국 안에서는 루크도 유명인이다.

하지만 이 도시를 피해갈 수는 없다.

트리스는 분명히 길을 잘 알지만, 길을 만드는 건 아니다. 그리고 길이란 것은 어딘가와 어딘가를 잇는 것이다. 시적인 표현이기는 해도 그건 대단한 것도 아니다. 도나티령에서 왕도로 가기 위한 길은 이 도시에서 시작되는 것밖에 없다는 소리다.

그런 위치니까 이 도시에서 습격을 받을 가능성이 크다. 관문 다음의 체크포인트다.

그렇게 생각했는데.

입구에서 위병에게 제지당하는 일도 없이, 시내에서 갑옷차림의 병사들이 길을 가로막듯이 버티고 있는 일도 없이, 트리스의 안내로 잠복하기에 안성맞춤인 숙소로 이동했다.

언뜻 보기엔 평범한 곳이지만, 트리스의 조직의 숨결이 닿은 자만으로 구성된 위험한 곳이다.

전후좌우의 건물이 모두 조직의 소유물이고, 여차할 때면 지하통로를 사용하여 탈출할 수도 있다.

완전히 닌자 저택이로군.

아리엘은 숙소에 틀어박히고, 트리스는 정보 수집을 나간다. 남은 이들은 아리엘의 호위다.

현재 길레느와 내가 1층 계단을, 에리스와 실피가 2층에서 아리엘의 방을 각각 담당하여 지켜보고 있다.

종자 두 명은 변장을 하고 물건을 사러 나갔고. 루크는 아리엘과 함께 방에 있다.

설마 그럴 일은 없으리라고 생각하지만, 루크가 정신이 나가서 아리엘을 찌르지 않기를 빌자.

정신이 나갔다고 해도 그냥 덮치는 정도라면 괜찮겠지만….

그렇긴 한데 문득 길레느를 보았다.

"……."

그녀는 계단 옆에 서서 귀를 쫑긋 세운 모습으로 입구 쪽을 보고 있었다.

최근 길레느와는 별로 이야기를 하지 않았다. 그녀는 나 이상으로 호위라는 역할에 진지하게 종사하고 있었다. 이렇게 경비를 서는 때에 말을 걸어도 주위 소리가 잘 안 들리게 된다면서 대화를 끊었다.

혹시 그녀는 나를 싫어하는 걸까 싶은 생각마저 들었다.

하지만 에리스와도 거의 대화하지 않는 것을 보면, 단순히 일에 진지하게 임할 뿐이겠지.

"루데우스."

하지만 오늘은 그녀 쪽에서 먼저 말을 걸어왔다.

"예, 말씀하세요."

"지난번에는 고마웠다."

…지난번이라는 게 언제 이야기?

"위 타랑 싸울 때 말이다."

아, 숲에서 싸울 때 말이군.

"아뇨, 서포트는 후위가 할 일이니까요."

"그런 장면에서 재치를 부리는 건 예전과 다르지 않군."

예전이라면, 지금으로부터 10년 전인가…. 스스로 생각하기엔 그때와 많이 변했다는 마음이지만, 길레느의 눈으로 보기에는 그리 변하지 않은 걸까.

"재치를 부려도 통한 적은 별로 없는데요."

"통하지 않는 상대는 에리스 아가씨에게 맡기면 된다."

어라. 길레느가 그런 말을 하다니. 혼자서 어떻게든 하는 타입이라고 생각했다.

"에리스 아가씨는 그러기 위해 애써 왔으니까."

"…그렇지요."

대체 뭐지.

실피나 록시는 집에서 가만히 있어 주기를 바라지만, 어째서인지 에리스 쪽으로는 그렇게 생각하지 않는다. 길레느의 말처럼 에리스가 그걸 위해 노력해 왔기 때문이겠지.

노력은 성과를 발휘해야 의미가 있다.

집에서 가만히 있는 에리스의 모습이 쉽게 떠오르지 않는 것도 있지만.

그보다 에리스는 아이를 가지고 싶다고 말하지만, 임신 기간 중에 가만히 있을 수 있을까.

걱정되네….

"……."

그걸 끝으로 대화가 끊어졌다.

어쩌지. 무슨 이야기를 하면 좋지. 예전 일, 어어, 어어.

"그러고 보면 길레느, 읽고 쓰기 연습은 아직 계속하고 있습니까?"

"그래. 네 말대로 가능할 때면 하고 있지. 모처럼 배운 것을 잊어버리면 아까우니까."

멋진 자세다. 거의 기억도 못 하는 에리스도 보고 배우라고 하고 싶다.

"내가 읽고 쓸 줄 안다는 사실을 검의 성지 녀석들은 좀처럼 믿지 않았다."

"하지만 실제로 할 수 있으니까 금방 믿어 주지 않을까요?"

"…아니, 대부분이 읽고 쓸 줄을 모르니까, 실제로 보여줘도 적당히 쓰는 척하는 것뿐이라고 비웃더군."

"하하하."

그 광경은 조금 보고 싶은데.

"네 쪽은 어떻게? 검 연습은 잘 하고 있나?"

"그럭저럭이요. 시간이 남을 때에 체력 기르기를 겸해서 휘두르기와 품새 연습을 좀 하고 있습니다."

"너는 마술사니까 그만두었을 거라고 생각했다."

"마술사라도 근육은 필요하니까요."

나는 검술을 더 연마할 생각이 없다. 목표였던 파울로도 없어졌다. 검술은 노른을 조금 가르칠 수 있는 레벨이다. 역시 이 세계의 검술에서 투기를 못 쓰는 것은 치명적이지.

"그렇지, 루데우스. 예전 약속을 기억하나?"

"예전 약속?"

"잊었나. 내 인형을 만든다는 이야기 말이다."

아, 그러고 보면 그런 이야기도 했지. 그건 내 열 살 생일 때 일인가. 그립네.

"누군가에게 들었는데, 너는 지금도 인형을 만든다고 하던데? 혹시 짬이 나거든 또 만들어 줘라."

"예, 물론이죠."

"나는 예술을 잘 모르지만, 네가 만든 인형은 마음에 든다."

그건 고마운 이야기인데…. 왜 이 세계 인간들은 싸움 전에 그런 이야기를 하는 걸까. 왠지 불안해지는데, 사망 플래그는 아니겠지.

아니, 이해는 된다.

반대다.

나는 예전 생의 지식을 가지고 있으니까, 결전 전에 결전 후의 이야기를 하는 것이 사망 플래그라고 생각한다.

하지만 반대다.

살아남기 위한 이유를 일일이 확인하지 않으면, 여차할 때에 생사가 갈리게 된다.

"음."

길레느가 코와 귀를 움찔 움직였다.

나는 곧바로 지팡이를 들고 경계태세를 취했지만, 길레느가 손으로 제지했다.

"아니, 괜찮다."

문을 열고 숙소로 들어온 것은 트리스였다.

그녀는 두 손에 꾸러미를 들고서 다리로 문을 닫았다. 우리 쪽으로 성큼성큼 다가오더니 꾸러미 하나를 내밀었다.

"수고했어. 자, 먹을 것."

"고맙습니다."

"트리스 누님에게 감사하면서 먹도록."

받아서 안을 보니, 배 비슷한 과일이 들어있었다.

하나 꺼내서 길레느에게 던지자, 그녀는 껍질도 벗기지 않고 와삭와삭 먹기 시작했다.

"그럼 열심히 해."

트리스는 손을 하늘하늘 흔들면서 2층으로 올라갔다.

그녀도 십여 일 동안 꽤나 일행과 친숙해진 것 같다.

타입을 보자면 종자 두 사람과 같다. 아리엘 신자로군.

입이 좀 험하지만, 나쁜 사람은 아니다. 노출도가 높은 옷을 입고 있으니까 눈 둘 곳이 곤란한 정도다.

노출도라는 면에서는 길레느도 별 차이가 없지만, 이쪽은 전사의 미학이다. 근육은 예술이다.

"오늘 트리스는 기분이 좋군."

"그러네요, 무슨 일이 있었을까요."

그렇게 말하면서 나도 배를 꺼내어 먹었다.

나이프로 껍질을 벗기고 한 입. 사각거리는 식감이지만, 맛은 당도가 부족하고 신맛이 났다. 이 세계의 과일은 대부분 그대로 먹기에 적합하지 않군.

뭐, 맛없는 건 아니지만.

"좋은 정보가 손에 들어왔겠지. 기스도 그랬지만, 저런 녀석들은 그럴 때면 이상하게 기분이 좋아진다."

"그렇군요."

아리엘은 트리스에게 이런저런 정보 수집을 부탁했다.

오베르와 다리우스의 사병이 있는 곳부터 시작해서 온갖 정보를. 신경 쓰이는 걸 모두 자기에게 보고하게 했다. 그런 막대한 정보를 정리, 취사선택한 뒤에 나에게 의논해 온다.

아리엘이 정보를 선택했기 때문에 내가 중요한 정보를 놓칠 가능성도 있지만… 거기에 대해서는 어쩔 수 없다고 포기할 수밖에 없겠지. 어찌되었든 모든 것을 컨트롤할 수 있을 정도로 나는 유능하지 않으니까.

입수한 정보를 토대로 최대한 지혜를 쥐어짤 뿐이다.

"그러고 보면 기스는 아슬라 왕국으로 간다고 그랬지요. 혹시 어디서 만날 수 있을지도 모르겠네요."

"있다면 저쪽에서 찾아오겠지."

그렇겠지. 기스는 그런 타입이다.

저쪽에서 우리를 먼저 찾아내고. 하지만 그 자리에서는 접촉하지 않고 감동의 재회를 연출하려고 한다.

"하지만 그 녀석이라면 어차피 금방 도박으로 돈을 탕진하고 다른 나라로 이동했을 거다."

"기스는 도박을 잘하지 않나요?"

"돈이 없을 때에는."

이건 록시에게서 들은 이야기인데, 아슬라 왕국은 모험가가 살기에 별로 좋은 나라가 아니라는 모양이다.

애초에 마물 자체가 적을 뿐 아니라 작은 마을에도 기사가 파견되고, 기사단이나 마술사단이 훈련이나 연수를 겸하여 정기적으로 마물 사냥에 나선다.

고로 토벌 계열 의뢰는 없는 거나 마찬가지고, 커다란 상회는 채취단 같은 것을 가지고 있어서 채취나 수집 의뢰도 없고, 위험지대도 적기 때문에 호위 의뢰도 없다.

있는 거라고는 사람 찾기나 배달처럼 수수하고 시간이 걸리는 일이다.

시기에 따라서는 농작업 돕기도 있다나 본데, 아무튼 다른 나라와 비교해서 '모험가의 일'이 적다.

그 경향은 수도인 왕도 아르스에 가까워질수록 현저하다. 젊은이 중에는 모험가가 되려는 이가 일정하게 있는 모양이지만, 랭크가 오름에 따라서 피트아령이나 도나티령 같은 지방으로 이동하고, 랭크가 더 오르면 남부나 북부로 이동한다.

어느 정도의 실력을 가졌거나 제대로 교육을 받았으면 가정교사나 경호원 같은 일도 있을 만한데, 그런 건 정말 소수고 애초에 모험가일 필요도 없다.

말하자면 아슬라 왕국이라는 나라는 모험가가 해야 할 일에 이미 전문업자가 자리를 잡은 경우가 많기 때문에 신원불명의 거친 이들을 필요로 하지 않는다.

미리스 신성국에 모험가 길드의 본부가 있는 것도 이해가 되는 이야기다.

"…음?"

그렇게 이야기를 하는데, 길레느가 또 귀를 움직였다.

표정이 다소 험악하다. 이번에야말로 적습일지도 모르겠다. 나는 배 꼭지를 버리고 지팡이를 쥔 채로 입구를 노려보았다.

하지만 길레느가 보는 것은 입구가 아니었다.

위층이었다. 귀를 기울이자, 계단 위에서 누군가가 다투는 소리가 들려왔다.

뭐지?

"잠깐 보고 오겠습니다."

"그래."

위로 올라가 보니, 실피와 에리스가 걱정스러운 얼굴로 문을 보고 있었다.

무슨 문제가 일어난 걸까.

"실피."

"아, 루디. 아까 트리스 씨가 돌아왔는데, 그 다음에 아리엘 님과 루크가 다투기 시작해서."

"……."

아리엘과 루크가 다퉈? 어이, 루크 문제는 맡겨달라고 했는데….

아니, 때로는 싸우는 것도 중요할까?

"실례합니다. 루데우스입니다. 들어가겠습니다."

일단 노크를 한 뒤에 대답을 기다리지 않고 방에 들어갔다.

일어선 채로 창백한 안색을 한 루크. 의자에 앉아 차분한 얼굴을 한 아리엘, 그리고 난처하다는 얼굴의 트리스가 있었다.

"루데우스 님, 마침 잘 오셨습니다."

아리엘은 내 쪽을 보더니 차분한 얼굴인 채로 말했다.

"무슨 일 있었습니까?"

"예. 트리스가 정보를 가져왔습니다."

그 정보를 가져온 트리스는 난처한 기색이었다.

"무슨 정보인가요?"

"…사울로스 보레아스 그레이랫에 관한 정보입니다."

사울로스의 정보. 그렇다면 길레느와의 약속과 관련된 건가.

트리스에게 조사를 시켰던 건가.

"아슬라 왕궁에서 일어난 일을 아는 사람은 왕도보다도 오히려 이런 지방도시에 있습니다. 알아서는 안 되는 일을 알아버린 이가 왕도에 살면 불안하게 생각한 귀족에게 살해당하곤 하니까요."

그런 걸까.

"그래서 사울로스 님을 없앤 주범이 누구인지 알았습니다."

"주범…입니까?"

"……."

루크가 무서운 얼굴을 하고 있다. 아리엘은 가면 같이 무표정, 감정이 없는 얼굴이다.

"역시 우리 진영 쪽 사람이 움직였던 모양입니다. 게다가 사울로스 님에게 개인적인 원한을 가졌던 인물⋯."

아리엘은 계속해서 말하였다.

"필레몬 노토스 그레이랫입니다."

필레몬이 사울로스를 죽였다.

뭐, 있을 만한 이야기겠지. 노토스는 아리엘 파의 필두귀족이었다. 반대로 보레아스는 그라벨 파. 서로 적이다.

게다가 필레몬이 사울로스를 개인적으로 싫어했다면. 그런 기회에 움직이지 않을 이유가 없다.

아니, 이건 예상하였던 바겠지.

사울로스는 이러니저러니 해도 당시에 아직 영주였다.

영지를 잃었어도 제1왕자파의 비호를 받는 귀족이라면, 비슷한 정도의 힘을 가진 귀족이 아니라면, 실각시킬 수 없었을지도 모른다.

"⋯그래서 아리엘 님은 어쩌실 생각입니까?"

"약속한 대로 길레느에게 내주겠습니다."

루크는 입술을 깨물었다.

그래, 그래서 화를 냈나. 아리엘도 루크가 집안을 중요하게 여기는 것을 알면서 용케 그런 말을 하는군. 이래선 루크보다도 길레느 쪽을 택한다고 말한 거나 다를 바 없다.

"하지만 그건 어디까지나 필레몬 님이… 노토스 가문이 정말로 배신했을 경우에 한합니다. 아직 확정이라고 할 정도의 정보는 아니니까요."

"……."

"혹시 배신했을 경우에는 필레몬을 처형하고, 루크를 당주로 임명할 생각입니다."

"혹시 배신하지 않았을 경우는?"

"길레느를 설득하여 다른 이로 넘어가게 하겠습니다."

"다른 이라면…."

아하, 그런가. 필레몬은 주범이고, 달리 더 있나.

자기 파의 사람은 살리고 다른 이는 죽인다. 이기적이지만 어쩔 수 없다.

나도 눈에 보이지 않는 범위의 인간에게까지 신경을 쓸 여유는 없고, 성인도 아니다.

"루크, 알겠지요?"

"…배신도, 주범도, 확증 있는 이야기는 아닙니다."

루크는 씁쓸한 얼굴을 하고 있었다. 머리로는 이해하지만 마음으로는 이해하지 않는다는 얼굴이다.

부모를 죽이겠다는 말을 듣고도 크게 흐트러지지 않았다.

"누군가가 우리를 함정에 빠뜨리려고 하는 걸지도…."

그렇게 말하면서 힐끔 나를 보았다.

"루크, 안심해요. 전에도 말한 것처럼 루데우스 님이 노토스 가문을 차지할 일은 없습니다."

"아리엘 님, 그 이야기를 루데우스 앞에서 하는 건…!"

"아뇨, 앞이니까 그렇게 단언해야만 합니다."

아리엘은 숨을 크게 들이마시더니 선언하듯이 말했다.

"설령 이번 싸움에서 아무리 큰 공적을 남기더라도 저는 루데우스 님에게 귀족의 지위를 내릴 생각은 전혀 없으니까요."

나도 받을 생각이 없다. 그런 이야기는 생각한 적도 없다.

"……."

하지만 이 말을 들었을 때의 루크의 얼굴.

마치 내가 진짜로 적이 되었다고 말하는 얼굴을 하고 있었다.

"……."

나는 그 시선을 받으면서 어떤 얼굴을 해야 할지 고민하였다.

지금 이 얼굴, 그리고 다음 말에 따라서 루크의 앞으로의 행동이 변하겠지.

과연 우리들 안에 숨은 적이 될까, 아닐까….

"루크, 그 일에 대해서는 둘이서 이야기하지요."

하지만 내가 뭐라고 하기 전에 아리엘이 먼저 그렇게 말했다.

"루데우스 님, 그거면 되겠지요?"

"물론 상관없습니다."

아리엘은 루크 문제를 맡겨달라고 했다.

그럼 여기선 일단 완전히 맡겨보기로 하자.

그렇게 생각하며 나는 방에서 나가는 두 사람을 지켜보았다.

그 날 밤, 아리엘에게서 보고가 있었다.

단둘이서 이야기한 덕에 간신히 루크가 입을 열었다는 모양이다.

결론부터 말하자면, 루크는 역시나 인신의 조언을 받고 있었다.

루크가 받은 조언은 하나.

시기는 여행 준비를 하던 동안.

'루데우스의 배신에 주의해라'라는 것이었다는 모양이다.

인신의 말로는, 루데우스는 노토스 가문의 영주가 되기 위해 다리우스 파에 붙었다는 모양이다.

목적은 지위와 돈과 아리엘의 몸. 그것을 실피에게 들키는 일 없이 암약했다고 말했다나.

낮에는 아리엘의 편을 들면서 덫으로 유인하고, 밤에는 다리우스 파의 첩자와 접선하여 정보를 전달한다. 처음부터 끝까지, 몇 년 전부터 내가 비밀리에 계획했던 것이라는 이야기였다. 실피와 결혼한 것도 이것을 위한 것이었다는 식으로.

실로 뒷공작이 뛰어나고 유능한 루데우스다. 나와 좀 바꿨으면 싶을 정도네. 그 정도로 냉혹하게 움직일 수 있으면 인생도 더 편하게 살 수 있었을 텐데.

루크도 처음에는 '루데우스가 지위에 흥미가 있을 거라곤 생각되지 않는다'라면서 믿지 않았던 모양이다.

그에게 그만큼 신용을 얻었다고는 생각하지 않았지만, 이것도 평소의 내 행실 덕분일까.

하지만 최근 들어서 전이마법진의 파괴나 노토스 가문의 배신 등 인신의 예언이 적중하기 시작했다. 이렇게 되면 나를 향한 루크의 신뢰는 가볍게 무너진다. 그는 완전히 인신의 말을 믿었고, 나에게 의심의 시선을 보내게 된 것이다.

덧붙여서 지금도 의심하고 있는 모양이다.

아리엘에게는 그 의심을 없애려면 행동으로 보이라는 말이 있었다.

루크가 앞으로 무슨 짓을 하든지 잘 억누르겠다며 아리엘이 자신을 가지고 말하였다.

뭐, 루크가 들은 조언이 그 정도라면 일단 안심해도 좋겠지.

실제로 나는 다리우스란 녀석의 얼굴도 본 적이 없고, 파울로네 집안에도 흥미가 없고, 아리엘의 몸은 별로 필요 없다. 루크가 아무리 의심해도 결코 그렇게 이뤄지지 않을 거짓말이다.

인신치고 치졸한 조언이다.

녀석이 루크에게 기대하지 않는 것도 이해가 간다.

아무튼 그런 치졸한 이야기라도 의심의 대상인 내게는 말하지 않았겠지.

역시 적재적소란 중요하군.

　　　　★　　★　　★

　다음날, 리켓 시를 출발했다.

　루크는 나를 적대시하며 가급적 나와 아리엘을 단둘이 있게 하지 않도록 행동하였다. 아리엘이 나를 귀족으로 만들지 않겠다고 선언했기에, 내가 아리엘을 죽이고 그 목을 그라벨에게 가져갈 거라고 생각하는 거겠지.

　하지만 그런 시선을 받아도 별 문제는 없었다.

　루크의 생각을 알고 루크의 행동을 제한하는 것으로, 여행 도중에 걱정해야 할 일이 하나 줄었다.

　거기까지 넘겨본 것인지는 모르겠지만, 아리엘의 수완은 정말 칭찬해야겠다.

　그래, 그리고 사울로스의 원수에 대해서는 아리엘의 입을 통해 길레느와 에리스에게 전해졌다.

　"…그렇게 해서, 제 진영의 자가 사울로스 님을 해했을 가능성이 농후합니다."

　"그런가."

　"흐응."

　길레느는 살의가 담긴 눈을, 에리스는 흥미 없다는 눈을 하고 있었다.

　하지만 에리스가 그 대화에 전혀 흥미 없는 게 아니라는 사실은 그녀가 손으로 허리춤의 검을 만지는 걸 보면 알 수 있다.

칼자루를 움켜쥔 그 손가락은 새하얗게 될 만큼 힘이 들어가 있었다.

"길레느, 저를 베겠습니까?"

"…아니, 나는 네가 준비해 준 적을 베지."

길레느는 필레몬을 베는 것에 집착하지 않는 듯했다.

설득할 필요가 있을까 싶었는데, 길레느 나름대로 생각한 결과겠지.

에리스는 말이 없었지만, 길레느의 말을 따르겠다는 듯이 끄덕였다.

"그래, 나도 루데우스를 방해하는 적이라면 벨 거야."

에리스는 평소와 같았다.

이제 남은 건 왕도에서 결판을 내는 것뿐이다.

그렇게 생각하면서 약 20일.

몇 가지 우회 루트를 택하면서 우리는 아슬라 왕국의 수도인 왕도 아르스에 도착했다.

제7화　왕도 아르스

왕도 아르스.

세계에서 가장 큰 도시. 인마대전을 승리로 이끈 용사의 이름을 딴 도시.

이 도시를 태어나서 처음 보았을 때, 인간은 경악을 감추지 못한다. 언덕 위에 솟은 장엄한 왕성, 실버 팰리스. 성을 둘러싸는 상급귀족들의 거대한 저택. 그것들을 에워싸는 요새 같은 성벽과 거기서부터 한없이 펼쳐진 도시의 정경.

거대한 투기장. 화려한 기사단의 훈련장. 성 미리스 교단의 아름다운 신전. 시내에 뻗은 수도교. 세계 최대의 상사의 본부. 수신류 종가의 도장. 극장이 연이은 가극거리. 아름다운 여성의 색향이 떠도는 숙박거리. 라플라스 전쟁의 승리를 기념하며 만든 개선문….

도시는 한없이 퍼져서, 결코 시야에 다 넣을 수 없다. 어머니 되시는 아르테일 강을 넘어서 한없이, 한없이….

이것이 이 세계의 전부라는 말을 들을 정도인, 인간의 가장 오래된 도시다.

모험가 블러디칸트 저 『세계를 걷다』에서 발췌.

"오오….”

다소 높은 언덕에서 왕도를 보았을 때, 나와 에리스는 나란히 입을 벌렸다.

149

왕도는 넓었다. 이 세계에서 본 어느 도시보다도 넓었다.

일단 언덕 위에 지어진 성. 은색으로 빛나는 이 성은 페르기우스의 성과 비슷하든가, 그 이상의 크기를 가졌다. 그걸 둘러싸는 것은 요새처럼 두꺼운 성벽이었다. 높이는 대략 20미터이상 되지 않을까 싶을 정도로 견고한 벽. 설령 용이 습격해 오더라도 저 성벽을 넘을 수는 없겠다 싶을 정도로 압도적인 높이다.

또 그 성벽을 둘러싸는 것은 아름다운 저택들. 그 구역이 상급귀족이 사는 장소겠지. 성처럼 큰 저택이 대수롭지 않게 있다.

그리고 그 구역을 에워싸는 것은 역시 성벽이다.

거기서부터는 일반적인 거리가 펼쳐지는데, 일정 구역마다 성벽으로 또 둘러쌌다. 긴 세월을 거치면서 차츰차츰 도시가 성장한 것이겠지. 거기에 맞추어서 성벽도 추가로 세운 것이다.

그 성벽은 다섯 구역까지는 존재했고, 그 다음부터는 잡다한 거리가 한없이 계속되었다. 지평선 끝까지.

성벽 건축 비용이 너무 막대한 탓도 있고, 기사단 등이 마물을 정기적으로 퇴치하는 덕분에 성벽이 없어도 어떻게든 되는 거겠지. 아슬라 왕국은 마물이 적은 지역이기도 하다.

지난 생에서 본 대도시와 비교하면 작은 축이겠지만, 이런 판타지 도시가 시야에 가득 펼쳐진 것을 보면 뭐라 할 수 없는 감동이 느껴졌다.

"……."

"돌아왔군요."

하지만 나와 에리스 이외의 사람들이 느낀 것은 또 다른 감동인 모양이다.

그들은 지극히 험악한 표정으로 성을 노려보고 있었다. 아리엘조차도 마차에서 내려서 성을 보고 있었다.

"가지요."

아리엘의 말에 우리는 왕도로 들어갔다.

밖에서 보면 대단해도, 안에 들어가 보면 대단할 것 없었다.

도시 입구는 어디고 똑같다. 행상인이 넘쳐나고 모험가가 활보한다. 다만 역시 다른 도시와 비교해서 모험가가 적고, 그리고 전체적으로 젊은 느낌이었다. 나이를 먹은 모험가도 있지만, 기분 탓인지 기운이 없어 보였다.

차이점이 있다면 도로폭이 꽤나 넓다는 정도일까. 마차 여섯 대는 엇갈릴 수 있는 사이즈다.

왕복 6차로다.

이 길은 도시 중앙광장까지 이어지는 모양이다.

"제 별장으로 이동하겠습니다. 거기를 거점으로 삼지요. 왕궁에 들어가기 전에는 여러 준비가 필요합니다."

그런 아리엘의 말에 따라 우리는 길을 택했다.

목표는 빌딩 거리 같은 상급귀족의 구역이다. 시내를 이동할 뿐이라고 해도 한나절 정도는 걸릴 것 같았다.

루크를 선두로 실피, 길레느, 마차, 나와 에리스라는 순서로 길을 나아갔다.

일렬종대다. 다소 넓게 써도 불평을 듣지 않을 도로폭이지만, 귀족과 엇갈릴 때면 비키지 않아서 귀찮아진다나 뭐라나.

보통은 지위가 낮은 귀족이 길을 양보하지만, 아리엘은 마차에 자기 문장을 달지 않았다. 일일이 모습을 보이고 비키라고 해야만 한다면 단순히 시간 낭비다.

그렇게 시내를 이동하는데 어느 지점에서 분위기가 변했다.

모험가 주체의 시내에서 시민 주체의 시내로.

그러자 시민들 중에서 이쪽을 가리키는 사람이 나오기 시작했다.

"저거…. 혹시 루크 님과 피츠 님 아냐…?"

"정말이다…. 그렇다면 혹시 저 마차는…?!"

"아리엘 님인가?!"

"국왕 폐하가 편찮으시다는 이야기에 돌아오신 거야!"

루크와 실피의 얼굴을 보고 마차 안에 탄 사람을 알아차렸다.

딱히 필요 이상으로 신분을 감출 생각은 없다. 완전히 모습을 감출 수 있다고 생각한 것도 아니고, 왕성에 들어가면 싫어도 모습을 보이게 되겠고. 가령 지금 시점에서 다리우스가 이쪽의 움직임을 몰랐다고 해도 아리엘의 준비 등으로 금방 동향이 탄로날 것이기도 하다.

이쪽은 딱히 시간상 급한 것도 아니다.

그러니까 소동이 좀 일어나도 상관없지만….

"꺄아, 루크 님!"

"피츠 님!"

"아리엘 님! 잘 돌아오셨습니다!"

대인기로군.

이쪽저쪽에서 성원이 날아들고, 가끔은 꽃도 날아왔다.

모든 인간이라고 할 정도는 아니지만, 다섯 명 중 한 명 정도는 이쪽을 보고 반응하였다.

아리엘 일행, 생각 이상으로 아이돌인 모양이다. 루크는 손도 흔들어 주었다.

아리엘 일행이 왕도를 떠난 지 이미 10년 가까이 지났을 텐데, 그래도 아직 이만큼 인기가 있다니 대단하군.

하지만 아이돌이 지나가는데 길을 막는 사람이 한 명도 없는 건 재미있군.

귀족님의 마차 앞으로는 나가지 않는다는 룰이 있겠지.

어르신들 행렬을 방해하면 칼을 맞게 된다든가.

"하나, 둘, 피츠 님!!"

실피는 성원을 받을 때마다 귀 뒤를 벅벅 긁적였다.

저건 난처할 때의 실피의 버릇이다. 나중에 놀려 주자.

성원은 광장을 지나자 한층 커졌다.

사람들이 '아리엘 귀환'의 소식을 퍼뜨리고 다니는 걸지도 모르겠다. 이만큼 소동이 커지면, 소동을 수습하기 위해 위병이라도 달려오지 않을까. 그렇게 정신없는 틈에 오베르가 뒤에서 푹 찌른다든가.

그렇게 걱정했지만 습격은 없었다.

병사가 없는 건 아니지만, 그들도 민중과 마찬가지로 환성을 내지르고 있었다.

부대장 같은 녀석이 솔선해서 그러고 있었다.

말단 병사도 포함하여 민중은 아리엘의 편인 모양이다. 아슬라 왕국은 딱히 정치에 불만이 있는 것 같지 않지만, 완전히 히어로 같은 대접이었다.

인기가 너무 많아서 나는 불편했다.

"기분 좋네!"

물론 에리스는 다른 감상을 품은 모양이지만.

귀족 저택의 지역으로 들어오자, 환성의 숫자는 줄어들었다.

어디까지나 민중에게 인기가 있을 뿐이지, 귀족에게는 인기가 없는 걸까. 아니면 단순히 귀족은 길가에서 환성을 올리는 취미가 없는 걸까. 양쪽 다일지도.

귀족 저택 지구에는 때때로 대열을 갖춘 채로 걷는 갑옷 차림의 집단이 있었다.

은색 전신갑옷에 풀페이스 투구를 써서 묵직해 보이는 녀석들이다. 민중에 섞여 있던 병사들과 비교해서 진지한 분위기였다. 병사가 경찰이라면, 이쪽은 군대라는 느낌일까.

"저건 뭐지?"

"수습 기사야."

의문을 말하자 어쩐 일로 에리스가 설명해 주었다.

"기사학교에 다니지 않고 기사가 되려면 수습이 되어서 의례나 식전 같은 걸 배워야 해."

"헤에…."

"이렇게 시내 경비를 도는 것도 수습의 일이라나 봐."

"잘 아네."

"흐흥, 친구한테 들었어."

에리스에게 친구가 있다니 놀랐다. 그 어조를 봐선 에어 친구인 토모도 아닌 모양인데.

"친구라면 검의 성지에서?"

"그래."

그렇다면 검사 친구. 검 친구인 토모인가.

"나는 에리스에게 친구가 생겼다니 기쁜데. 싸워도 좋지만, 때로는 스스로를 억누르면서 친하게 잘 지내는 거지?"

"하지만 그 애는…."

에리스는 그렇게 말하려다가 말을 멈추었다.

스윽 시선을 돌리며 허리춤의 검에 손을 댔다.

에리스의 시선 끝. 수습 기사 한 명이 가만히 이쪽을 바라보는 것을 알 수 있었다.

풀페이스 헬멧 때문에 그 표정은 알 수 없었다.

적일까. 살기는 없지만, 행동거지가 다소 날카롭다. 심상찮은 기운이 느껴졌다.

그 인물은 부대장인 듯한 사람에게 뭐라고 말한 뒤에 이쪽으로 달려왔다.

"……!"

실피가, 길레느가, 루크가 각자 무기를 뽑았다.

대단한데, 실피. 지금 길레느보다 빨리 지팡이를 들었어.

"어머…!"

갑옷 차림의 사람은 갑자기 무기를 든 세 사람에게 놀라서 발을 멈추었다.

당혹스러움을 감출 수 없는 느낌이었는데, 그래도 양동이 같은 투구에 손을 대고 벗었다.

안에서 나온 것은 미녀였다. 미녀라고 할 수밖에 없었다.

물 흐르는 듯한 머리칼. 땀으로 젖은 이마에서는 색기 같은 것이 느껴졌다.

그녀의 시선은 마차 뒤, 우리를 향하고 있었다. 정확하게 말하자면 에리스에게.

"에리스! 길레느! 저입니다!"

아무래도 에리스의 지인인 모양이다.

에리스는 말 위에서 그 여자를 가만히 바라보았다.

"에리스, 살아 있었네요. 용신과 싸우면 어차피 살아서 돌아올 수 없을 거라고 스승님이 말씀하셨기에…. 그렇긴 해도 왜 아슬라 왕국에? 연락을 주었으면 저도…."

"너 누구야?"

"……."

여자는 숨을 삼켰다.

그리고 다소 슬픈 얼굴을 하였다. 슬프긴 하지만, 에리스라면 어쩔 수 없다는 듯한 얼굴이었다.

에리스를 잘 아는 사람의 얼굴이었다.

"…농담이야."

에리스가 그렇게 말하면서 말에서 내려왔다.

"오랜만이야, 이졸테. 이상한 갑옷을 입고 있어서 순간 누구인가 했어."

"이상한 갑옷이라니…. 이건 아슬라 왕국기사단의 정식 갑옷인데요? 멋지지 않나요?"

"움직이기 불편할 것 같아."

"수신류는 움직이지 않아도 되니까, 이 정도가 딱 좋습니다."

에리스의 지인이라는 것을 알고 루크가 검을 거두었다. 실피도 안도한 표정이지만, 계속 지팡이를 손에 들고 있었다. 길레느도 검을 내리고 주위를 둘러보았다. 안도한 순간이 제일 위험하니까 그녀의 판단은 정확하겠지.

"지금은 이 마차에 계신 분을 모시고 있나요? 시내에서는 제2왕녀님이 돌아오셨다는 소문이 나돌고 있는데, 혹시 이쪽 분은…. 하지만 왜 에리스가…. 아, 분명히 마법도시 샤리아에 유학을 가셨다는 이야기였지요, 거기서 알게 되어서… 검왕이니까 고용되었다는 흐름인가요?"

조용해 보이는 외견과 달리 의외로 수다스럽군.

에리스는 조용했다. 머신건 같은 말이 쏟아지는 가운데 팔짱을 낀 평소의 포즈대로 입을 다물고 있었다.

잠시 뒤에 그녀는 말했다.

"……뭐, 대충 그런 느낌."

아무래도 중간부터는 이야기를 안 들었던 모양이다.

분명 이 두 사람의 대화는 항상 이런 느낌이겠지.

"저는 스승님의 추천으로 기사가 되기로 했습니다. 정식 기사 임명과 함께 수제의 칭호를 받을 예정입니다."

"그래, 잘 됐네."

"예."

거기서 루크가 말머리를 돌렸다. 이쪽으로 다가와서 말에서 내리더니 부드러운 얼굴로 물었다.

"재회의 시간을 방해해서 죄송합니다…. 에리스 씨, 지인입니까?"

"응, 그래."

"그렇습니까. 쌓인 이야기도 있겠습니다만… 짧게 해 주시면 고맙겠습니다."

"알았어."

부드럽게 말한 뒤 루크는 이졸테를 향해 우아하게 인사했다.

"실례합니다, 부인. 죄송합니다만, 우리는 임무 도중입니다. 나중에 제대로 시간을 낼 수도 있겠지요. 그때 사과를 겸하여서…."

"됐습니다."

"그렇습니까. 그럼 실례하겠습니다."

차갑게 거절하는 이졸테의 모습에 루크는 쓴웃음도 보이지 않고 부드럽게 웃으면서 다시 말에 올라서 그대로 선두로 이동하였다.

이졸테는 불쾌한 눈치로 그 모습을 보았다. 인기 많은 루크가 이렇게 불쾌하게 여기는 시선을 받다니, 신기한 일이군.

그렇게 생각하는데 이졸테는 목소리를 낮추어서 말했다.

"저게 소문의 루데우스로군요. 상상했던 것처럼 기분 나쁜 태도…. 마술사 주제에 검을 가지고 멋 부리는 건가요? 에리스, 저런 녀석과 결혼했습니까?"

"…나는 루데우스랑 결혼했어."

"예…? 분명히 얼굴은 괜찮지만, 아내의 눈앞에서 다른 여성을 꼬드기려 들다니…. 저는 마음에 안 듭니다. 에리스는 취향이 나쁜가요?"

“……?”

에리스는 놀란 얼굴을 하였다.

아무래도 이졸테는 나와 루크를 착각한 모양이다. 정면에서 험담을 듣고 있자니 입장이 살짝 그렇군. 멋 부릴 생각은 없지만, 나도 훈련으로 목도를 휘두르는 연습 정도는 하고….

“이만 갈게.”

“그렇군요. 바쁜데 붙잡아서 죄송했습니다. …한동안 여기에 머무를 건가요?”

그 질문에 에리스는 내 쪽을 힐끗 보았다.

적어도 아리엘이 왕위를 차지할 때까지는 이 도시에 체재할 게 틀림없다고 생각하고 고개를 끄덕여 주었다.

이졸테는 그제야 비로소 내 쪽을 보았다. 놀란 얼굴이었다.

“저기, 그쪽 분은?”

좀 머쓱하다. 루데우스라고 대답해도 좋을까.

뭐, 가명을 쓸 이유도 없지만… 저쪽도 험담을 한 직후라서 분위기가 안 좋아질 것 같다.

“히힝!”

그때 마츠카제가 움직였다. 내 의도와 달리 에리스에게 다가가서 그 등을 머리로 밀었다.

어이, 멋대로 움직이지 마. 다음에 배추 줄 테니까….

“아, 죄송합니다. 서두르는 중이었지요.”

하지만 그 동작을 보고 이졸테가 눈치 빠르게 말했다.

"그럼 비번일 때라도 시내를 안내해 줄게요. …그때는 그쪽 분도 소개해 주세요."

그쪽 분이라고 하면서 슬쩍 이쪽을 곁눈질 하였다.

여기서 '소개받은 루데우스입니다'라고 말하면 그녀는 어떤 얼굴을 할까.

"잘은 모르겠지만 알겠어."

"잘 모르겠다니…. 에리스는 항상 그렇군요. 그럼 성 미리스의 가호가 있기를."

이졸테는 그렇게 말하더니, 우아하게 인사를 하고 물러났다.

흠. 미리스 교인이었나. 나를 싫어할 만하네.

에리스는 그 뒷모습을 보고 있었지만, 이윽고 이쪽으로 몸을 돌려서 말에 올랐다.

그걸 확인하고 루크가 이동을 시작하고 마차도 움직였다.

"아까 그게 이졸테. 수왕이야. 검의 성지에서 알게 되었어."

저 사람이 아까 이야기했던 검술 친구인 토모, 아니, 이졸테인 모양이다.

"그래. 친해 보여서 다행이야."

"그래…. 하지만."

에리스는 거기서 말을 끊고 이졸테 쪽을 보았다.

은색 집단이 대열을 갖추고 골목으로 사라지고 있었다.

"적이 될지도 몰라…."

아, 그런가.

수왕 이졸테 크루엘.

올스테드도 '적으로 나타날 가능성이 있는 인물'이라고 이야기했다.

애초에 수신 레이다는 적이 될 가능성이 크다고 에리스에게 말했다. 에리스는 그 시점에서 이졸테도 적이 될 거라고 짐작했을지도 모른다.

수습기사라는 입장이라면 쉽사리 어떻게 움직일 수 있을 것 같진 않지만….

그래도 지위가 낮을 뿐이지 실력은 수왕. 전장이라면 나타날 가능성이 크다.

"…에리스는 괜찮겠어?"

"팔이 근질거려. 검의 성지에서 못 끝낸 결판을 낼 수 있겠어."

"그런가."

나로서는 모르겠지만, 고민도 않고 그런 말이 나오는 걸 봐선 두 사람은 그런 관계겠지.

뭔가를 서로 겨루는 관계다. 이해 못 할 것도 없다. 그것이 목숨을 거는 상황까지 발전했다면 내 이해의 범주에서 크게 벗어나지만….

가능하면 양쪽 다 살아남은 채로 계속 겨루었으면 싶다.

죽으면 그걸로 끝이니까.

도중에 오른쪽 길로 접어들어서 언덕을 오르기 시작했다.

거대한 성벽은 병사들이 지키고 있지만, 루크가 문장 같은 것을 보이자 대부분 그대로 통과되었다.

중급귀족의 지역을 지나쳐서 성벽을 하나 더 통과하자, 소국의 성이나 요새 같은 크기를 가진 집들에게 둘러싸였다.

상급귀족의 지역이다.

아리엘의 별장은 왕성에서 다소 먼 위치에 있었다. 시내에 있으면서 우리 집의 다섯 배는 된다.

지금은 이미 존재하지 않는 에리스의 본가 정도는 아니지만, 개인의 집이라고 하기에는 너무 크다고 할 정도였다.

도착했을 때의 시간은 이미 저녁 무렵이었다.

시내에 들어온 게 오후에 접어들 무렵이었으니까, 정말로 시내를 이동하는 것만으로 한나절이 지나갔다.

건물 부지 안에 들어가자, 집사 같은 사람이 나왔다. 그는 루크의 모습을 보자 곧바로 들어가더니 다급히 메이드들을 모아서 맞아주었다. 그렇다고 해서 다섯 명 정도인가.

그들은 아리엘이 없는 동안에도 건물을 관리했던 거겠지.

고용인들의 환영을 받으며 건물 안으로.

내부는 화려했다. 그 화려함으로는 페르기우스 성이 더 위이긴 하지만, 중간중간에 값비싸 보이는 미술품이 있는 점을 보면 별장이라고 해도 아슬라 귀족의 저택이라는 느낌이었다.

랭크를 따지자면 에리스네 본가보다 한 랭크 위일까.

각자 객실을 받은 뒤에 몸을 씻었는데, 그럴 때 쓰는 물통마 저도 금속으로 만들고 화려하게 장식한 것이었다. 저택 안에 는 욕실도 있어서 목욕도 할 수 있나 본데, 이건 아리엘 전용 이겠지.

몸을 씻은 뒤에 식사를 하였다.

나와 아리엘, 에리스, 실피까지 넷이서.

아리엘의 부하라는 입장의 사람들은 다른 장소에서 식사를 한다는 모양이다.

"자, 루데우스 님."

"예."

"루데우스 님의 조력도 있어서 무사히 여기까지 도착했습니 다."

식사가 끝난 뒤, 아리엘은 내게 다시 말을 붙였다.

"저는 내일부터 움직이기 시작하겠습니다. 페르기우스 님을 모셔오기 위한, 그리고 다리우스 상급대신을 실각시키기 위한 '무대'를 마련하겠습니다. 제가 없는 동안 배신한 귀족의 확인 과 정보수집, 미리 잠복시켜두었던 아군과의 연락, 곳곳에 대 한 준비…. 바빠지겠군요."

"예."

"다리우스 일파에게 선수를 빼앗기지 않도록 이른 단계에서

'무대'를 전개하겠습니다. 다행스럽게도 아바마마께서 몸져누우신 탓에 귀족은 왕도에 모여 있으니까요."

결전은 코앞으로 다가왔다는 걸까.

"시간을 얼마나 들일 생각이십니까?"

"열흘 정도로."

"알겠습니다."

열흘이라…. 빠르군.

"이미 이쪽의 카드는 모였습니다. 그 이외에도 손을 쓰겠습니다만, 기본적으로 '무대'만 마련되면 승리는 의심할 바 없는 것이라고 생각하고 있습니다. 그러면 상대는 '무대'에서 전투를 걸어올 가능성이 있습니다."

진다는 걸 아는 시합이라면 폭력으로 그냥 뒤집어버리자는 느낌인가.

솔직히 저쪽은 전력을 온존시켰으니까, 가능성이 낮지 않을 것도 같다.

"이쪽의 전력도 충분하다고 생각합니다만, 승리를 확실한 것으로 만들기 위해서라도 적 세력의 주전력을 깎아내고 싶습니다."

"그렇군요."

"루데우스 님과 에리스 님, 그리고 실피에게는 그 역할을 맡기고 싶습니다."

"찾아내어서 습격하는 겁니까?"

"아뇨, 그건 어렵겠지요. 왕도는 아주 넓습니다. 그러는 동안에 저 자신이 습격을 받을 수도 있습니다."

이 도시에도 아리엘의 편은 있지만, 북제 레벨의 강자는 존재하지 않는다. 즉, 전력으로 셈할 수 있는 것은 기본적으로 이 자리에 있는 멤버뿐이다. 나, 에리스, 실피까지 빠지면 아리엘을 지키는 건 루크와 길레느뿐이다.

길레느는 믿을 만하지만, 북왕급을 여럿 상대하면 아무래도 힘들겠지.

"예. 그러니까 낚아 볼까 합니다."

"낚는다…?"

"반대로 일부러 빈틈을 보이고 습격을 유도하는 겁니다. 그것을 위한 마력부여품도 가지고 있으니."

모습을 교환하는 그 반지 말인가.

그걸 써서 누군가를 아리엘로 가장시킨다. 습격하기 쉬운 시추에이션을 만들고 상대의 습격을 유도한다. 시추에이션은 아리엘이 움직이면서도 만들 수 있겠지.

귀족과의 회합에서 돌아오는 길. 밑준비에 따라서 아침, 저녁, 심야, 여러 패턴으로 틈을 만들 수 있다. 저쪽에서 와준다면 우리가 찾아낼 수고를 덜 수 있고, 아리엘을 호위하기도 쉽다. 진짜는 근처에 있으니까.

"실피에게는 조금 위험한 역할을 맡기게 되겠습니다만…."

"문제없습니다."

그렇게 즉답한 것은 실피였다.

"여기가 승부처입니다. 할 수 있는 일은 해 두죠."

그러면 실피가 아리엘 역인가…. 뭐, 전투가 일어나면 안전한 장소는 없다.

일이 여기까지 왔으면 어디든 똑같다. 본인이 하겠다면 나도 전력으로 지키자.

"과연 걸려 줄까요?"

"반반… 정도일까요."

결국 왕도에 들어올 때까지 습격은 한 번도 없었다.

이쪽도 경계했다고는 해도 한 달 반 가까운 여행이다. 습격할 기회는 있었을 것이다. 그렇다면 아리엘이 '무대'를 준비하는 것도 읽고 있어서, 거기서 압도적인 전력으로 짓뭉갠다.

그런 생각일 가능성이 크다.

그리고 그 경우 인신을 경유하여 이쪽의 전력을 파악하였으니, 충분히 압도할 만한 전력을 갖추었을 가능성이 크다.

꽤나 억지스러워서 나중에 화근을 남길지도 모르는 방식이긴 하지만, 왕을 정하는 싸움이니까 그 정도는 하겠지.

"낚이면 좋고. 안 낚이면…."

"…총력전이 되겠지요."

"그 경우는 루데우스 님에게 부담을 끼치게 되리라고 생각합니다."

그렇게 되겠지요. 괜찮을까….

"이쪽에 원군은 없습니까?"

"라노아 왕국에서 찾아내어 미리 아슬라 왕국으로 보낸 자가 몇 명 있습니다만, 기껏해야 상급 검사, 상급 마술사 정도입니다. 당일에 '무대'에 배치하겠습니다만, 북제, 북왕 같은 강자를 상대하기에는 역부족입니다."

그렇겠죠.

"여차하면 그분의 힘을 빌리게 될지도 모릅니다."

"그분입니까."

올스테드인가. 그는 이미 이 도시에 들어와 있을까.

정기연락은 하고 있지만, 보고해야 할 만한 내용도 적고 그도 말수가 적다.

아리엘은 루크가 나를 경계하게 된 뒤로 올스테드와 만나지 않았다.

"그렇습니다. 여차하면 힘을 빌리지요."

이 대화에 실피가 고개를 갸웃거렸지만, 그건 일단 괜찮겠지.

"그럼 그런 방향으로 부탁합니다."

"예."

열흘 동안 할 일도 정해졌다.

내일부터 아슬라 왕국에서의 싸움이 시작된다.

제8화 어둠 속의 사투

다음날. 우리는 아리엘과 함께 왕성으로 갔다.

트리스는 그녀의 차례에 대비하여 거점에서 준비 중. 종자두 사람은 없다. 그러니까 여섯 명이서 행동하게 된다.

이건 종자 두 사람이 전투에 도움이 안 되는 탓도 있지만, 그녀들에게도 집안이 있고 그녀들의 집안이 아리엘에게 중요한 아군이 되는 탓도 있었다. 두 사람은 그 이외에도 자기들의 집안과 관계자들을 아군으로 끌어들이기 위해 뛰어다녔다.

아리엘은 정말로 열흘 내로 할 일을 다 끝낼 생각이다.

자, 처음으로 가 보는 왕성.

아슬라 왕국의 왕성은 멀리서 본 것처럼 컸다. 아마도 페르기우스의 공중성채 위에 있는 성보다도 크겠지. 게다가 이 성의 뒤편에는 왕궁이 따로 존재한다는 이야기였다. 왕족이 사는 궁전과 수많은 정원이.

물론 이번에는 거기에 갈 일이 없다. 후궁에는 조금 흥미가 있지만 갈 일은 없다.

이번 행동은 병으로 쓰러진 국왕을 문병하는 것과 '무대'의 예약이다.

그렇다고 해도 나는 아리엘과 루크의 뒤를 따라가서 행동할 뿐, 딱히 할 수 있는 일은 없다.

그런 왕성에서 놀랄 만한 것을 보았다. 아니, 놀랄 만한 것이라고 할 정도는 아닐지도 모르겠다. 여기라면 그런 게 있어도 이상하지 않다. 하지만 실제로 있는 것을 보고 잘못 본 게 아닌지 다시 한번 확인할 수밖에 없었다.

페르기우스의 초상화였다.

나란히 걸린 세 개의 초상화 중 하나가 그것이었다.

용족의 얼굴은 구분하기 어렵다. 초상화라면 그것이 현저하다. 그리고 아마도 그 초상화 안의 페르기우스는 다소 미화되어서, 지금보다 수십 살은 더 젊게 보였다.

솔직히 그게 페르기우스인 줄은 처음에는 몰랐다. 처음에는 좀 닮았구나 정도라서 바로 시선을 돌렸다. 하지만 초상화 바로 밑에 있는 안내문이 시야를 스쳤기 때문에 거듭 보기에 이르렀다. 이름이 거기 적혀 있었다. 페르기우스 도라, 라고.

놀랐다.

무엇이 그리 놀라웠냐 하면, 역대 아슬라 왕의 초상화 바로 옆에 장식된 점이었다.

즉, 페르기우스는 그만큼 아슬라 왕국에서 유명하고 유력한 인물로 간주된다는 점이다.

참고로 페르기우스의 옆에는 낯선 인간과 금발과 은발이 뒤섞인 머리칼을 지닌 남자의 초상화가 있었다. 모르는 얼굴이지만, 페르기우스라는 이름을 봤기 때문인지 이쪽도 바로 알 수 있었다.

인간은 북신 칼맨.

그리고 이 용족과 인간의 혼혈 같은 것이 용신 울펜이겠지.

마신을 죽인 세 영웅이다.

이전의 나라면 죽인 게 아니라고 비웃었겠지만, 올스테드의 이야기를 들은 뒤라서 그럴 마음이 들지 않았다. 결국 그들은 전력으로 싸워서 마신 라플라스를 타도하기에 이르렀으니까. 오랫동안 이 세계에서 최강으로 군림했을 마룡왕 라플라스의 반쪽을.

그러니까 이런 자리에 초상화가 장식된 거겠지.

지금도 살아 있는 전설의 영웅으로.

대단한 인물이다.

페르기우스라는 뒷배경을 얻으면 승리가 크게 가까워진다.

그 말의 신빙성을 간신히 이해했다.

사흘 경과. 작전은 순조롭게 진행되었다.

착착 '무대' 설치 준비를 하는 아리엘. 그녀의 귀환을 고대하던 귀족들은 그녀를 따르고 그것을 도왔다. 나는 호위를 하면서 수십 명의 귀족을 소개받았다.

솔직히 이름은 전혀 기억할 수 없었다.

다리우스 상급대신과 제1왕자 그라벨. 그들은 소개받지 못했지만, 먼발치에서 한 번 볼 수 있었다.

다리우스는 한마디로 말해서 나이든 너구리다. 뚱뚱한 몸에 살쪄서 늘어진 얼굴, 기분 나쁜 눈매. 친근감을 느끼는 추악한 체형을 한, 돼지 같은 괴물이다.

그는 나를 보더니 아주 겁먹은 얼굴을 하였다. 저승사자라도 본 눈길이었다.

안색으로 판단하는 건 좋지 않지만… 그렇게 알기 쉬운 반응을 보이면 인신의 사도인지 망설이지 않아도 편하다. 틀림없이 저놈이다.

제1왕자 그라벨은 평범한 아저씨였다. 왕자라는 단어에서 상상할 수 있는, 살랑거리는 금발을 가진 십대~이십대의 젊은이가 아니었다. 턱수염을 길렀고 한창 일할 때인 30대란 느낌으로, 왕자란 이미지와는 거리가 멀었다.

하지만 지켜보고 있으면 신기하게도 '이 사람 밑에서 일하고 싶다'고 생각하게 하는 뭔가가 있었다.

이것도 일종의 카리스마겠지.

그러고 보니 제2왕자 하르파우스의 소문도 들었는데, 그는 제1왕자와의 정쟁에서 패하여 연금 상태에 있다는 모양이다. 올스테드가 뭔가 한 걸까, 아니면 올스테드는 이걸 알고 제2왕자는 경계할 필요가 없다고 말한 걸까.

아무튼 제2왕자파에 붙었다가 승리가 절망적이라고 포기하려던 놈들이 아리엘의 귀환 소식을 듣고 허둥지둥 모여들었다.

그들은 아리엘의 '무대' 제작을 도와주는 모양이다.

아리엘은 아리엘의 싸움을 하고 있다.

내 일은 그런 아리엘을 습격하려는 적의 제거다.

실제로 습격은 있었다. 있었다는 표현보다는 매일처럼 암살자가 찾아왔다고 해야겠지.

그렇긴 해도 현재까지는 거물이 걸리지 않았다. 잔챙이들뿐이었다.

그들은 아리엘만을 노렸다. 구체적으로는 아리엘로 분장한 실피를.

이동 중, 식사 중, 수면 중. 밥을 먹을 시간도 잘 시간도 없다는 말은 바로 이것이다.

물론 진짜 아리엘은 메이드복을 입고 가발을 쓰고 메이드용의 조잡한(그렇다고 해도 웬만한 하급기사보다도 훌륭한) 식사를 하고 메이드용 방의 조악한 침대에서 푹 잠들지만.

"전보다 숫자가 훨씬 늘었지만, 루디를 비롯한 사람들과 있으니까 훨씬 편해."

실피는 그렇게 말했다.

암살자 집단이 피라미라고는 하지 않겠지만, 나나 에리스, 길레느를 상대하기엔 역부족이라고 해야겠지.

하지만 나 혼자였으면 조금 더 고전했을 것이다. 어린 소년 같은 암살자도 있었고, 그런 경우는 죽이네 마네로 일희일비하겠지. 그렇게 생각하니 에리스나 길레느가 있어 주어서 고마웠다.

지금으로선 에리스와 길레느의 투탑을 돌파하는 적이 나오지 않았다.

아마도 암살자를 보내는 것은 그라벨이나 다리우스가 아니라 그들의 밑에 있는 귀족들이겠지.

그라벨 파가 '무대'에서 총력전을 벌이는 방향으로 결심했다면 일이 다소 귀찮아진다.

북제, 북왕에게 에리스와 길레느가 대응하면 다음 적은 나에게까지 온다. 달리 전력이 있으면 실피에게도. 그리고 한 명 더 있으면 아리엘에까지 손이 닿게 되겠지.

그 전에 올스테드가 어떻게 좀 해 주었으면 싶은데, 왕도에 들어온 뒤로 접촉해 오지를 않는다. 애초에 시내에 들어왔는지도 불명이다.

그렇다고 해도 기도만 하고 있을 수 없는 것은 잘 안다.

여차할 때를 위해서라도 적의 숫자를 줄여두고 싶다.

그렇게 생각하던 때에 아리엘이 말했다.

"자리도 준비되었습니다. 슬슬 시작하지요."

아리엘은 그날 제1왕자파의 귀족에게 무슨 이야기를 던졌다. 오늘은 에리스와 길레느가 동시에 그날이라서 큰일이다는 식의 저속한 이야기다. 상대 귀족 쪽은 아주 흥미로운 눈으로 에리스를 봤고, 에리스는 불쾌하다는 얼굴을 하였다.

호위의 몸이 안 좋다는 소문을 퍼뜨려서 습격을 유도하려는 모양이다.

물론 이 작전은 실패로 끝났다. 너무 노골적이었겠지.

다음날부터 암살자조차 나타나지 않게 되었다.

닷새가 지났다. 습격은 없다.

대신 주위의 유력귀족들이 표적이 되기 시작했다. '무대' 설치를 추진하는 자들이다.

물론 그들도 미리 방어수단 정도는 갖추고 있었는지 큰일까지는 이르지 않았다.

하지만 그 습격에 두려움을 품었는지, 몇 명이 제1왕자파로 붙었다는 모양이다.

그런 가운데 나는 어떤 인물과 만났다.

필레몬 노토스 그레이랫이다.

그는 사전 정보대로 그라벨 파로 넘어간 상태였다.

필레몬. 나이는 30대 중반 정도일까. 그는 파울로와 많이 닮은 얼굴이었다. 하지만 그 표정에 파울로가 가진 표표한 자신감이나 여유 같은 것은 존재하지 않았다.

배곯은 생쥐처럼 안절부절못하는 인상을 띠고, 리스크를 두려워하여 안전한 방향에서 안전한 방향으로 도망치는 타입의 남자.

나는 그런 인물도 싫지 않지만, 사울로스 할아버지가 싫어할 만한 인물이다. 그러니까 사이가 나빴겠고, 그러니까 전이 사건을 틈타서 사울로스를 죽였겠지.

…머릿속으로 그렇게 생각했지만, 실제로 내 눈에는 필레몬이 사울로스를 살해할 만한, 그런 거창한 일을 할 만한 인간으로 보이지 않았다. 중요한 순간에 그런 결단을 내릴 수 있을 만한 인간이라면 사울로스도 그를 그렇게 싫어하는 일이 없지 않았을까.

그를 상대로 루크가 이런저런 이야기를 하였다. 싸움이라고 해도 과언이 아닐 말들이었다.

왜 아리엘을 배신했나, 나의 노력은 대체 무엇이었나. 그런 루크의 질문에 필레몬은 '너한테는 설명해 줘도 모를 거다'는 식으로 잘라 말했다.

루크는 믿을 수 없다는 얼굴이었다.

그래도 루크는 쫓아가면서 '지금이라도 늦지 않았다, 이쪽으로 돌아와라'라고 애원하였다.

하지만 틀렸다.

최종적으로 루크의 형인 듯한 청년이 '너는 가독 자리라도 원하는 거냐?'라는 말과 함께 혐오 어린 시선을 던지더니, 내 팽개치듯이 그 자리에 놔두고 가 버렸다.

너무한다 싶었다.

적어도 10년 가까이 이국땅에서 고생하고 돌아온 아들을 대하는 태도가 아니다. 하지만 파울로도 과거에 그런 인간 쓰레기였던 모양이고, 나도 비슷한 인간 쓰레기였다. 아슬라 귀족에게는 아슬라 귀족의 도덕이 있겠고, 일방적인 견해로 경멸할 생각은 없다.

아리엘이 이기면 루크가, 그라벨이 이기면 루크의 형이, 정쟁을 승리한 중진으로서 노토스 가문을 존속시킬 수 있다. 그렇게 생각하면 저 두 사람의 태도도 루크에 대한 배려심이 어느 정도 있는 거라고 할 수도 있다.

속으로는 단순히 루크를 싫어하는 걸지도 모르지만.

아무튼 이렇게 된 이상 길레느가 필레몬을 베는 것을 피할 수 없을 듯하다.

설령 루크 일가가 가정 붕괴 직전이라고 해도 루크가 집안을 소중히 여긴다면 어느 정도 힘이 되어 주고 싶은 마음이다. 그러면서 나 자신이 중요하다고 생각하는 마음도 있다.

싫은 상황이다.

아흐레째.

'무대'의 설치가 끝났다.

무대란 다시 말해 파티장이다. 마시고 춤추고 환담을 나눈다. 그런 파티 자체는 왕성에서 곧잘 열린다.

이번에 열리는 것은 제2왕녀 아리엘이 제1왕자 그라벨을 위로하는 파티.

차기 국왕후보인 두 왕족의 이름을 건 파티인 만큼, 아슬라 왕국의 이름 있는 귀족들이 전원 참석하게 되었다.

나라면 그렇게 속이 훤히 보이는 덫 같은 파티에 참가하지 않겠지만, 아슬라 귀족은 그럴 수도 없는 모양이다. 큰 파티에 참가하는 것은 귀족의 의무다.

'무대' 설치를 방해하는 자는 수많았던 모양이지만, 아리엘은 그것을 모두 뛰어넘었다.

내일이 파티일이다.

"루데우스 님."

그런 생각을 하는데, 아리엘이 말을 걸어왔다.

"방금 전에 마지막 준비를 하고 왔습니다."

"마지막 준비?"

"구체적으로 말하자면, 다리우스 상급대신이 도저히 가만히 있을 수 없을 정보를 퍼뜨리고 왔습니다."

"…호오."

과연.

우리가 경계하는 것은 오베르 등의 검사들인데, 그 오베르를 조종하는 것은 다리우스다.

그리고 인신의 사도는 꼭 인신의 생각대로 움직이는 게 아니다.

내가 올스테드의 부하로 붙은 것처럼, 자기 몸의 위험을 느끼거나 더 이상 조언을 따를 수 없다고 생각할 만한 상황에 빠지지만, 인신의 뜻과는 다른 수를 쓴다.

즉, 단순히 빈틈을 보여주는 것만이 아니라 그 빈틈을 찌르지 않으면 진다고 생각하게 만들면, 자연스럽게 습격이 일어난다는 소리다.

"하지만 확실하다고는 장담할 수 없습니다. 혹시 오늘 밤에 낚이지 않았을 경우는…."

"알고 있습니다."

그렇게 되면 당일은 총력전이다. 힘든 하루가 되겠지.

누군가 죽을지도 모른다. 에리스일까, 실피일까, 길레느일까. 그렇게 되지 않도록 움직이겠지만, 왠지 죽은 파울로의 얼굴이 슬쩍 지나갔다.

아리엘의 계략이 잘 통하기를 빌 수밖에 없다.

─그렇게 돌아오는 길.

달이 없는 밤. 모든 준비가 끝나고, 내일의 무대를 기다릴 뿐. 오늘은 그저 자면서 체력을 회복해야 한다. 그렇게 생각하며 돌아오는 길이었다.

길 한가운데에 한 남자가 서 있었다. 얼굴을 보면 수족 남자라는 걸 금방 알 수 있었다.

토끼 귀…. 분명히 밀데트족이다. 여자라면 귀여운 버니걸이겠지만, 남자라면 뭐라고 하는 게 좋을까. 버니맨일까.

"……."

그는 검게 칠한 갑옷을 입고 검을 손에 들고 서 있었다. 마차의 앞길을 가로막듯이.

"누구냐!"

마차 옆을 가던 루크가 앞으로 나서서 물었다.

그는 답하지 않았다. 습격자가 자기 이름을 말할 리가….

"북신삼검사 중 하나, 북왕 '쌍검' 너클가드."

이름을 말했다.

"……."

다음 순간 그 너클가드라는 녀석이 분열했다.

흔들거리며 유체이탈이라도 하듯이 좌우로 나뉘었다.

"너클 형. 이럴 때에 이름을 대면 안 된다고 생각하는데?"

"아, 그런가. 평소랑 달랐군…. 가드는 똑똑해."

"헤헤, 최근 공부를 하니까."

아니다. 분열한 게 아니다. 쌍둥이다. 완전히 똑같은 얼굴의
검사가 두 명이다.

"분명히 이럴 때에는 고용주가 다리우스 님이라는 것도 말하
면 안 되지."

"그리고 보면 평소에 습격하는 암살자는 고용주의 이름을 불
지 않았어."

"그래, 너클 형, 그러니까 절대로 말하면 안 돼."

"안다니까."

뭐, 의뢰주가 누구인지는 이번만큼은 말하지 않아도 알겠다.

그렇게 조금 김이 샌 분위기 속에서 에리스가 앞으로 나섰
다. 말에서 내린 후 검을 뽑았다.

"에리스 그레이랫."

탐욕스러운 살기를 받아서 쌍둥이의 귀가 움찔움찔 움직였다.

"오오, 소문으로 듣던 '광검왕'!"

"검술 실력은 예리한 송곳니와 같고, 거친 기질은 마수와 같다!"

"우리가 약한 밀데트라지만!"

"상대하기 부족함 없다!"

에리스가 상단세로 검을 들자, 쌍둥이는 좌우대칭의 자세를 취하여 거기에 맞섰다.

"우리 한 명은 반쪽."

"둘이서 한 사람 몫."

"2대 1이라고."

"비겁하다고 할 수 없겠지."

아니, 2대 1은 비겁하잖아…라고 생각했을 때, 마차 뒤에 또 하나의 그림자가 나타났다.

작은 그림자다. 그 그림자는 먹으로 물들인 듯한 시커먼 갑옷을 입고 있었다. 그 손에 들린 것은 검은 방패와 검은 검.

"……."

그는 이름을 대지 않았다. 이번에야말로 이름을 대지 않았다. 말없이 그저 자세를 갖추었다.

그와 상대한 것은 길레느다. 그녀는 당연하다는 듯이 그 남자를 향해 검을 뽑았다.

"지난번 빚을 갚지."

"…돌디어는 밤눈이 밝다…. 이번에는 다소 불리한가."

위 타다.

지난번에 길레느는 그에게 아픈 맛을 보았다. 하지만 저번에 위 타의 기술과 대처법에 대해 길레느에게 대충 말하였다. 그녀가 이해했을지는 모르겠지만, 사전에 아는 것과 모르는 것은 크게 차이나겠지.

앞에는 토끼, 뒤에는 호빗.

그렇게 말하면 이 상황이 왠지 웃기게 보이니까 신기하지만, 실제로는 모두 북왕이다.

어느 쪽에 가세해야 할까.

내가 에리스에게 가세하고, 실피와 루크가 길레느에게 가세한다.

그러면 2대 1의 상황을 만들 수 있다.

그렇게 생각했지만 움직일 수 없었다.

왜냐면 오베르가 없다. 녀석의 모습이 보이지 않는다. 그 사실이 내 움직임을 막고 있었다.

이 자리에 아리엘은 없다. 아리엘은 다른 루트를 써서 왕성에서 안전히 별장으로 이동하고 있다.

고로 실피가 에리스를, 루크가 길레느를 각각 원호하는 형태를 취하면 된다. 하지만 그렇게 될 경우 적도 이 자리에 아리엘이 없다는 사실을 알아차리겠지.

그리고 도망치겠지. 표적이 없으니까 당연하다. 어쩌면 한두 명이 우리의 발을 묶고 그 틈에 아리엘을 노리겠지.

아리엘도 그리 간단히 당하지 않겠지만, 그녀가 무사했다고 해도 싸움은 내일로 넘어간다. 녀석들은 보다 만전의 태세로 우리를 공격하겠지. 이번에는 사람을 한두 명 더 늘려서.

지금이 기회다.

북왕을 둘… 내지 셋 쓰러뜨릴 기회다. 그리고 이 기회를 놓치면 위기가 찾아온다.

그럼 여기서 적어도 한 명은 줄여야 한다.

내가 에리스를, 루크가 길레느를 원호하는 것이다. 그 경우 오베르와 싸우는 것은 실피가 된다. 실피로서는 오베르를 이길 수 없다. 절대라고는 하지 않겠지만, 올스테드는 그렇게 예견했다.

그럼 역시 나는 움직일 수 없나….

"…아니."

생각해.

이 상황, 북왕은 셋… 너클가드가 둘이서 하나라면 둘이다. 지난번처럼 병사도 없다. 머릿수로 봐서 불리. 그런 상황에 습격을 할까?

그렇다. 오베르가 없을 리가 없다.

이번에도 어딘가에 숨어 있다. 틀림없다. 근처에 숨어서 우리 중 누군가를 담담히 노리고 있을 것이다.

그럼 찾으면 된다. 이쪽에서 녀석이 숨은 장소를 찾아내어서 일격에 쓰러뜨린다.

그러면 아무런 근심도 없이 에리스와 길레느에게 가세할 수 있다.

"괜찮아, 루데우스. 혼자서 이길 수 있어."

에리스의 목소리가 어둠 속에 울렸다.

분명히 저 너클가드라는 검사는 에리스의 사정거리에 들어오지 않고 있다.

반쪽이라는 그 말처럼 혼자서는 잘해야 북성 레벨이겠지.

그리고 에리스는 그 정도라면 일격으로 베어 버릴 수 있다. 어느 쪽이 사정거리에 들어가면 한쪽이 죽는다. 그리고 에리스의 자신감이 진짜라면 한쪽이 죽으면 도저히 에리스에게 이길 수 없을 정도로 실력차이가 나겠지.

길레느도 아직 사정거리 밖이다.

호빗 위 타과 체격 좋은 길레느는 사정거리의 차이가 너무나도 크다.

이쪽도 그리 간단히 사정거리 안에 들어갈 수 없다.

그래도 그들이 철수하지 않는 것은…. 역시 한 명 더 있기 때문이겠지. 도망치지 않는 이유가 있다면 녀석들은 도망치지 않는다.

상대는 여기서 우리를 처리할 심산이다.

생각해. 오베르는 어디에 있을까. 주위에 숨을 수 있는 장소는 얼마나 있지?

여기는 습격에 적합한 장소라고 하기 어렵다. 왼쪽에는 성벽, 오른쪽은 귀족의 저택이다.

오른쪽을 주욱 보면 숨을 만한 장소가 많아 보인다. 정원이 있는 집은 모두 높은 담장으로 둘러싸였고, 집과 집 사이에는 길이 있다. 하지만 그 길은 넓고, 마차까지는 거리가 있다. 숨을 만한 장소라고는 하기 어렵다.

성벽은 어떻지? 올려다봐야 할 정도로 높은 성벽이다.

저기에서 로프로 내려온다? 아니면 뛰어내린다?

설마 싶지만, 북제라면 할 수 있을지도 모른다.

아래는 어떻지? 지난번처럼 지면 밑에 숨어 있나?

아니, 그건 아니다. 지난 일을 거울삼아서 지면에 주의하면서 이동하였다.

놓쳤다고는 생각되지 않는다.

어디지…. 사각이 있나?

나는 마차 왼쪽 뒤, 루크는 마차 오른쪽 앞에 위치하고 있다.

광원은 두 개. 마차에 달은 횃불. 그리고 외출할 때 내가 소환한 등불의 정령.

광량은 많아서 검은 옷차림의 습격자들도 똑똑히 보였다.

보이지 않는 장소는 없다.

역시 성벽 위인가? 성벽 위에 마술을 쏟아부어…?

그런 생각으로 등불의 정령을 위로 이동시켜서 성벽을 올려다보고.

"……!"

찾았다.

처음에 성벽을 보았을 때는 몰랐다.

그 중간에 있는 위화감을.

성벽 중간, 그곳에 성벽의 색깔과 흡사한 무늬의 천이 깔려 있었다.

낮이었으면 일목요연했겠지. 어쩌면 차의 헤드라이트라도 비추면 뭔가 이변이 있다고 알아차렸겠지. 마차의 횃불 정도로는 도저히 알아차릴 수 없는 변화. 하지만 등불의 정령을 쓰면 희미하게나마 그 위화감을 알 수 있다. 아주 희미한 그림자.

이겼다.

나는 지팡이를 그 천으로 향했다.

"……."

주문은 외우지 않았다.

평소라면 마술을 쓴다고 주위에게 알려주기 위해 마술 이름을 말하지만, 그것도 하지 않는다.

예감이 있었다. 말하면 분명히 피할 거다. 기습에 대해서는 기습이 유효하다. 기습하려는 상대는 기습당할 거라고 생각하지 않는다.

스톤 캐논. 위력과 속도는 전력으로… 한다!

"끄오오오오?!"

하지만 야생의 감일까. 아니면 무인으로서의 감일까.

나는 1초도 주저하지 않았다.

그런데도 무언가 느꼈던 걸까. 오베르는 아슬아슬한 순간에 은신술을 해제하고 마술을 피하였다.

아니, 완전히 피하진 못했다. 스톤 캐논은 오베르의 다리를 꿰뚫어서 크게 헤집어놓았다.

그는 낙법을 치면서도 성벽에서 떨어졌다.

"끄으으!"

그것이 싸움의 신호가 되었다.

시야 구석에서 에리스와 길레느도 움직였다. 루크도 이쪽을 눈치챘다.

나는 망설임 없이 오베르를 향해 마술을 날렸다. 스톤 캐논.

"칫!"

하지만 오베르는 납작 엎드린 자세인 채로 그걸 어렵잖게 피했다.

"하아아아아압!"

뒤에서 달려드는 루크.

오베르는 한손을 축으로 몸을 반전시켜서 그 검을 튕겨냈다.

밸런스가 무너진 루크의 다리를 후리더니, 쓰러진 채로 루크에게 결정타를 꽂으려고 했다.

내가 스톤 캐논으로 저지.

"으윽!"

몸을 용수철처럼 움직여서 다리 하나만으로 일어서는 오베르.

하지만 오베르의 한쪽 다리는 거의 떨어져나간 모습이었다. 기동력의 태반이 사라졌다고 봐도 좋겠지.

그는 다리 하나만으로 흔들림 없이 서면서 마차와 나, 그리고 앞뒤를 보았다.

"……."

그 시선을 따라서 나도 보았다.

지금 그 한순간 사이에 싸움의 추세는 거의 기울었다.

에리스는 장담한 것처럼 두 사람을 순식간에 해치웠다. 하지만 에리스도 멀쩡할 수는 없었는지 어깻죽지에 중상을 입었다. 왼쪽 어깨가 추욱 늘어진 모습이었다.

하지만 에리스는 그런 부상을 개의치 않고 이쪽을 돌아보고 있었다.

시선 끝에 있는 것은 오베르.

길레느는 위 타를 압도하고 있었다. 위 타는 이미 한쪽 팔을 잃었다.

방패를 잃은 위 타와 멀쩡한 길레느.

내가 보았을 때는 길레느가 위 타에게 결정타를 날리려는 순간이었다.

"오베르으으으으!"

위 타는 소리치는 동시에 지면에 뭔가를 던졌다.

퍼석 하고 메마른 소리가 퍼지고, 주위가 순식간에 시커먼 연기로 뒤덮였다. 마력부여품일까, 아니면 마도구일까.

알고는 있다. 밤의 위 타는 검은 연기로 시야를 가리는 전술을 쓴다. 다만 알고 있는 것과 실제로 보는 것은 크게 차이 난다. 생각 이상으로 어두워서 시야가 순식간에 가로막혔다.

짙은 안개 같은 시야 속에서 위 타가 달리는 소리가 들렸다.

그것을 쫓는 길레느의 발소리.

〈눈앞에 갑자기 칼날이 떨어진다〉

다급히 피하자, 내 옆을 위 타가 달려갔다.

나를 노렸다? 아니, 노리는 건 마차인가!

"맡겨줘!"

다음 순간 마차 문이 열리고 실피가 튀어나와서 마술을 썼다.

혼합 마술 '프레임 토네이도'. 화염과 바람의 혼합 마술은 검은 연기를 걷어내서 주위를 드러냈다.

상황 확인.

길레느, 건재. 루크, 건재. 실피, 건재. 에리스도 건재.

위 타는 뒷골목으로 사라지려는 참이었다. 놓쳤나?

뭐, 됐어. 위 타를 놓쳐도 오베르를 해치우면 된다.

그렇게 생각하면서 돌아보는데 오베르의 모습이 없었다.

어디지?

"루데우스!"

에리스의 외침.

그녀의 시선을 따라가니, 오베르가 갈퀴를 써서 바퀴벌레처럼 성벽을 오르고 있었다. 그는 엄청난 속도로 성벽 정상으로 사라졌다.

한순간 눈을 떼었을 뿐인데도 이미 쫓아갈 수가 없다.

얼떨떨하게 있을 때가 아니다.

"위 타를 쫓겠습니다!"

곧바로 판단을 내리고 뒷골목으로 들어갔다.

쫓아갈 수 있을까? 판단을 다소 그르쳤나? 위 타가 뒷골목으로 도망쳤을 때 바로 쫓아가야 했다.

녀석은 한쪽 팔을 잃었다. 균형이 망가진 몸으로는 그리 빨리 뛸 수 없다. 하지만 북신류니까 그 정도 훈련은….

그렇게 생각하며 뒷골목으로 들어갔을 때 나는 발을 멈추었다.

위 타가 죽어 있었다.

작은 몸 한가운데에 바람구멍이 나서 피를 철철 흘리며 쓰러져 있었다.

꽤나 익숙한 모습으로 죽었다. 나는 이런 걸 당해 본 적이 있다.

주위에 기척은 없다. 하지만 여기 있으면서 해치운 거겠지.

올스테드가.

"루데우스…. 잘했어."

돌아보니 에리스가 있었다.

어깨를 베여서 피를 줄줄 흘리는 에리스가 히죽 웃고 있었다.

"어, 어어…."

일단 나는 에리스의 어깨를 만지며 치유 마술을 외웠다.

상처가 심하다. 힘줄까지 당한 게 아닐까. 살을 내주고 뼈를
자른다는 것이겠지만, 심장에 해롭다.

"고마워."

에리스는 인사도 대충 몸을 돌려서 길로 나가 외쳤다.

"아까 그놈은 루데우스가 해치웠어!"

그 말에 주위에 안도의 한숨이 흘렀다.

"미안, 나는 방해만 했군."

"아니, 내가 해치웠으면 루데우스는 오베르를 상대하는 쪽에
전념할 수 있었을 텐데…"

"나야말로 더 일찍 튀어나와야 했어. 조금 늦었네."

"한 명 놓치긴 했지만, 이 정도면 잘한 거야!"

서로 그런 이야기를 주고받으면서 사체를 확인했다.

나도 다른 마술을 사용했으면 오베르를 놓치지 않았을지도
모른다.

이동력을 빼앗았다고 생각하지 말고 진흙탕 마술이라도 썼

으면….

나중에 그런 식으로 후회해도 소용없다.

싸움은 한순간이고 유동적이었다.

이랬으면, 저랬으면 좋았다, 는 식으로 나중에 후회해도 소용없다.

이번에는 북왕 위 타. 북왕 너클가드. 이 둘(셋)을 해치웠다.

예정대로 적의 카드를 줄이는 데에 성공했다. 오베르를 놓치긴 했지만, 대승이라고 해도 좋다.

이제 내일, 진짜 무대를 기다리기만 하면 된다.

제9화　아리엘의 전장

왕성에서 대규모 파티를 열기 위해 만들어진 홀.

거기에는 기다란 테이블 하나가 놓여 있었다. 테이블 위에는 커다란 꽃다발과 접시 등의 식기.

어디에 누가 앉을지, 모두 정해진 자리.

참석자가 모이고 파티가 시작되면 요리가 나오겠지.

단 열흘 만에 준비했다고 생각할 수 없을 정도로 구석구석까지 다 준비된 파티장이 거기에 있었다.

준비가 완전히 끝나고, 개최를 기다리기만 하는 파티장이란 실로 가슴이 뛰는군.

스태프로 먼저 현지에 들어간 나는 에리스와 함께 대합실 입구 부근에 서서 참석자의 얼굴을 바라보았다. 대합실이라고 해도 좁은 건 아니고, 이쪽은 이쪽대로 입식 파티 같은 형태였다.

기대하는 표정을 하는 자. 불안한 표정을 하는 자. 그런 사람들은 일찍부터 파티장에 도착하였다.

그들은 대합실에서 오늘 아리엘이 어떤 이야기를 할 것인가, 거기에 대해 그라벨 파가 어떻게 대응할 것인가⋯ 같은 이야기를 떠들었다.

다소 유쾌하게 보이는 것은 그 한가운데에 있는 사람이 아니기 때문이겠지. 그들 중 태반은 일이 어느 쪽으로 굴러가든 영향이 적은 것이다. 말하자면 잔챙이다.

거물급은 다소 늦게 나타나기 시작했다.

필레몬 노토스 그레이랫.

그는 장남과 호위를 대동하고, 입구에 있는 나를 짜증내는 눈으로 바라보았다.

그리고 내뱉듯이 말했다.

"⋯흥, 이제 와서 노토스 그레이랫 가문으로 돌아올 수 있다고 생각하나?"

갑자기 무슨 소리야?

"생각하지 않습니다만."

"본래는 그레이랫이라는 성도 쓸 수 없는 몸이라는 걸 명심

해라."

"으음, 아, 예."

뜬금없는 소리를 하면서 필레몬은 대합실에 일단 얼굴을 비춘 뒤에 상급귀족용으로 준비된 개인실로 사라졌다.

"저건 뭐야…?"

에리스는 화난 모양이다.

그러고 보면 예전에 에리스네 집에 있던 시절에, 내가 자신감 없이 지낸다는 소리를 들은 적이 있었지.

그때는 전혀 그런 생각을 한 적이 없었는데, 혹시 파울로가 고개를 숙인 것이 보레아스가 아니라 노토스였다면, 그리고 노토스 집안에 가정교사로 들어갔으면 저런 사람들 사이에서 그렇게 지냈을까….

뭐, 그런 건 됐어.

필레몬은 분명히 파울로의 동생이고, 나에게 숙부인 인물이지만, 나중에 길레느에게 베일 인물이다. 내게 싫은 녀석이라면 차라리 낫다.

필레몬을 시작으로 이번 '파티'에서 주빈인 자들이 속속 등장했다.

두 종자의 양친이나 트리스의 본가 사람들도 왔다.

그리고 4대 지방영주. 에우로스, 제퓨로스, 그리고 보레아스.

보레아스의 당주… 이름이 뭐라고 했더라.

토마스던가, 고든이던가…. 기관차 같은 이름이었던 것은 기억하는데.

아, 그렇지. 제임스다.

그 또한 장남을 데리고 등장하였다.

제임스, 얼굴은 필립보다도 사울로스와 닮았던가. 체격도 떡 벌어졌다. 하지만 그 얼굴은 꽤나 여위어 있었다.

아리엘의 이야기로는, 그는 대신의 지위를 물러나서 일개 영주로 움직인다는 모양이다. 영지를 잃은 영주로 상당히 곤경에 처했다고 들었다. 하지만 집안이 박살나지 않은 것은 영지를 잃었어도 토지를 가졌기 때문일까. 아니면 제임스의 노력 덕분일까.

…노력, 이라.

피트아령의 부흥은 진행이 더디지만, 제임스가 전혀 손 놓고 있는 게 아니라는 것은 그 여윈 얼굴을 보면 알 수 있다. 그 또한 그 소실사건의 여파를 입고 살아남는 데에 정신없었겠지. 살아남는다는 말의 의미가 전이사건에 직접 휘말린 자와는 다르지만….

"……."

그는 나에게…라기보다도 내 옆에 서 있는 에리스에게 시선을 보냈지만, 역시나 개인실 쪽으로 돌아갔다.

그리고 마지막.

다리우스 상급대신은 누구보다도 늦게 나타났다. 호위를 한 명 데리고.

다리우스는 나를 보더니 전율한 얼굴로 바로 눈을 돌렸다.

호위는 나를 보고 다가왔다.

밝은 곳에서 똑똑히 보자, 역시나 기괴한 차림이라고밖에 할 수 없었다.

옷을 제대로 갖추어 입지 않았고, 독버섯 같은 머리. 허리에는 네 자루의 검.

"**처음** 뵙겠습니다. 소생은 북제, 이름은 오베르 코르베트. 항간에서는 '공작검'이라는 별명으로 통하고 있습니다."

힐끗 발치를 보니, 두 다리로 똑바로 서 있었다.

질질 끄는 기색도 없다. 완치된 모양이다. 아슬라 왕국 정도 되면 그 정도의 부상을 치료하는 치유 마술사도 있나.

"정중한 인사 감사합니다. 성함은 익히 들었습니다. 루데우스 그레이랫입니다."

"'진흙탕'…. 아니, '용의 개'라고 부르는 편이 좋겠습니까?"

그렇다면 올스테드가 '주인'인가. 그리운 이름이로군. 모험가 시절에는 주인이었던 내가 개가 되다니. 뭐, 올스테드는 내 일족의 평판을 좋게 만들 생각을 해 주지 않겠지만.

하지만 용의 개라는 말을 꺼내는 것을 보면, 역시 오베르가 인신의 사도인가….

"아, 실례…. 도중에 몇 차례 습격을 받았다고 들었습니다."

"…예, 뭐."

"비겁한 수를 쓰는 자객을 멋진 솜씨로 피해갔다고도."

자기 입으로 비겁하다고 하냐….

농담 같은 어조고, 입가에는 웃음을 띠고 있었다. 하지만 눈은 웃고 있지 않았다.

"다음에는 정면승부로."

오베르는 순간 그 모습에 어울리지 않는 진지한 얼굴을 하고 떠나갔다.

지금 그건 선전포고일까. 그는 처음부터 나를 표적으로 삼았던 모양이다.

그럼 역시 세 번째 사도일까.

참고로 마지막의 마지막, 가장 거물인 제1왕자 그라벨은 이런 대합실에는 오지 않는다.

파티장에 직접 온다는 모양이다.

즉, 이걸로 배우는 다 모였다.

파티가 시작되었다.

귀족들이 순서대로 방에 들어가서 정해진 자리에 앉았다.

나는 그 모습을 벽쪽, 호위들이 서 있는 자리에서 지켜보았다. 오늘은 아리엘이 손을 써서, 이 파티장 부근에 경비병이 거의 없다. 그렇기 때문에 대부분의 귀족이 호위를 데려왔다.

내 옆에는 에리스와 길레느가 팔짱을 끼고 선 채로 주위를 경계하였다.

실피는 없다. 그녀는 이제부터 시작될 세레모니에서 중요한 역할을 할 예정이기 때문에 일단 밖으로 나갔다.

파티장에 귀족이 다 들어온 것을 보고 상석에 서 있던 아리엘이 한 걸음 앞으로 나섰다.

"오늘은 바쁘신 와중에 모여 주셔서 감사합니다."

주최자인 아리엘이 개최 인사.

국왕 폐하의 와병 이야기로 시작해서, 현재의 국내정세 이야기, 유학 중에 어떤 마음으로 아슬라 왕국을 그렸는가 등을 말하고…. 공격이 시작되었다.

"자, 오늘 여러분께 모여 주십사 한 이유는 다름 아닙니다. 여러분께 소개해 드리고 싶은 사람이 두 분 있습니다."

아리엘의 말과 동시에 나타난 것은 아름답게 차려입은, 색기 있는 여성이었다.

그녀는 입구에서 들어와 천천히 파티장을 가로질러서 아리엘의 옆에 섰다.

그 얼굴을 보고 다리우스가 눈을 크게 떴다. 귀족들 중에도 창백한 얼굴로 일어서는 자가 있었다.

저게 퍼플호스 일족인가.

"여행 도중에 우연히 어느 장소에서 만날 수 있었습니다. 퍼플호스 가문 차녀, 트리스티나 양입니다."

소개받은 숙녀.

트리스는 드레스를 입고, 에리스에게는 도저히 불가능할 정도의 완벽한 예의작법으로 인사를 했다.

"소개받은 트리스티나 퍼플호스입니다."

파티장이 술렁거렸다.

"행방불명이라고 했는데?" "아니, 죽었다고 들었는데." "살아 있었나?" "아름답게 성장했군."

그런 술렁거림은 일정한 법칙과 방향성을 띠고 한 곳으로 쏠렸다.

"하지만, 왜, 여기에…?"

"제가 찾아서 보호했을 때 그녀는 많이 쇠약해진 상태였습니다. 그런 그녀는 이 자리에 있는 어느 분에게 드릴 말씀이 있다고 하였기에 데려왔습니다."

그 말에 트리스가 앞으로 나섰다.

상석에 앉은 다리우스의 옆.

돼지를 보는 눈으로 그를 보고… 트리스는 말하기 시작했다.

평소의 도적다운 어투가 아니다. 누가 어떻게 봐도 귀족영애라고밖에 생각되지 않는 아름다운 말로.

집안에게 배신당해서 다리우스 상급대신에게 팔려간 것.

다리우스 상급대신에게 개처럼 사육된 것.

피트아령 소실사건 때 살해될 뻔했던 것.

운 좋게 목숨을 건져서 도적의 밑에 들어갔지만, 두목의 노리개가 되었던 것.

그리고 아리엘이 구해 주었던 것.

다소의 각색을 넣어서 만든 스토리를 담담히 말하였다. 듣는 이가 모두 눈물을 지을 만하게 날조한 이야기다. 트리스가 도적이 되었던 것은 숨기고, 그저 계속 참고 견디던 것을 아리엘 일행이 우연히 구해 냈다는 감동적인 이야기다.

귀족 중에는 노골적으로 눈물을 흘리는 자도 있지만… 아마도 저건 아리엘이 준비한 바람잡이 귀족이겠지.

그 이외의 사람, 특히나 다리우스 파에 속한 이는 곤혹스러운 빛을 숨기지 못했다.

퍼플호스 가문 사람들은 창백한 안색으로 비지땀을 흘렸다.

다만 주범인 다리우스는 냉정한 얼굴이었다. 적어도 표면적으로는 흐트러진 기색이 보이지 않았다.

이런 궁지를 몇 번이나 뚫고 왔다고 말하는 듯한 얼굴이었다.

"제가 드릴 말씀은 이상입니다."

이야기가 끝났다.

"자…."

아리엘이 앞으로 나섰다.

평소처럼 시원스러운 미소를 지으면서 입을 열었다.

"이거 놀랍군요, 다리우스 님. 저도 갑자기 이런 사실이 공공연하게 드러나리라고는 생각하지 않았습니다. 아니, 설마, 설마 다리우스 님이 그 권력을 휘둘러서 귀족 자녀를 유괴, 그것도 자신의 성노예로 다루었다니…."

거기서 아리엘의 어조에 갑자기 열이 올랐다.

다리우스를 규탄하는, 두들기는 듯한 어조로 변했다.

"게다가 그것을 정치의 요인인 상급대신의 손으로 행하다니! 이 아슬라 왕국에서는 있어선 안 되는 악행! 변명할 말은 있습니까!"

다리우스는 콧소리를 한 번 내더니 천천히 일어섰다.

"오늘 아리엘 님은 장난이 많이 지나치시군요."

다리우스는 늙은 너구리 같은 눈을 트리스에게 향했다.

"어디서 굴러먹다 온지도 모르는 여자를 데려와서, 퍼플호스 가문의 자녀라고 거짓말을 시키다니. 이 다리우스, 그런 소문이 끊이지 않는 남자이긴 합니다만, 얼굴을 맞대고 그러한 거짓말을 듣는 것은 처음입니다."

다리우스는 껄껄 웃으면서 주위를 둘러보았다.

트리스가 가짜라고 주위에게 동의를 구하듯이.

"다리우스 님은 지금 이야기가 헛소리라고?"

"그렇소. 반대로 묻겠습니다만, 아리엘 님. 그 트리스티나 양이 정말로 퍼플호스 가문의 자녀라고 증명할 수 있는 것은 있습니까?"

"트리스티나."

아리엘의 말에 트리스티나가 가슴께에서 어떤 것을 꺼냈다.

그것은 반지였다.

아름다운 보라색 보석이 박힌 반지.

보석에 말 조각 세공이 되어 있었다.

"자수정의 말 조각. 분명히 그것은 퍼플호스 가문이 신분을 증명할 때에 이용하는 것."

다리우스는 그렇게 말하면서도 여유만만한 표정을 지키고 있었다.

오히려 아까부터 기분 나쁜 미소를 띠고 있었다.

"그렇군, 그렇군. 그것을 가지고 있다면 분명히 퍼플호스 가문의 자녀…."

다리우스는 기분 나쁜 눈초리로 아리엘을, 그리고 트리스를 핥듯이 보았다.

"라고 말하고 싶습니다만."

다리우스는 히죽 웃었다.

"으음, 사실을 말하자면, 얼마 전에 퍼플호스 가문의 차녀 트리스티나 양이 발견되었습니다."

"발견?"

아리엘은 고개를 갸웃거렸다.

"여러분도 기억하시듯이 한 달쯤 전에 왕도에서 대거 단속이 있었지요. 왕도에 있는 도적단을 일망타진. 그때 발견되었습니다. 트리스티나 양의 유체가."

"?!"

한 달 전. 즉, 이미 손을 써두었다는 소린가.

"물론 반지 쪽은 이미 시내로 유출되었는지 신원 판별이 어려웠지요. 하지만 트리스티나 양의 몸에는 가족밖에 모르는 특징이 있습니다. 그 특징이란 가슴에 있는 초승달 모양의 반점."

이건 거짓말이다. 그럴 리가 없다. 트리스티나에게 그런 반점은 없다. 없을 거다.

적어도 노출도가 많은 차림을 했을 때에 힐끗힐끗 본 느낌으로는 없었다.

"그렇지요? 퍼플호스 가문 당주, 프레이터스 퍼플호스 님?"

하지만 거짓말이라고 확인할 방도가 없다.

여기서 퍼플호스 당주가 그렇다고 말하면 검은 것도 흰 것이 된다. 그리고 보여보라고 하면 트리스에게 그런 반점은 없다.

어떻게 할 거지, 아리엘. 뭐 준비한 거 있어? 미리 가슴에 일곱 개의 상처를 새긴다든가.

아까부터 포커페이스인 미소가 무너지지는 않았지만, 속으로는 초조해진 게 아닐까?

"……."

퍼플호스 가문의 당주인 듯한 남자가 일어섰다.

이렇게 보니, 그래, 분명히 그 얼굴은 트리스와 비슷하군. 창백한 얼굴로 입가를 실룩거리는 그 모습은 경박한 트리스 누나랑은 전혀 다르지만.

"자, 어떤가요, 프레이터스 퍼플호스 님? 그대는 분명히 사체를 확인했지요. 트리스티나 양은 행방불명이 아니라 이미 사망했다고."

다리우스는 악마처럼 속삭이면서, 본인은 상냥한 것이라고 생각할 웃음을 지었다.

"그러니까 이 자리에 있는 이 여자는 트리스티나를 사칭하는 가짜라고, 어서 선언해 주지 않겠습니까? 이 허언을 끝내기 위해서라도. 그러지 않으면 이렇게 사람이 많은 장소에서 숙녀에게 속살을 드러내라는 명령을 내려야만 합니다."

다리우스의 여유.

아리엘의 미소.

프레이터스의 전율.

긴박한 분위기가 파티장 안에 흘렀다. 보고 있을 뿐인 나조차도 입안이 바싹바싹 타들어갔다.

"내, 내 딸은⋯."

프레이터스는 천천히 입을 열었다.

"내 딸은 다리우스 상급대신에게 빼앗겼습니다⋯."

하지만 그 대답은 뜻하지 않은 것이었다.

다리우스의 목소리가 다소 거칠어졌다.

"프레이터스 님! 무슨 소리를?!"

"거기 있는 것은 틀림없는 내 딸, 트리스티나입니다! 아리엘 님, 제 딸을 빼앗아 감금하고 괴롭힌 다리우스 상급대신에게 벌을!"

다리우스가 의자를 박차며 일어섰다.

"무슨 소리냐, 프레이터스! 너는 가지고 있을 텐데! 신원확인을 위해 인장을 찍은 확인증을!"

"…다리우스 님, 그런 것은 존재하지 않습니다."

"……!"

아리엘이 희미하게, 희미하게 웃었다.

아, 그런가. 그렇군. 그런 것이겠군. 아리엘은 이미 퍼플호스 가문을 자기편으로 끌어넣었다. 다리우스가 할 만한 짓을 읽고 미리 손을 쓴 것이다.

그 수완을 배우고 싶다.

"자, 다리우스 상급대신. 퍼플호스 당주가 이렇게 말씀하시는데…."

왠지 아리엘의 웃음도 기분 나쁜 것으로 보였다.

"귀족 자녀를 유괴하여 감금, 능욕…. 아무리 왕국의 중진이라고 해도 죄는 죄. 피할 수 없습니다. 당신은 왕국의 법에 따라 재판을 받게 되겠지요."

다리우스의 얼굴이 일그러졌다.

추악하게 일그러지고 주위를 주욱 훑어보았다.

이 자리에 이미 다리우스를 편드는 이는 없다. 이렇게까지 완벽하게 걸려들었으면 이제는 추락할 뿐. 어쩌면 누군가가 다리우스를 변명하면 무슨 방법이 있을지도 모르지만, 편을 들었다가 공범으로 의심을 사는 것은 절대 사양이라고 생각하는 자가 태반이었다.

왜냐면. 그들에게는 다리우스가 없어진다고 해도 제1왕자 그라벨의 승리가 흔들림 없는 것이니까. 그라벨과 다리우스는 아리엘이 없는 동안 그 정도의 기반을 만들었으니까.

즉, 지금 단계에서 다리우스가 없어지면 그라벨이 승리한 후 자신들의 서열이 하나 올라간다는 뜻이다. 뿐만 아니라 다리우스의 후임으로 앉을 수 있으면 아슬라 왕국의 최상급귀족으로의 생활이 기다리고 있겠지.

지금까지 한편이었고 계속 자기에게 꼬리를 흔들던 상대는 배신했다.

다리우스는 끝났다.

아리엘은 다리우스에게 승리했다. 이제 아무 짓도 하지 않더라도 다리우스는 다른 귀족들에게 계속 추궁당하겠지. 설령 법의 제재의 결과가 크지 않더라도. 빈틈이 보이면 붙잡고 흔들어대는 것이 아슬라 귀족이다.

이 자리에서 다리우스를 잃으면 난처해지는 것은 단 한 명.

그것은 다리우스가 실각하면 그와 함께 저질러 온 악행이 탄로날지도 모르는 인물.

"꽤나 시끄러운 파티로군."

그 녀석은 타이밍을 잰 것처럼 나타났다.

실무적인 얼굴을 한 금발의 중년 왕자.

제1왕자 그라벨.

그는 상석 쪽 출입구로 들어와서 태연한 얼굴로 아리엘을 노려보았다.

제2라운드가 시작된다.

그라벨 더핀 아슬라.

그는 똑바로 아리엘의 앞으로 이동했다.

"아리엘. 아바마마가 몸져누우신 때에 이런 소동을 일으키다니, 무슨 생각이지?"

"소동이라니…. 저는 그저 귀족의 명예를 지켰을 뿐입니다."

"때와 경우를 생각하란 말이다."

그라벨은 퉁명스럽게 말하고 고개를 내저었다.

"아바마마가 쓰러지신 지금, 다리우스 상급대신의 수완은 아슬라 왕국에 없어선 안 될 것이다."

"설령 그렇더라도 죄는 죄입니다."

"설령 죄라고 해도 상급대신인 다리우스와 중급귀족인 퍼플호스. 나라의 큰일을 앞두고 어느 쪽을 취할지는 말하지 않아도 알 일이겠지."

노골적으로 우열을 매기는 그 어조. 인류평등을 외치던 지난생에서는 규탄하는 소리가 나오겠지만, 여기는 아슬라 왕국. 인간에게 격차가 있고, 그걸 받아들인 사람들이 꾸려나가는 세계다.

"예, 물론. 하지만 오라버니, 거듭 말씀드리겠지만, 죄는 죄. 이것을 벌하지 않으면 나라는 돌아가지 않습니다."

"죄라…. 그래, 분명히 그렇군. 하지만 아리엘. 그렇게 죄를 폭로하고 벌을 주어야 할 인간은 이 자리에 많이 있다. 그런 자를 모두 벌할 생각인가?"

"예, 물론. 필요하다면."

언외의 말로 '아리엘에게 불필요하다면 죄는 벌하지 않는다'라고 말하였다.

이것이 통하는 아슬라 왕국은 썩은 내가 날 만큼 부패하였군.

"훗. 나는 다리우스를 벌할 필요가 없다고 말하고, 너는 필요하다고 말하는군."

그라벨은 코웃음을 치고 여유로운 웃음을 아리엘에게 보냈다.

"그래선 평행선 아닌가."

"그렇군요."

그라벨은 설레설레 고개를 내젓고 주위를 둘러보았다.

"우리 둘로는 결론이 나지 않는 모양이다. 이런 자리에서 결단을 내려주는 다리우스 상급대신도 그 소용돌이 한가운데… 그렇다면."

그라벨은 주위를 둘러보았다.

어쩌려는 걸까.

"관례에 따라 다수결로 정하도록 할까. 모처럼 이 자리에는 이 나라의 중진 대부분이 모여 있으니까. 나와 아리엘 중 어느 쪽이 옳은지를 정해 보지 않겠나."

민주적…이라고 생각되기도 하지만 다르다.

이건 주위 귀족들에게 묻는 것이다.

아리엘에게 붙을 것인가, 그라벨에게 붙을 것인가. 너희는 어느 쪽이 이기리라고 보느냐, 라고.

그리고 언외의 말로 여기서 자기편을 들면 좋고, 적으로 돌면 숙청하겠다고 말하는 것이다.

"……."

귀족들은 동요하지 않았다.

이럴 때가 언젠가, 조만간 오리라고 생각했겠지.

어쩌면 제2왕자 하르파우스와 제1왕자 그라벨 사이에 이미한 차례 있었던 일일까.

어찌 되었든.

귀족들은 결단한다. 지금 이 자리에서 아리엘에게 붙을 것인가, 그라벨에게 붙을 것인가.

비밀리에 어느 쪽으로 붙을까 하는 이야기가 아니다. 얼굴을 맞대고 어느 쪽에 가담할지를.

그들은 이 자리의 상황을 보고 결단한다.

다리우스는 침몰했다. 그라벨 파로서는 통렬한 타격이다.

하지만, 하지만. 그라벨 파에게는 아직 수많은 유력자가 남아 있다.

4대 지방영주, 노토스, 보레아스. 그 이외에도 상급귀족들 중 몇 명이 그라벨을 따른다.

전력 차이를 보면 그라벨이 이기는 게 틀림없다.

귀족들이 그렇게 생각했을 무렵, 아리엘은 가볍게 미소 지었다.

"그렇군요. 오라버니, 하지만 그 전에 **또 한 명**, 여러분께 소개해 드릴 분이 있습니다."

"뭐?"

아리엘이 따악 하고 손가락을 튕겼다.

테라스 밖에 대기하던 종자 엘모어가 반지를 사용하여 신호를 보냈다.

다음 순간.

굉음과 함께 창밖에 불기둥이 치솟았다.

중급 불 마술 '프레임 필러'. 무영창으로 극대까지 증폭시킨 그 불길은 성벽을 그을리면서 하늘로 치솟았다. 말할 것도 없지만 실피의 솜씨다.

"무슨 짓을…. 오옷?!"

"……!"

"이럴 수가…!"

귀족들은 치솟는 불을 보았다.

하지만 그것은 놀라움이 아니었다. 이 정도의 마술이라면 왕도에서 얼마든지 볼 수 있기 때문이다.

그들이 본 것은 불길 안이다.

거기에는 왕도에서 볼 수 없는 것이 있었다. 프레임 필러의 불길을 받아서 거대한 그림자가 하늘에 떠 있었다.

"공중성채?!"

"어느 틈에 이렇게 가깝게…?!"

공중성채 케이오스 브레이커.

장엄한 성은 두려움마저 품을 만한 속도로 이쪽을 향해 쑥쑥 다가왔다. 부딪치지나 않을까 싶을 정도의 저공비행. 겁에 질린 귀족들이 모두 창밖을 주시하는 가운데.

멈추었다. 바로 머리 위에서.

공중성채는 왕성 실버 팰리스의 머리 위에서 멈추었다.

"……."

침묵이 깔렸다.

그렇긴 해도 페르기우스는 어떻게 내려올 생각인 걸까. 설마 뛰어내리는 건 아니겠고…. 아니, 생각해 보면 그는 전이, 소환 마술의 권위자다.

바로 아래로 전이하는 정도는 할 수 있을까.

"설마… 오시는 건가…."

"……."

"아니, 설마, 하지만…."

그렇게 누군가가 중얼거렸다.

다른 귀족들은 방금 전의 긴장이 날아가고 흥분한 얼굴로 창밖을 보았다.

종자 엘모어가 일반 입장자 쪽의 문 앞에 섰다.

왜 상석 쪽 출입구가 아닌가 의문스러워하는 귀족도 있었지만, 의문에 답하는 자는 없다.

이윽고 발소리가 들렸다.

뚜벅뚜벅 소리는 한 사람의 것. 하지만 귀족의 호위 중에는 기척이 하나가 아니라고 눈치챈 자도 있었다.

열세 명.

그 기척의 숫자를 알아차린 자는 몸을 떨었다. 전승과 똑같다면서.

발소리는 문 앞에서 멎었다.

"납셨습니다."

엘모어의 말에 몇 명이 숨을 삼켰다.

그리고 문이 열리고… 그 자리의 분위기가 싸악 바뀌었다.

"…오오, 저 모습은, 정말로!"

하얀 망토를 걸친 은발금안의 남자. 초상화와는 다소 다르지만, 그래도 압도적인 기운을 띠면서 그 남자는 나타났다.

열두 명의 종복을 거느리고.

전율, 두려움, 공경, 동경. 수많은 시선을 받으면서 그는 파티장을 가르듯이 나아갔다.

그리고 아리엘, 그라벨의 앞으로.

열두 정령은 6대 6으로 나뉘어서 파티장 가장자리로 이동했다.

한쪽 그룹은 아리엘의 호위로 선 내 옆으로. 다른 한쪽은 다리우스의 호위로 선 오베르의 옆으로.

다소 차려입은 실바릴이 내 옆으로 다가왔다. 가면 때문에 표정을 알 수 없지만, 오늘은 기분이 좋아보였다.

"오늘은 초대해 주어서 아주 고맙다. 아리엘 아네모이 아슬라여. …조금 늦었나?"

"아뇨, 주역은 늦게 등장하는 법입니다."

페르기우스는 가볍게 웃었다. 아리엘도 활짝 웃었다.

얼떨떨해진 것은 그라벨 쪽이다. 장신의 페르기우스를 올려다보면서 눈을 크게 떴다.

그를 향해 아리엘이 입을 열었다. 의기양양하게.

"여러분, 소개해 드리지요. '마신을 죽인 세 영웅' 중 한 분. '갑룡왕' 페르기우스 도라 님이십니다."

페르기우스는 고개를 숙이지 않고 시선만으로 주위를 노려보았다.

주위 귀족들이 다급히 일어서서 무릎을 꿇고 고개를 조아렸다.

"페르기우스 도라다."

왕 같은 행동거지는 정말 우스울 정도로 그럴 듯했다.

페르기우스는 위대하다. 어쩌면 지금의 왕보다도…라고 여겨질 정도로.

"자, 다들, 고개를 들라. 오늘 밤은 나도 초대받은 몸에 불과하다. 한때라고 해도 한자리에 앉는 사이다. 그렇게 고개 숙일 것 없다."

그 말에 귀족들은 당혹스러워하면서도 일어서서 자리로 돌아갔다.

그리고 페르기우스는 어라? 하는 소리를 내었다.

테이블에는 빈자리가 세 개. 그것도 상석 쪽에 나란히 세 개. 서 있는 것은 세 사람.

아리엘, 그라벨, 페르기우스다.

"오오, 이거 난처하군. 빈자리가 세 개. 자, 아리엘 아네모이 아슬라여. 그라벨 더핀 아슬라여. 나는 어디에 앉으면 좋을까?"

"……!"

그라벨이 숨을 삼켰다.

귀족들이 마른침을 삼키는 소리가 들렸다.

이건 연극이다. 나만이 아니라 모두가 다 안다. 페르기우스를 누가 불렀는가, 어느 타이밍으로 불렀는가.

"그건… 물론… 제일 윗자리에, 앉아 주십시오."

그라벨은 떨리는 목소리로 그렇게 말했다.

그렇게 말할 수밖에 없었다. 자리의 분위기에 압도되었다.

페르기우스에게 왕을 정할 힘 같은 것은 없는데. 페르기우스에게 자리를 정할 힘 같은 것은 없는데.

왜 페르기우스에게 양보해야만 하는 걸까.

그걸 지적할 만큼 냉정함을 지키는 자도 보통은 이 자리에 있다.

하지만 지금은 없다. 있기야 있지만, 그는 자기 입장을 생각하여 입을 열기를 주저하였다.

귀족들은 알아차렸겠지. 이 연극 직전에 왜 다리우스가 규탄당했는지를.

페르기우스는 말했다.

누구에게도 방해받지 않고, 지극히 당연하다는 듯이.

"아니, 나는 이미 이 나라를 너무 오래 떠나 있었다. 다음 왕의 자리를 빼앗을 수는 없지."

페르기우스는 아리엘의 등을 밀었다.

다음 왕이라고 말하면서 아리엘의 등을.

"아리엘이여. 그 자리에는 그대가 앉아라. 나는 그 옆에 앉도록 하지."

그때, 이 자리에 있는 귀족들은 깨달았다.

다음 왕은 아리엘로 결정되었다고.

아리엘은 승리했다.

나를 이용하여 오베르를 제압하고, 자기 힘으로 루크를 다스리고, 트리스를 이용하여 다리우스를 제압하고, 페르기우스를 이용하여 그라벨을 제압하여 승리를 따냈다.

뭐, 앞으로도 그녀의 싸움은 계속되겠지만, 적어도 이 순간 에는.

다리우스와 그라벨에게 페르기우스보다 강한 카드는 없다.

다리우스와 그라벨에게는.

"…페르기우스 님!"

실바릴이 소리친 순간 천장이 무너졌다.

떨어진 샹들리에에 휘말려서 귀족 한 명이 짓눌렸다. 파편 이 튀어서 귀족 몇 명이 다쳤다. 피해는 크지 않았다.

테이블의 중앙을 파괴하듯이 천장이 무너졌다.

아니. 천장이 아니다. 뛰어내린 것은 한 인간이었다. 천장을 깨뜨리며 그녀는 뛰어내렸다.

작은 체구에 주름살이 깊게 새겨진 피부. 아름다운 황금색 검을 지팡이처럼 바닥에 꽂고.

그 노파는 서 있었다.

"이거, 이거, 꿈의 계시는 이런 것이었나…."

그렇게 중얼거리면서. 그녀는 '무대'에 섰다.

그리고 주위를 둘러보며 말했다.

"자, 도와주러 왔다."

수신 레이다 리아.

그녀는 다리우스를 향해 그렇게 말했다.

인신이 마지막 카드를 지금 뽑아들었다.

제10화　루데우스의 전장

　수신류에는 다섯 개의 오의가 있다. 초대 수신이 만들어낸 최강의 오의다.

　다섯 개 중 세 개를 쓸 수 있으면 수신이라고 칭해진다. 역대 수신 중에서 오의를 네 개 습득한 자가 수많이 존재하지만, 다섯 개를 모두 습득한 자는 초대 이외에 존재하지 않는다.

　수신 레이다 리아도 그 사례에서 벗어나지 않아서 오의를 세 개 습득하였다.

　그녀는 노파다. 전성기는 이미 지났고, 그저 늙어 시들 뿐인 존재다.

　그럼에도 불구하고 왜 아직도 수신의 이름을 가지고 있는가.

　아슬라 왕국의 검술 지도자로 뽑히고 십몇 년. 그 자리를 후진에게 양보하고 십몇 년.

　왜 그녀가 수신의 이름을 계속 가지고 있을 수 있는가.

　그녀의 재능이 뛰어났다?

　그 탓도 있겠지. 수신 레이다는 틀림없이 천재였다. 역대 수신과 비교해도 손색이 없을 정도로. 하지만 그렇다고 해도 나이에게 이길 수는 없다.

　그럼 달리 재능 있는 자가 없었나?

그렇지 않다. 지금 현재 수신류의 오의를 세 개 습득한 자는 몇 명 존재한다. 하지만 그 모두가 레이다를 대신하여 수신이 되려고 하지 않았다. 나는 그 자리에 맞지 않는다, 레이다에게 맡겨라, 그렇게 말하고 양보하여 수제로 남았다.

왜일까.

수신 레이다는 다섯 개의 오의 중 가장 어렵다고 하는 두 개의 오의를 쓸 수 있기 때문이다.

그 오의를 조합하면 환상이라고도 할 수 있는, 여섯 번째 오의라고 할 수 있는 것을 쓸 수 있기 때문이다.

'박탈검계'.

그녀는 어느 자세에서 전후좌우상하, 사방팔방 360도, 어디에 있는 상대든지 벨 수 있다. 한 걸음이라도 움직이면, 그 동작에 반응하여 모든 것을 베어 버릴 수 있다.

"아무도 움직이지 마라. 이렇게 되고 싶지 않거든."

레이다가 등장했을 때 가장 먼저 움직인 것은 페르기우스의 부하 '광휘'의 아르만피였다.

그는 순식간에 레이다의 뒤를 잡고… 그리고 다음 순간에 두 동강 났다.

사체는 남지 않고 빛의 입자가 되어 흩어졌다.

다음에 움직인 것도 페르기우스의 부하 '파동'의 트로피모스. 그는 손만 레이다에게 향하며 뭔가를 쏘려고 했다.

아니, 쏘았겠지.

하지만 레이다가 살짝 검을 기울인 것만으로, 트로피모스는 두 동강이 나서 빛의 입자가 되어 사라졌다.

그 다음에 움직인 것은 나고, 손가락에 낀 반지에 마력을 보낸 순간 손목이 날아갔다.

아니, 날아갈 뻔했다.

날아간 것은 토시 끝부분이고, 내 왼손은 건재했다. 하지만 갑자기 사라진 토시를 보고 몸이 굳을 수밖에 없었다.

다음에 움직인 것은 한 상급귀족이었다. 그는 일단 도망치려고 하다가 다리 근육을 잘렸다.

비명을 지르다가 다음 공격에 기절했다. 칼등치기였다.

호위들은 아무도 손을 쓸 수 없었다.

제일 먼저 움직이려던 에리스도, 길레느도, 아리엘도, 페르기우스도, 페르기우스의 부하도.

나도.

모두가 레이다 때문에 꼼짝할 수 없었다.

이 방은 완전히 레이다의 사정범위라고 모두가 깨달았다. 무슨 행동을 취했다간 즉사한다는 것을 이해하였다.

"…움직이는 녀석은 없는 모양이군. 그럼 오베르."

호명된 오베르도 굳어 있었다. 그 정도의 검사라도 레이다의 중압에서는 도망칠 수 없는 것이다.

"뭐, 뭐지…?"

"아리엘과 페르기우스와… 그리고 진흙탕. 얼른 그 녀석들의 목을 베어 버려라."

유일하게 오베르만이 움직일 수 있게 되었다.

그는 당혹스러운 눈치로 레이다를 보았다.

"…소, 소생이?"

"그래. 달리 누가 하지?"

"하지만…."

오베르는 그때 슬쩍 에리스 쪽을 보았다. 레이다는 그걸 곁눈질로 보더니 차가운 눈인 채로 침을 내뱉었다.

"상대 쪽에 에리스가 있었던 게 문제였구만. 숲에서의 습격도, 밤길에서의 습격도 어중간하더니만. 너 같은 비겁자라도 제자 앞에서는 검사답게 행동하는구만."

레이다는 그 자세를 지키는 상태지만, 입은 험하게 움직였다.

"넌 뭣 때문에 비싼 돈을 받고 고용된 거냐? 북제라는 이름에 흠만 가고, 사형제를 셋이나 잃고, 그리고 고용주가 죽는 걸 손가락만 빨면서 보려는 게냐?"

"……."

"넌 더 더러울 텐데?"

"…그렇소이다."

오베르가 움직였다.

오른손으로 검을 뽑고 파티장의 윗자리, 아리엘이 있는 방향으로 움직였다.

이런. 어떻게 하지. 어쩌면 좋지. 움직일 수 없다.

이게 인신의 수인가. 수신 한 명이 있는 것만으로 이렇게 되었다.

올스테드에게 수신의 대처법에 대해 들었다. 단적으로 들었다. '이렇게 되지 않도록 움직여라'였다.

혹시 수신을 보거든 자세를 잡기 전에 시야 밖으로 도망쳐라. 앞이든 뒤든 밑이든 위든 좋다. 움직일 수 있는 동안에 움직여서 도망쳐라.

그런 말을 들었는데. 이래서는.

"…엇! 이건!"

그때 성의 경비를 서던 자들이 방에 돌입하였다.

갑옷 차림의 기사들. 아니, 저 은색 갑옷은… 수습기사?

"거, 검을 버려…!"

"움직이지 마라!"

레이다의 일갈은 수습기사들을 움직이지 못하게 하였다. 하지만 그중에 유일하게 충고를 듣지 않고 몇 걸음 앞으로 나서는 이가 있었다. 그 인물은 중압 속에서 몇 걸음 움직여서 투구를 벗었다.

투구 밑에서 나타난 것은 나도 본 적이 있는 얼굴이었다.

수왕 이졸테 크루엘.

왜 그녀가 여기에 있는 걸까. 오늘은 성에서 경비를 서는 기사가 없을 텐데.

다리우스인가? 만에 하나를 위해서, 이렇게 될 것을 예견하고 수습기사를 배치했나?

아니면 단순한 우연인가?

"스승님, 왜, 이건, 대체, 어떻게?"

"오오, 이졸테냐…."

"이런 자리에서 오의를 쓰시다니…!"

"그래, 그래, 설명해 주마. 오늘 이 자리에서 일어나는 것은 수신 레이다와 북제 오베르의 흉행이다."

"흉…행?"

이졸테가 눈썹을 찌푸리고, 레이다가 말을 이었다.

"두 사람은 공모해서…. 그래, 왕룡왕국에게라도 고용된 것으로 할까. 막대한 돈에 눈이 멀어서 왕국의 요인을 암살하려고 한 거지. 아리엘과 기타 몇 명을 참살했다가, 우연히 그 자리에 나타난 수습기사인 네게 베인다. 이졸테 크루엘은 영웅이 되고, 수신류는 존속한다."

레이다는 훗 하고 웃더니 제1왕자 쪽을 보았다.

"응, 좋은 각본 아닌가. 각본가라도 되면 좋았겠군…. 그런 방향으로 부탁해, 그라벨 도련님."

"무슨 바보 같은 말씀을 하시는 겁니까, 스승님…!"

이졸테는 한 발 앞으로 나서려다가 발을 멈추었다.

아마도 레이다의 살기가 이졸테를 막았겠지.

"…얼른 해라, 오베르."

"……."

"뭐냐, 북신류의 지위가 떨어질 거라 생각하는 거냐? 헛소리 마라, 네 실수를 처리해 주는 거 아니냐. 이제 와서 꽁무니를 빼면 안 되지. 각오 단단히 해."

오베르는 검을 고쳐들고 아리엘 쪽을 향했다.

하지만 주저하듯이 고개를 내저었다. 망설이고 있다.

"뭐 하는 거냐, 오베르! 얼른 아리엘을 죽여! 거기 있는 귀족 나부랭이도!"

그 모습을 보다 못해 다리우스가 외쳤다.

귀족 나부랭이라는 건 트리스 말이겠지. 그래, 다리우스에게는 아리엘만이 아니라 트리스도 죽어 주는 편이 좋겠지.

증거를 남겨두면 그라벨이 왕이 된 뒤에 자기가 몰락할 수 있으니까.

"뒷일은 신경 쓰지 마라! 내가 어떻게든 해 주마!"

다리우스의 외침에 오베르는 각오를 한 모양이었다. 지금까지와는 조금 다른 얼굴로 아리엘 쪽을 향했다.

아아, 큰일이다. 이 상황, 돌파구가 없는 거 아냐?

"칫…."

에리스가 움직이려고 했다. 죽든 살든 레이다의 결계에서 도망치려고.

"에리스, 안 돼."

"하지만."

"부탁이니까, 그러지 마."

"그럼 어쩌라고⋯."

나는 에리스가 죽는 모습을 보고 싶지 않다.

하지만 어쩐다. 어쩌면 좋지. 모르겠다. 단번에 모두가 움직이면?

아니, 그래선 안 된다. 그 정도로 깨질 기술이 아니다. 애초에 나는 몰라도 다른 이들은 거리가 부족하다.

페르기우스는 어떨까?

방금 전부터 움직이지 않는다.

아니, 재미없다는 얼굴로 나를 보고 있다. 이 사태, 어쩔 생각이냐고 묻는 듯한 얼굴이다. 부하 둘이 죽었는데도 그 얼굴에는 전혀 초조한 빛이 보이지 않았다.

어쩌면 무슨 생각이라도 있나? 부탁해 봐?

아니, 그럴 틈은 없다. 오베르는 지금 당장이라도 아리엘을 죽이려고 한다. 조력을 부탁할 시간 따윈 없다.

어쩔 수 없다. 움직일 수밖에 없다. 오베르와 레이다, 양쪽을 동시에 공격한다.

사용하는 마술은 '일렉트릭'이다.

주위에 피해가 미치겠지만, 달리 수가 없다. 완전히 쓰러뜨리지 못하더라도 일렉트릭이라면 행동불능에 빠뜨릴 수 있을지도 모른다. 물론 수신류는 마술 자체를 흘려보낼 수 있으니까 성공률은 낮겠지⋯.

"루데우스… 할 거지?"

에리스가 내 기척을 느낀 모양이다. 손가락을 슬쩍 움직이고 시선으로 신호를 보내주었다.

죽을 때는 같이 죽는 건가…. 실피, 뼈는 주워줘.

"……!"

그때 뭔가가 몸 중심을 꿰뚫었다.

"이, 이건…!"

오베르가 움찔 몸을 떨고 움직임을 멈추었다. 레이다의 이마에서 땀이 주왁 나왔다.

아니, 두 사람만이 아니다. 이 자리에 있는 대부분의 인간이 몸을 덜덜 떨기 시작했다. 레이다의 결계 때문에 움직임이 막혔으면서도 안색이 창백해져서 전율했다.

그 덕분에 깨달았다. 아아, 다행이다….

아까 반지, 제대로 마력이 전달되었던 모양이다.

"이거 낭패로군…. 다리우스, 네가 괜한 소리를 했어…."

"…무, 무슨? 무슨 일이 일어나는 거지? 이 한기는 뭐야…!"

"계획변경이다. 오베르, 미안하지만 다리우스를 데리고 지금 당장 이 자리를 탈출해 주지 않겠나?"

레이다의 말에 오베르는 고개를 갸웃거렸다.

"왜 다리우스를? 그라벨 전하가 아니라…?"

"뭐, 나 같은 할망구라도 은혜를 잊을 수는 없는 게지."

레이다는 희미하게 웃었다.

"얼른 해! 이대로 있다간 적이고 아군이고 다 죽어!"

그 말에 오베르는 순간 생각하다가 끄덕였다. 다리우스의 팔을 붙잡고, 그 무거워 보이는 몸을 질질 끌듯이 어딘가로 데려갔다.

"이쪽으로."

"으, 음…."

오베르는 수습기사들이 들어온 입구와는 다른 방향으로 나갔다.

아무도 막지 않았다.

레이다에게 붙들린 상태로 아무도 움직일 수 없었다.

"……."

자리에 침묵이 흘렀다.

"이거야 원, 얼마나 도망칠 수 있으려나. 먼저 이쪽으로 올지도 알 수 없는데…."

"…왜?"

누군가가 말했다.

아리엘이었다. 그녀는 죽음을 앞두고도 안색 하나 변하지 않았다. 그저 왜 레이다가 다리우스를 돕는지에 의문을 품은 듯하였다.

나도 그 점이 의문이었다.

"거참, 시끄럽게 물어대는구만. 딱히 신기한 일도 아니지."

레이다는 유쾌한 기색이었다.

"어느 할망구가 아직 어릴 때의 이야기다. 천재네 뭐네 하는 소리를 들으며 콧대가 높아졌던 아이는 도장에서 동년대의 귀족 소년을 때려눕혔다가… 그 뒤에 보복을 당했다. 수많은 이에게 둘러싸여서 순식간에 두들겨 맞았다. 검사의 생명인 두 팔을 잘릴 뻔했을 때에 도움을 받았지. 그 귀족보다 상위에 위치하는 어느 귀족 소년에게."

…어? 그게 다리우스야?

"수왕이 되어서 검술 지도자로 발탁되고. 그때 인사라도 할까 했더니, 지금 같은 뚱보 너구리가 되어 있고 성격도 뒤틀려서 나 같은 것을 기억도 못 하더구나."

……

"물론 실망도 했지. 얼굴은 별로라도 성격은 똑발라서 정의로운 아이라고 생각했으니까. 혹시 그 사람과 만난다면… 같은 소녀다운 생각도 했지."

레이다는 시선을 흐렸다.

지금이라면 움직일 수 있지 않을까 하는 착각마저 품었다.

"소녀의 첫사랑은 그렇게 끝나고…. 하지만 원망할 정도는 아니라서 목숨 빚과 맞바꾸게 된 거지."

레이다는 말했다.

짧은 시간에, 짧은 말을. 아무도 흥미 없을 듯한 말을, 참회라도 하듯이.

"솔직히 나 자신도 잊고 있었다. 하지만 아슬라로 돌아오는 도중에 꿈속에서 계시가 있어서 말이야. 수신으로서 다시 왕궁을 모시면 그때의 은혜를 갚을 수 있을 거라고."

인신인가.

그리고 지금 그 인신이 적대하는 남자가 이쪽을 향하고 있다.

압도적으로 불길한 기척을 뿌리면서 엄청난 속도로 한 남자가 성 안을 달려오고 있다.

오베르는 그 남자와 정반대로 도망치겠지. 기척을 탐지하는 힘은 갖지 않았지만, 왠지 모르게 알 수 있다. 오베르는 그런 기척에 민감한 남자다.

"웃기는 소리겠지. 이쪽은 옛적에 잊어버렸는데."

"……."

"하지만 이 나이가 되면 생각하게 되는 법이야. 연애감정 같은 건 빼고 그때의 기분이 되어서 생각하면. 목숨 빚은 상쇄되기는커녕 그대로 남아 있지 않을까 하고."

그때 레이다는 눈을 크게 떴다.

"…온 모양이로군."

쾅 소리와 함께 문이 열리고 들어온 것은 한 남자.

"히익?!"

그 자리에 있던 모두가 그 모습을 보고 공포에 질렸다.

오줌을 지리는 자도 있고, 주저앉는 자도 있었다. 혹은 적의를 품은 자도 있었다.

다만 모두가 거의 공통된 마음을 품었다.

'우리 모두 죽는다.'

은발, 금안, 험악하고 무시무시한 얼굴을 한, 한 남자.

올스테드가 서 있었다.

"오랜만이군. 앞날이 얼마 안 남은 늙은이를 저승으로 보내러 오셨나?"

"그래. 너는 인신의 사도니까."

"사도라…. 예전에는 사도가 아니니까 놓아주었던 거였나? 이거야 원, 마지막 순간에 말도 안 되는 상대와 싸우게 되었구나."

올스테드는 그 자리를 둘러보고 일직선으로 레이다에게 향했다. 주저는 없었다.

"'박탈검계.'"

레이다의 몸이 흔들렸다. 검의 형태가 일정하지 않았다. 올스테드가 한 걸음 걸을 때마다 황금색 광채가 날았다. 칼부림이 잔상을 남기고, 올스테드와 레이다는 황금의 실로 이어졌다.

그것은 전부 막히고 있었다.

올스테드의 주위에 불꽃이 튀었다.

그는 맨손으로 그 칼을 튕겨내고 있었다.

한 걸음, 두 걸음, 세 걸음. 다가갈 때마다 불꽃이 늘고, 위력이 늘어나고 세져서.

그래도 올스테드는 멈추지 않았다. 순식간에 레이다의 눈앞으로 이동했다.

"죽어라."

그리고 어이없이. 정말로 어이없이 레이다의 가슴이 꿰뚫렸다.

올스테드의 손찌르기가 레이다를 꿰뚫었고, 걸레짝처럼 그 몸을 내던졌다.

"하, 할머니!"

이졸테가 외치고, 살계가 사라졌다.

하지만 시간이 멈춘 것처럼 아무도 움직이지 않았다. 왜 이렇게 되었는지 아무도 이해할 수 없었다. 그저 공포만이 지배하였다. 다음은 자기라는 생각이.

처음에 움직인 것은 이졸테였다. 그녀는 검을 뽑고 떨리는 다리로 올스테드에게 덤볐다.

"잘도 스승님을…!"

"……."

올스테드는 아무 일도 없었던 것처럼 테라스에서 그 몸을 던졌다.

이졸테는 그걸 재빨리 쫓아서 테라스로 달려갔다.

"루데우스 님!"

그때 아리엘이 순간해동된 것처럼 외쳤다.

"다리우스와 오베르를 쫓아주세요! 놓쳐선 안 됩니다!"

아리엘의 노성과 같은 한마디로 시간이 움직이기 시작했다. 귀족들은 저마다 도망치고, 호위들은 그 뒤를 따랐다. 나와 에리스와 길레느는 방에서 뛰쳐나가 다리우스를 쫓았다.

"루, 루디?! 무슨 일이 있었어?!"

그리고 교대하듯이 실피가 나타났다.

그녀는 사태를 파악하지 못했다.

어쩐다. 따라오라고 해야 하나?

아니, 아직 방에 이졸테가 있다. 그녀는 테라스에서 멍하니 밖을 내려다보고 있다.

올스테드를 쫓는 것을 포기한 모양인데….

"실피, 아리엘 님을 지켜! 이졸테를 조심해! 우리는 다리우스를 쫓을게!"

"알았어!"

실피와 루크는 아리엘의 호위로 남기자.

순간적으로 그렇게 판단하고 우리는 밖으로 뛰쳐나갔다.

아리엘이 왜 다리우스를 쫓으라고 했는지는 확실치 않다.

솔직히 그 자리의 추세는 결정되었다. 다리우스를 놓아줘도 좋지 않을까?

그렇게 생각한 것은 방금 전에 수신이 한 이야기를 들었기 때문일까.

아리엘이 쫓으라고 말한 것은 다른 이유다. 그녀 또한 나와 마찬가지로 용의 개다. 그렇다면 인신의 사도인 다리우스를 놓칠 수 없다고 생각했을지도 모른다.

어느 쪽이든 다리우스는 죽인다. 처음부터 그렇게 결정했다.

"이쪽이다!"

길레느의 후각을 따라서 복도를 달렸다. 에리스와 길레느는 아리엘의 말에 아무런 의문도 갖지 않았다. 적이 도망쳤으니까 쫓아가서 붙어 죽인다. 아마도 그런 단순한 마음으로, 용맹함마저 느껴지는 속도로 착착 복도를 달렸다.

경비는 적다.

완전히 없는 건 아니지만, 우리와는 다른 사람을 쫓아가는 듯했다.

왕궁 쪽으로 도망쳤다! 라는 소리가 들리는 걸 보니, 이건 아마도 올스테드를 쫓는 거겠지.

"…보였어!"

누구의 방해도 받지 않고, 고작 몇 분 만에 따라잡았다.

다리우스는 그 무거운 몸을 오베르에게 붙잡혀서, 죽을 것처럼 헉헉 숨을 몰아쉬면서 복도 끝을 이동하고 있었다.

"…칫!"

오베르는 날카로운 시선으로 뒤를 돌아보고 혀를 찼다. 다리우스를 짊어지듯이 들더니 곧바로 근처 방으로 도망쳤다.

우리도 곧바로 그 방으로 뛰어들다가… 그 발을 멈추었다.

거기에는 주저앉은 다리우스와 검을 뽑은 오베르가 기다리고 있었다.

"…크, 끅! 허억… 헉…."

다리우스는 주저앉으면서 나를 노려보았다.

"이, 이런 말도 안 되는 일이 어떻게! 이, 이건 이상하다."

"다리우스 님, 하지만 긴 인생에서 이런 일도 있지요. 지금 은 각오를 단단히 하고 궁지를 벗어나기 위해 머리를 써야 할 텐데요?"

한탄하는 다리우스에게 대답한 것은 오베르였다.

하지만 다리우스는 시뻘건 얼굴로 반론했다.

"나는 신의 말씀대로 했다! 그런 내가 궁지에 몰리다니, 말 도 안 돼!"

"…이거 참, 신앙심도 깊으신데…. 하다못해 지금은 숨을 고 르고 소생의 승리를 빌어 주시지 않겠습니까?"

오베르는 얼굴을 긁적이면서 어쩔 수 없다는 표정으로 검을 들었다. 우리를 앞두고 처음으로 정면에서 검을 들었다. 그리 고 이름을 댔다.

"'북제' 오베르 코르베트."

에리스가 검을 뽑고 대상단세로, 길레느가 발도 자세를 취했 다.

"'검왕' 에리스 그레이랫."

"마찬가지로 '검왕' 길레느 데돌디어."

나도 이름을 대는 게 좋을까 주저했을 때, 다리우스가 갑작 스럽게 에리스를 손가락질했다.

"그 빨강머리! 보레아스냐! 너, 보레아스 그레이랫 집안이로 군!"

에리스는 노골적으로 얼굴을 찌푸렸다.

"…그 이름은 버렸어."

"나는, 나는 보레아스에게 충분한 편의를 제공하였다!"

다리우스는 에리스의 답변 따윈 듣지도 않고 침을 튀기면서 떠들었다.

"피트아령 소멸 때에도 돈을 내주었다!"

그러고 보면 피트아령 수색단의 자금은 다리우스가 냈다고 했나…?

흑심이 있었다는 이야기도 들었지만, 그래도 그런 부분을 따지고 들면 나는 조금 약해지는데.

출자자의 속셈은 넘어가더라도, 그 덕분에 살아남은 이는 많았으니까.

"나랑은 관계없어!"

에리스는 그렇게 단칼에 쳐냈다. 역시나 에리스.

"제, 제임스도 도와줬다!"

제임스. 보레아스의 당주, 에리스의 숙부 말이군.

"녀석을 당주로 만들고, 귀족들의 총공격으로 망할 뻔했던 보레아스를 재건해 준 건 나다!"

그건 정말 아무래도 좋은 일이다.

"그 덕분에 피트아령의 부흥도 순조롭게 진행중이다!"

아니, 거짓말은 안 되지.

"왕도로 오는 중에 봤습니다만, 피트아령은 아직 부흥의 모습이 전혀 보이지 않았습니다만."

"다 아는 척하지 마라, 애송이! 보레아스가 완전히 망했으면 지금쯤 다른 영주들이 피트아령을 팔아넘겨서 지금보다 더 황폐해졌을 거다!"

그런 말을 듣고 보면 그럴 것도 같군.

그렇다면. 지금은 분명히 부흥이 진행되지는 않지만, 그래도 다른 루트보다는 낫다는 소린가?

"그럴 거면 사울로스 할아버지도 구해 주면 좋았잖아…."

내 입에서 흘러나온 것은 그런 말이었다.

하지만 다리우스의 안색이 극적으로 변했다.

"사울로스?! 멍청한 소리. 그렇게 현실을 못 보는 무식한 놈을 어디에 써먹으라고! 뒷일을 생각도 않고 피트아령 부흥에 보레아스의 모든 재산을 쓰려는 남자를!"

"……."

남자다운 선택이라고 생각하는데….

뭐, 지금 이야기를 들어보기로는 좋지 않은 길인가.

집안이 망하면 결국 마지막에는 다른 영주의 먹잇감이 되니까.

"나는 그 바람에 놀라 달려온 제임스를 도왔다! 필레몬을 부추겨서, 일을 억지로 진행시키는 사울로스를 몰아붙여 처리하고, 제임스가 당주가 되도록 거들기도 했다! 보레아스 집안이 아직 존속하는 것은, 피트아령이 아직 존재하는 것은 모두 내 덕분이다! 그러니까 살려줘! 눈감아주기만 해도 돼!"

아하…. 그래. 그런 거였나.

이거 틀렸군.

필레몬을 부추겨서 사울로스를 처리했다는 소리는 즉.

"즉, 네가 할아버지의 원수란 거네."

"그래, 그런 건가."

에리스의 말에 길레느가 고개를 끄덕이고 이를 드러내며 검을 들었다.

"그럼 벤다."

"힉."

다리우스가 짧은 비명을 지르고 오베르가 한숨을 내쉬었다.

"교섭결렬이로군요."

그리고 최종 라운드가 시작되었다.

"후욱…. 후욱…."

다리우스도 각오를 했을까.

근처에 있던 의자에 앉아서 눈을 부릅뜨고 거친 숨을 진정시켰다. 크게 고함을 질렀던 것이 거짓말처럼 차분한 태도로 보였다.

"오베르, 이길 수 있나?"

"글쎄요, 검왕 둘뿐이라면 모르겠어도 저 마술사는 귀찮군요."

오베르는 다리우스를 등지고 이쪽으로 검을 향했다. 그 표정은 차분했다.

하지만 시선이 가만히 있지 않았다. 시선만 이리저리 움직였다. 산동散瞳이라는 것일까.

"…알고 있다. 신도 그렇게 말했다."

"신은 뭐라고?"

"잿빛 로브를 입은 마술사가 나를 죽일 거라고…. 그 말을 믿고 주위의 반대를 무릅쓰며 마법진을 파괴하고, 너를 철수시켜서 왕도에 틀어박힌 결과가 이 꼴이다. 이젠 믿지도 않는다."

인신도 뒤에서 이런저런 준비를 한 걸까.

올스테드의 말처럼 인신은 체스에 약한 모양이다. 무쌍 계열 게임이라면 즐겁게 할지도 모르겠지만.

"어찌 되었든, 그걸 위해 너를 고용했다. 여럿을 상대로 싸우는 건 특기겠지?"

"예…. 혹시 이긴다면 특별보수를 받을 건데, 괜찮을까요?"

"그래, 약속대로 가져가라."

그런 대화를 하면서 오베르는 기합을 넣듯이 다시 이쪽을 향했다.

이번에는 정면에서. 그걸 보고 에리스와 길레느가 자세를 낮추었다.

"북신류… '적묵'."

"하아아압!"

"으랴아아!"

오베르가 중얼거린 순간 에리스와 길레느가 공격했다.

하지만 그때 나는 '적묵'의 의미를 이해하고 있었다. 어떤 기술인지를 올스테드에게 들었다.

지면이다. 바닥에 깔린 붉은 융단. 그 위에 어느 틈에 깔린 붉은 구슬.

깨달았을 때에는 이미 늦었다.

"앗!"

"음?!"

에리스와 길레느의 발밑에 파앙 하는 커다란 파열음이 울렸다.

발밑에 흩어진 접착성이 강한 액체는 두 사람의 발바닥을 융단에 붙였다.

어느 약제사가 만들어낸 이 구슬은 순간접착제다. 공정이 복잡하기 때문에 제작법은 잘 모르지만, 강한 충격을 주면 파열하여 내용물을 흩뿌린다.

그 접착력은 강력해서, 에리스와 길레느의 발을 융단에 붙여 버렸다.

"'프로드 플래시'!"

나는 얼른 물 마술을 써서 두 사람의 발바닥을 씻어냈다.

이 접착제는 물에 약하다. 수분과 닿으면 순식간에 흡착력을 잃는다.

하지만 이미 에리스와 길레느는 자세가 무너졌다. 필살의 내딛기가 흐트러졌지만, 강인하게 단련된 하체는 무리한 자세에서도 검을 날리려고 했다.

늦는다.

오베르는 이미 다음 행동으로 들어갔다. 에리스와 길레느의 사이를 누비듯이 이동했다.

길레느의 검이 멎는다. 에리스의 검이 멎는다.

아무리 두 사람이 검신류라고 해도, 오베르의 너머에 있는 아군을 끌어들이며 빛의 칼날을 쓸 수는 없다.

오베르의 목표는 에리스도, 길레느도 아니다.

"일단은 너다, 루데우스 그레이랫."

나다.

〈양손에 든 검 두 개를 나를 향해 휘두른다〉

"어스 실드!"

하지만 예측하였다, 보였다. 에리스와의 모의훈련 덕분인지 내 예견안은 확실히 오베르의 검을 포착하였다.

순간적으로 왼손의 토시의 남은 부분을 검의 궤적으로 움직였다.

이걸로 하나. 또 하나는 오른손으로 '어스 실드' 마술을 쓰면서 가드한다.

"북신류 오의… '농십문자'."

〈오베르의 손이 흔들린다〉

오베르는 공중에서 검을 버리고 상체를 쓰러뜨리면서 허리에 남은 검으로 손을 뻗었다.

나는 보고 있었다. 예견안은 그 움직임을 포착하였다.

하지만 이미 '어스 실드'는 내 오른손을 뒤덮어서 버클러 같은 형태를 만들고 있었다.

오베르의 참격을 흘리기 위해서 만든 방패는 아주 단단하고 무거웠다.

무게는 내 오른손을 방어로 돌리는 것을 거부했다.

왼손은 이미 오베르의 검을 받아내었다. 강력한 마력으로 만들어낸 무거운 토시는 이미 손가락 부분이 없었지만, 확실히 오베르의 검을 막아내었다.

자세를 무너뜨리면서 발도하려는 오베르.

회피수단은 없다. 있어도 이미 늦었다.

일부러 맞기로 했다.

구부렸던 무릎을 펴고 도약하면서, 오베르의 발도를 왼다리로 맞았다.

뭔가 뜨거운 것이 정강이를 지나갔다. 착지했을 때 왼다리가 흐느적하고 구부러지는 듯한 감각.

오른 무릎을 짚으며 환부를 보니, 내 왼쪽 정강이는 거의 절단되어서 흔들거리고 있었다.

뒤늦게 고통이 찾아왔다.

"으으!"

이를 악물어서 고통을 견뎠다.

시야 구석. 에리스가 움직이고 있다. 길레느도 몸을 돌려 이쪽을 보았다.

나는 죽지 않았다.

셋이서 포위하는 형태가 되고 오베르에게 도망칠 길은 없다.

"……?"

아니, 지금 시야 구석에서 뭔가가 움직였다.

뭐지? 오베르가 또 다른 기술을 썼나?

아니다. 시야 구석에 움직임이 있다. 다리우스다. 녀석은 오른손을 이쪽으로 향하고 있었다.

"그대가 원하는 곳에 위대한 화염의 가호 있으라…."

에리스와 길레느는 알아차리고 있었다.

두 사람이 취한 행동은 거의 정반대였다. 에리스는 다리우스 쪽을 향하고, 길레느는 나와 다리우스 사이에 서듯이 오베르와 맞섰다.

"…'파이어 볼'."

다리우스의 손에서 불덩어리가 날아왔다.

위력, 속도 모두 문제없이, 사람을 하나 죽일 만한 파괴력을 숨긴 불덩어리가 날아온다.

"흥…. 큭!"

에리스는 베었다. 하늘의 불덩어리를 두 동강 냈다.

하지만 어느 틈에. 어느 틈에 오베르가 던진 표창 같은 단검에 옆구리를 찔렸다.

시야를 되돌렸다.

오베르는 에리스에게 단검을 던진 자세 그대로 길레느의 검을 받아내고 있었다.

아니, 완전히 받아내지 못했다.

길레느는 막아내는 검을 베면서 오베르의 어깻죽지에 파고들었다.

하지만 얕다. 절단에는 이르지 못했다.

"홋!"

"하아아!"

오베르가 백덤블링하여 뒤로 뛰었다.

착지점에 있던 에리스가 기다렸다는 듯이 참격을 날렸지만, 옆구리의 표창 때문인지 오베르는 간신히 이걸 흘려낼 수 있었다.

"……."

이런, 거리가 벌어졌다.

뭐가 안 좋은 건지는 모르겠지만, 오베르에게 거리를 주면 안 된다.

왜 안 되는가. 녀석의 기술은 다채롭다. 틀림없다. 나는 다리를 베였다. 에리스도 뛸 수 있을지 의심스럽다. 지금 혹시 오베르가 다리우스를 들고 도망친다면, 쫓아갈 수 있는 것은 길레느뿐이다.

그래, 다리우스를 넘겨주지 않으면 된다.

나는 '어스 실드'를 버리면서 지팡이를 다리우스에게 향했다.

"스톤 캐논!"

"오오오오!"

스톤 캐논은 엄청난 속도로 날아갔지만, 오베르의 검에 튕겨났다.

하지만 예상했다. 지금 날린 건 그냥 스톤 캐논이 아니다.

"?!"

튕겨난 뒤에.

두 동강 난 스톤 캐논은 다리우스의 근처에서 폭발했다. 과거에 마대륙을 여행하던 때에 개발한, 스톤 캐논의 어레인지. 이름하여 버스트 스톤 캐논.

"끄아아아아아!"

스톤 캐논의 파편이 눈에 들어간 걸까, 다리우스는 얼굴을 누르면서 몸을 움츠렸다.

"으음?!"

오베르의 주의가 흐트러졌다.

"하아아아압!"

그때 재빨리 에리스가 뛰어들었다. 빛의 칼날.

"⋯⋯?!"

오베르는 이걸⋯ 받았다.

받아내었다.

검을 옆으로 눕히고 도신의 제일 두꺼운 부분으로 받아냈다. 하지만 에리스의 검은 그걸 손쉽게 쪼개고 오베르의 팔에 박혔다.

얕다.

부상의 영향일까, 기술은 완벽하지 않았겠지.

"하아아아!"

거기에 길레느가 달려들었다.

오베르는 회피하려고 했다.

하지만 빛의 칼날이란 것은 회피할 수 있는 게 아니다. 검신류의 **필살**검이다.

이걸 어떻게 하려고 하면 발걸음을 흐트러뜨린다, 자세를 무너뜨린다, 제대로 벨 수 없는 위치에 선다, 그런 사전 준비를 통해 만전의 상태로 날릴 수 없게 하는 것이 중요하다.

오베르는 그렇게 해 왔다.

하지만 마지막 순간에는 할 수 없었다.

길레느의 완벽한 빛의 칼날은 어깻죽지로 들어가서 옆구리로 나왔다.

"…훌륭하다."

오베르는 마지막에 그렇게 중얼거리고 털썩 쓰러졌다.

그대로 피웅덩이 속에서 움직이지 않게 되었다. 잠시 동안 꿈틀꿈틀 움직였지만, 그 눈동자에서는 빛이 사라졌다…. 죽은 것이다.

"……"

"아아아, 눈이, 눈이… 오베르! 어떻게든 해라! 오베르!"

다리우스는 아직도 몸을 웅크리고 눈을 누른 채로 소리쳤다.

내 버스트 스톤 캐논을 맞고 몸을 웅크린 다리우스를 내려다보는 것은 길레느다.

그녀는 나와 에리스를 슬쩍 보았다.

우리는 아무런 말도 없이 묵묵히 길레느에게 고개를 끄덕였다.

"……"

길레느는 말없이 검을 휘둘렀다.

그 피는 내 얼굴에까지 튀었다.

다리우스의 사체는 그 자리에 남겨두었다.

이것은 아리엘과 사전에 협의한 바였다.

살해현장이 어디든지, 가능하다면 다리우스의 사체는 남겨두는 편이 좋다고.

나중에 아리엘이 규탄을 받을 가능성도 크지만, 그 이상으로 다리우스를 처치했다는 사실로 주목을 받는 게 중요한 모양이다.

이 녀석이 죽으면 사람들이 기뻐한다니… 미움 받는 쪽이었군.

"후우…."

죽었다. 죽였다. 싫은 녀석이기는 했지만 뒷맛은 쓰다.

내가 직접 끝장낸 건 아니지만, 그런 건 관계없다. 실감이 있다. 나는 다리우스를 죽였다. 지키려던 오베르를 살해하고, 시야를 빼앗고, 저항할 수 없던 다리우스를.

지금까지는 실감할 수 없었지만, 이제는 알겠다.

뭐가 다른 건지는 모르겠다. 거리의 문제일까. 모르겠다.

"하아…."

생각해도 소용없는 일이다. 이게 내가 선택한 길이라고 납득할 수밖에 없다.

그 뒤에 옆방으로 이동하여 올스테드에게 받은 왕급 치유 마술 스크롤을 사용하여 부상을 치료했다. 역시나 왕급이라고 해야 할까, 잘려나간 다리도 회복되었다.

하지만 피를 너무 흘린 탓인지 추웠다.

나 다음은 에리스. 그녀는 창백한 얼굴로 내 치료를 보았지만, 그게 끝나자 곧 자기 옷을 걷어올렸다. 아름답기는 하지만 잘 단련된 복근이….

"…어?"

그녀의 복근의 상처는 보라색으로 물들어 있었다.

독이다. 오베르의 표창에는 독이 묻어 있었던 것이다.

"……."

초급 해독. 중급 해독을 사용해도 통하지 않는 것을 확인했다.

식은땀이 등에 좌악 퍼졌다.

하지만 곧바로 올스테드의 말을 떠올렸다.

오베르가 사용하는 독은 한 종류로, 치사성은 아니다. 그리고 그는 해독제도 가지고 있다.

곧바로 옆방으로 돌아가서 오베르의 사체를 뒤져서 해독약을 입수.

에리스에게 먹이고 복부에도 발라주었다. 만일을 위해 그의 검을 맞았던 나도 사용했다.

잠시 뒤에 에리스의 피부색이 돌아오기 시작했다.

안도했다. 더 강력한 독이었으면 에리스가 죽을 뻔했다.

다행이다, 정말로….

"'농십문자', 용케 피했네…."

에리스의 옆구리를 치료하는데, 그녀가 그렇게 말했다.

회피한 게 아닌데… 뭐, 치명상이 아니라는 의미로는 피했다고도 할 수 있나.

"에리스와의 모의전 덕분이야. 더 빠른 참격을 보았으니까 간신히 피할 수 있었어."

"나는 피한 적 없는데…."

에리스는 그렇게 말하며 다소 쓸쓸한 얼굴을 하였다.

에리스는 오베르에게 검을 배웠다. 그때의 일을 떠올린 걸까.

"뭐, 됐어."

에리스는 가볍게 고개를 흔들었다. 이렇게 금방 마음을 털어낼 수 있는 점이 부럽다.

어찌 되었든 나도 에리스도 길레느도 무사. 완전승리다.

"그럼 돌아갈까."

"그래."

"음."

의기양양하게 개선하도록 하자.

그렇게 파티장으로 돌아오니, 예기치 않은 광경이 눈에 들어왔다.

"…어?"

루크가 아리엘의 목덜미에 단검을 들이대고 있었다. 필레몬이 무릎을 꿇고, 실피가 분노한 눈으로 루크를 보고 있었다. 이게 어떻게 된 거지?

혼란에 빠진 나를 힐긋 보고 루크가 입을 열었다.

그 말의 상대는 내가 아니다. 대치한 실피를 향한 것이었다.

"아리엘 님을 구하고 싶거든 루데우스를 죽여라."

그 말에 실피는….

제11화　루크의 폭주

　루데우스가 돌아오기 조금 전.

　파티장은 진정을 되찾고 있었다.

　파티장에 남았던 것은 아슬라 왕국의 주력귀족이라고 일컬어지는 상급귀족이다.

　그레이랫, 블루울프, 퍼플호스, 화이트스파이드, 실버토드 같은, 아슬라 왕국을 오랫동안 모신 가문의 사람들이다.

　그들은 '결과'를 지켜보기 위해서라도, 올스테드가 떠난 뒤에도 도망치지 않고 파티장에 계속 남았다.

　물론 파티가 재개되는 건 아니다.

　하지만 파티에서 일어난 일이 흐지부지 넘어가는 건 아니다. 다리우스의 실각에 페르기우스의 등장. 이 두 가지 일로 귀족들에게 아리엘이 다음 왕이라는 인상을 강하게 심어줄 수 있었다.

　물론 갑작스럽게 나타난 올스테드에 대해서 의문을 갖는 자는 많았다.

　하지만 이 파티의 주최자인 아리엘이 차분한 모습이기 때문에, 남아 있는 다른 귀족들도 진정할 수밖에 없었다.

　"……."

　귀족들 사이에 흐르는 심정은 공포였다.

그 남자는, 갑작스럽게 나타나서 공포를 흩뿌렸던 남자는 결과적으로 아리엘을 구했다.

한순간 나타나서 이름도 밝히지 않고 레이다를 죽이고 사라진 남자.

귀족들의 눈에는 그가 '페르기우스의 부하'로 비쳤다.

같은 색의 머리, 같은 색의 눈, 비슷한 외모인 데다가 페르기우스에게서 풍기는 왕의 분위기가 그렇게 여기게 하였다.

수신을 일격에 해치운 인물을 부하로 두는 페르기우스.

그런 페르기우스가 누구에게 믿음을 두고 있는가. 방금 전의 대화를 떠올릴 것도 없다.

'혹시 거슬렀다간 다음에는 그놈이 나를 찾아올 수도 있다.'

그렇게 생각하기에 귀족들은 아리엘에게 고개를 조아렸다.

그건 누구인가 하는 괜한 질문을 하지 않고, 자기 주관을 사실로 삼았다.

아리엘은 수라가 되어서 돌아왔다. 도망친 다리우스도 이미 살아 있을 수 없다. 아리엘은 자기를 방해하는 자를 모두 죽일 생각이다. 그 자리에 있는 자는 거의 모두가… 제1왕자 그라벨마저도 그렇게 생각했다.

올스테드의 저주에는 그럴 만한 힘이 있었다.

단 한 명을 제외하고.

그 한 명은 아리엘을 누구보다도 잘 아는 인물이었다.

그 한 명은 인신에게서 올스테드에 대해 들은 인물이었다.

그 한 명은 아리엘의 설복에도 아직 루데우스에게 약간의 불신감을 품은 인물이었다.

루크 노토스 그레이랫이다.

그는 생각했다.

과연 저 사악한 남자와 그 부하가 된 루데우스를 따라도 되는 걸까.

루크의 감정은 경종을 울렸다.

결과적으로 어떻든 그런 자의 손을 빌려선 안 된다. 그럴 거면 차라리 다리우스 쪽이 낫다고.

인신은 꿈에 나왔다.

신성한 기운을 띠고 신처럼 나타났다. 그리고 루크를 걱정하고 친절하게 길을 가르쳐 주었다. 아리엘을 왕으로 만들기 위해서 어떻게 해야 할지를 알려주고, 루데우스가 사악한 자의 꼬드김에 넘어갔다고 가르쳐 주었다.

아리엘은 말했다.

그것은 사악한 신이라고.

루크를 함정에 빠뜨리고 자신의 왕도를 가로막으려는 거라고 말했다.

분명히 나중에 판명된 사실과 예언을 대조해 보면 인신의 말에는 거짓이 많았다.

아니, 거짓이라기보다는 이쪽이 멋대로 착각할 만한 언동이 많았다고 해야 할까.

어느 쪽으로도 받아들일 수 있는 말을 자기가 멋대로 착각했다. 그런 느낌이 들었다.

루크는 아리엘의 기사다. 주군이 그렇다고 말하면 정체모를 신보다도 주군을 믿을 생각이다. 설령 그것이 그렇게 믿어지지 않는 일이더라도. 주군의 선택을 전력으로 따르며 함께 살고 함께 죽을 각오가 되어 있었다.

하지만 여기에 와서 루크는 다소 인식을 수정하였다. 올스테드를 보고 인식을 수정하였다.

루크는 여자를 보는 눈에 자신이 있다. 반면 남자의 본질을 꿰뚫어보는 힘을 가지지 않았다.

그걸 자각하고 있다.

하지만 그래도 알았다. 올스테드는 악이다.

저건 남과 협력하여 뭔가를 하는 자가 아니다. 인간을 파멸로 이끄는 사신이다.

아리엘은 잘못 생각하고 있다. 그리고 아마도 루데우스도 저 사신에게 매료되었겠지.

그럼… 그럼 나는 어떻게 해야 할까.

주군이 자신의 의사와 반하는 길을 택한 것이 명확해졌을 경우, 어떻게 해야 할까.

의견을 말하는 것은 좋겠지. 하지만 그런다고 어떻게 될까.

올스테드는 이미 움직였다. 힘을 빌렸다. 다리우스와 그라벨이 죽고 아리엘이 왕권을 쥐었다고 할 수 있는 이 상황.

이미 모든 것이 늦지 않았을까. 검도 마법도 어중간한 내가 뭘 할 수 있을까. 나는 뭘 하든 의미가 없지 않은가.

'나는 무력하다.'

루크가 그렇게 체념했을 때, 시야 안에서 한 인물이 움직였다.

그 인물은 재빨리 아리엘의 앞으로 이동하여서 무릎을 꿇고 절하였다.

"아리엘 님!"

필레몬 노토스 그레이랫.

루크의 아버지다.

그는 기분 나쁘게 웃으며 아리엘을 향해 목청을 높였다.

주위의 모두에게 들리도록.

"축하드립니다. 이 필레몬, 이 날을 얼마나 기다려 왔는지!"

필레몬은 기쁜 듯이 말하면서 아리엘을 올려다보았다.

"그라벨 파의 방심을 부르기 위해 배신한 척하고 때를 엿보고 있었습니다만, 으음, 제가 뭘 할 필요 따윈 없었습니다. 역시나 아리엘 님. 이국땅에서 너무나도 훌륭하게 성장하신 모양이로군요!"

그 노골적일 정도로 뻔뻔한 말에 얼굴을 찌푸린 귀족도 있었다.

필레몬이 그라벨에게 붙기 위해 아리엘에게 자객을 보냈다는 사실을 아는 자들이다. 그들은 '어떻게 뻔뻔하게 저런 말을 할 수 있을까'라며 필레몬을 경멸의 눈으로 보았다.

"필레몬 님….”

"아뇨, 아리엘 님. 끝까지 말씀하실 것 없습니다. 저도 아군이 적은 가운데에서 손가락질 당할 짓을 했습니다. 하지만 모두 아리엘 님을 생각해서 한 짓. 이렇게 되었으면 이제 원래대로 돌아가지요. 제가 아리엘 님의 힘이 되어서….”

아리엘은 그 말을 끝까지 듣지 않았다.

"필레몬 노토스 그레이랫!”

필레몬의 목소리를 지워 버릴 정도로, 포효와도 같은 일갈.

"집안 문제도 있겠지요! 입장 문제도 있겠지요! 배신한 것이라면 제가 약했던 탓도 있겠지요!”

필레몬은 눈을 휘둥그렇게 뜨고 아리엘을 바라보았다.

아리엘이 이렇게 필레몬에게 고함을 지른 것은 처음이었다.

"하지만 배신했으면 끝까지 긍지를 가지세요! 패자가 된 뒤에 다시 원래대로 돌아가겠다니! 부끄러운 줄 아세요!”

"어어… 우우….”

필레몬은 눈을 껌뻑이면서 쥐어짜듯이 말했다.

"죄, 죄송, 합니다.”

끽 소리도 못 하는 필레몬의 모습에 귀족들 사이에서 실소가 새어나왔다.

필레몬은 시뻘건 얼굴을 하며 고개 숙였다.

하지만 아리엘의 분노는 수그러들지 않았다.

"배신한 것뿐이라면 집안을 존속시키기 위해 어쩔 수 없다고 생각할 수도 있습니다. 루크에게 가독을 넘기고 영지에 은거한다면 그 이상 추궁할 생각 없었습니다! 하지만! 배신하고서 그 배신한 상대에게 알랑거리다니! 부끄러움을 모르는 그 모습에 말도 안 나오는군요! 당신의 존재는 장래에 모두에게 해악밖에 안 되겠다고 판단하겠습니다!"

필레몬의 얼굴이 창백해졌다.

"죽음으로 사죄하세요!"

루크는 그 말을 듣고 '아, 이건 연극이구나'라고 깨달았다.

아리엘은 처음부터 이렇게 될 것을 예상한 것이다.

아니, 어쩌면 지금 말처럼 처형까지는 할 생각이 없었을지도 모른다. 길레느와의 약속은 결국 구두약속이라고 주장하면서 어떻게든 넘어가고 필레몬을 살려줄 생각이었을지도 모른다.

아리엘에게 필레몬은 가장 큰 아군이었다.

지금은 알랑거리며 아첨하고 있지만, 라노아로 도망치기 전까지 아리엘 파는 필레몬을 중심으로 돌았다고 해도 과언이 아니었다. 그 수완은 결코 뛰어나다고 할 수 없지만, 그래도 아리엘은 필레몬에게 큰 신세를 졌다.

아리엘이 북쪽으로 도망칠 수 있도록 손을 써준 것은 필레몬이다. 아리엘이 살아남을 수 있도록 많은 종자를 붙여준 것도 필레몬이다.

아리엘이 살아 있는 것은 필레몬 덕분이라고 할 수도 있다.

그 은혜를 잊은 건 아니다. 하지만 그렇다고 해서 배신하면서 세력을 갈아타는 짓을 두 번이나 허용하면 얕보이게 된다. 앞으로 아리엘의 정치활동에도 안 좋은 영향을 미치겠지.

숨어서 틀어박혀 있었다면 몰라도, 이렇게 된 이상 처형할 수밖에 없다.

"루크! 검을 빌려주세요! 하다못해 제가 직접 처단하겠습니다."

그 말을 듣고 필레몬은 본격적으로 겁먹은 얼굴로 루크를 보았다.

도움을 청하는 눈. 너도 뭐라고 말 좀 해 보라는 눈.

그 시선을 받고 루크는 갈등했다.

★ 루크 시점 ★

나는 내 아버지가 비겁하고 겁 많은 사람이란 것을 알고 있었다.

하지만 그게 어쩔 수 없다는 것도 이해한다.

젊은 나이에 영주가 되었다고 해도 아버지의 일처리는 아들의 눈으로 봐도 임시변통이고 비겁하고 둔했다.

영주로서 어떤 결단을 내렸다가 그 결과가 바람직하지 않았을 때면 엄격했던 할아버지와 비교당하고, 가신들조차도 "혹시 파울로 님이었으면…." 같은 험담을 지껄였다.

그런 광경을 본가에 있을 때에 몇 번이나 목격했다.

아버지는 아버지 나름대로 고민하고 괴로워하면서도 마음대로 되지 않아서 비뚤어진 거겠지.

그런 아버지가 지금 눈앞에서 처형당하려고 한다. 그 발단은 아버지의 자업자득이지만, 검왕 길레느와의 약속도 관여되었겠지.

'사울로스 보레아스 그레이랫의 처형'에 아버지가 관여했을 가능성에 대해 생각하지 않았던 것은 아니다.

아버지는 사울로스와 사이가 나빴다.

아니, 사울로스와 할아버지의 사이가 좋았다고 해야 할까. 선대 노토스 가문 당주와 보레아스 가문 당주는 가족 같은 관계였다.

사울로스는 할아버지와는 사이가 좋았지만, 내 아버지를 탐탁지 않게 여겼던 모양이다.

영주가 되기 전부터 아버지를 정면에서 대놓고 '콩알 같다'며 얕보고 헐뜯고… 영주가 된 뒤에도 계속 트집을 잡아댔다.

그런 사울로스가 궁지에 빠졌다. 아버지가 이때다 싶어서 뒤에서 손을 써서 죽였다고 해도 이상할 것 없다. 오히려 아버지라면 그럴 것 같다. 뭐, 인신의 거짓말도 있었던 탓에, 그 말을 들었을 때에는 혼란스러웠지만.

생각해 보면 그런 아버지의 얼굴을 보는 것도 8년 만이었다.

8년 만에 만난 아버지는 내 기억에 있는 모습보다 훨씬 나이를 먹고 작아 보였다.

"……."

문득 아버지와 허심탄회하게 말해 보고 싶었다.

어렸을 적에 아버지와 여러 이야기를 하였다.

아버지는 중요한 내용까지는 말해 주시지 않았지만, 그래도 이야기를 꺼내면 싫은 기색 없이 들어주셨다.

아버지는 모든 것을 다 아는 게 아니고 곧잘 틀린 말씀을 하셨지만, 그래도 대답해 주셨다.

스스로 생각하라고 말씀하신 적도 적지 않지만, 그래도 길을 가르쳐 주셨다.

아버지 나름대로 말이다.

지금 와서 생각하면 아버지는 형보다도 나를 귀여워했던 것 같다. 같은 차남인 것도 있어서 뭔가 느끼는 바가 있었을지도 모른다.

아버지는 항상 그랬다.

서투르고, 선택도 방법도 틀리다.

그런 아버지도 아버지 나름대로 아리엘 님을 위해 노력하셨을 거다.

아슬라 왕국에 있을 무렵, 아리엘 님을 왕으로 만들려고 사방이 적인 가운데 발버둥 치셨다.

그 이유는 이기적인 것이었지만, 당주인 아버지에게는 집안을 지킬 의무도 있다. 아리엘 님이 왕도를 떠나신 뒤에 어쩔 줄 몰라 다른 세력에 붙었다고 해도 어떻게 비난할 수 있을까.

앞장서서 병사를 보낸 것도 집안을 지키기 위해서일 것이다. 그라벨 파에게 신뢰를 얻기 위해서 아버지도 필사적이었겠지.

"아리엘 님, 부탁이 있습니다."

"뭔가요, 루크?"

"아버지를 용서해 주시면 안 되겠습니까?"

아리엘 님이 이쪽을 보았다.

그 눈은 차가웠다. 그녀는 최근 이런 눈을 할 때가 많아졌다. 아버지의 배신을 알았던 날부터는 특히나.

"…그럴 수는 없습니다."

"길레느와의 약속 때문에?"

"아뇨, 배신을 용서해선 안 되기 때문입니다."

그렇겠지. 아무리 아리엘 님과 아버지의 사이가 두터웠다고 해도 아버지는 대대적으로 배신하고 아리엘 님에게 병사까지 보냈다. 이걸 용서하면 체면이 서지 않는다.

그런 것은 나도 알고 있다.

아무리 발버둥쳐도 필레몬 노토스 그레이랫이라는 인물은 끝이다.

저 사신이 무슨 짓을 했는지는 모른다.

루데우스도 아리엘 님도 속고 있는 걸지도 모른다. 하지만 아버지가 배신한 것은 사실이고, 배신한 주제에 다시 원래 세력으로 돌아오려고 후안무치한 행동으로 나선 것도 사실이다.

하지만 나는.

나는, 싫다.

"……."

검을 뽑았다.

"…루크?"

"죄송합니다!"

"어?"

스스로도 왜 그런 행동에 나섰는지 몰랐다. 어느 틈에 나는 아리엘 님을 껴안고 있었다.

그 목덜미에 칼등을 들이대면서.

"…루크?! 무슨 짓이야!"

실피는 곧바로 알아차렸다.

살기마저 느껴지는 험악한 얼굴로 이쪽을 노려보았다. 루데우스에게는 절대로 보이지 않는 얼굴이다.

손에 든 것은 수습마술사의 지팡이. 마술을 갓 배우기 시작한 이가 쓰는 작은 지팡이.

하지만 나는 그걸로 아슬라 마술사단의 단장급의 마술을 연사할 수 있다는 것을 안다.

그런 것이 나를 향하고 있다.

"실피, 너는 이상하다고 생각하지 않나?"

"이상한 건 너야! 누구한테 칼을 들이대고 있는 거야!"

이상하다는 것은 자각한다. 스스로도 뭘 하고 싶은 건지 모르는 정도다.

귀족들의 시선이 꽂혔다. 귀족들 또한 무슨 일이 일어난 건지 모르겠다는 얼굴이었다.

…나도 끝인가.

뭐, 좋아.

"실피, 너는, 정말로 그 남자를 신용하나?"

"그 남자? 올스테드 말이야? 갑자기 무슨 소리야! 그거랑 이거가 무슨 상관인데!"

"됐으니까 대답해!"

강한 어조에 실피는 지팡이를 들이대는 채로 낮은 목소리로 대답했다.

"신용 따윈 안 해."

"그럼 왜 루데우스의 말을 따르지? 녀석은 우리를 위해서라고 해도 그런 것의 부하가 된 남자다!"

"루디를 믿으니까!"

의미를 모르겠다.

"루데우스는 올스테드의 부하가 되어서 움직인다. 녀석의 행동은 올스테드의 부하가 되면서 달라지지 않았나? 녀석은 올스테드에게 속는 게 아닌가?"

딱히 실피를 이쪽 편으로 끌어들이려는 게 아니다.

다만 실피는 루데우스와 맺어진 뒤로 스스로 생각하지 않게 된 걸로 보인다.

루데우스가 하니까, 루데우스가 말하니까, 그런 식으로 자기 의견을 갖지 않게 된 걸로 생각된다.

그렇게 가르친 것은 나다. 아내는 남편의 말을 조용히 듣고, 그 말을 따르면 사랑받을 수 있다고 가르쳤다…. 적어도 어머니는 그러지 않았기 때문에 아버지에게 사랑받지 못했고 집을 떠나기에 이르렀다.

"너는 생각하고 움직이는 건가? 루데우스도 틀릴 수 있다!"

실피는 화가 나서 외쳤다.

"생각하고 있어! 하지만 루디는 우리를 생각해서 움직이는 거야! 우리를 위해서, 숙이고 싶지도 않은 머리를 숙이고 한심한 꼴을 보이면서까지 노력했어! 그럼 내가 할 일은 반대의견을 내놓아서 갈등하게 하고 힘들게 하는 게 아니라 뒤에서 조용히 돕는 거잖아!"

실피는 분명히 대답했다.

어디까지나 루데우스 주체의 생각이다.

몇 년 동안 꽤나 변했구나 싶다. 아니, 원래부터 변하지 않던 걸지도 모른다. 그저 내가 모를 뿐이었지.

"그 탓에 아리엘 님이 이렇게 되었다고 해도 말인가!"

나는 그렇게 말하면서 주군의 목에 칼을 들이댔다.

그렇긴 해도 갈등을 향했다.

나는 이 뒤에 배신자로 처형당하겠지만, 아리엘 님의 피부에 상처를 낼 수는 없다.

여성의 피부는 항상 아름다워야 한다.

"네가 할 말이 아냐!"

정말로 그렇군.

그때 내 시야에 입구에서 들어오는 루데우스의 모습이 보였다.

그는 이쪽을 보고 눈을 크게 떴다.

"어이, 실피. 루데우스의 의견을 존중하는 것은 저 사악한 올스테드의 말을 따른다는 소리다."

"…그게 어쨌단 소리야."

"즉, 이런 상황에서."

루데우스의 모습을 보았다.

그는 상황을 파악하려는 건지, 주위를 두리번거리고 있었다. 어느 한 점을 보고 뭔가 시선을 보냈지만, 곧 실망한 것처럼 고개를 돌렸다.

그 방향을 힐끗 보니 페르기우스가 있었다.

그는 이런 상황인데도 불구하고 여유 넘치는 얼굴로 의자에 앉아 있었다.

유쾌한 듯이 입가에 웃음을 띠면서.

"아리엘 님을 구하고 싶거든 루데우스를 죽여라."

실피가 눈을 크게 떴다.

"그렇게 말한다면 어쩔 생각이지?"

실피는 뒤를 돌아보지 않았다. 거기에 루데우스가 있을 것을 알고 있을 텐데.

"어느 쪽을 택하라고 한다면 어쩔 생각이지?"

스스로 생각해도 심술궂은 질문이었다.

왜 나는 이런 질문을 한 걸까. 이야기가 어긋난 것 같았다.

"루디를 택할래."

실피는 별로 주저하지 않았다. 거의 즉답이라고 해도 좋은 속도로 그렇게 대답했다.

"아리엘 님에게는 미안하지만, 하지만 그런 선택에 쫓겼을 때에 택할 수 없는 상대와 결혼하지 않아. 자식도 만들지 않아."

그것은 나에게 다소 쓸쓸한 대답이었다.

아리엘 님에게도 그렇겠지.

실피의 뒤에서 두 손으로 입을 누르며 '믿기지 않는다'는 포즈를 하며, 기쁜 듯이 웃는 루데우스가 정말로 짜증난다.

"나는 루디를 따라갈래. 그 결과가 어떻게 될지는 몰라. 올스테드에게 죽든가, 또 궁지에 빠질지도 모르지만… 그때도 나는 루디를 도울 거야. 그게 함께한다는 거잖아?"

그 말은 화살처럼 내 의식을 꿰뚫었다.

그래, 그런 걸지도 모르지. 위장 밑바닥으로 뭔가가 떨어졌다. 내 갈등에 하나의 답이 나온 기분이었다.

"…하아."

작게 한숨이 나왔다.

나는 정말로 무슨 짓을 하는 걸까. 설령 일이 잘못되어서 아리엘 님이 궁지에 빠져도 돕는다. 나도 아리엘 님에게 그런 존재로 있고 싶지 않았던가.

기사로서 함께하고 싶지 않았던가.

올스테드가 사신이라서 뭐가 어쨌단 말인가. 올스테드와 인신 중에서 택하라면 분명히 인신을 믿고 싶다. 하지만 인신과 아리엘 님이라면 어느 쪽을 믿을 것인가.

말할 것도 없다.

나는 아리엘 님의 선택을 지켜보고 그 말에 따르고, 결과가 안 좋았을 때에는 내 몸을 던져서 그녀를 지키면 된다. 그것뿐이면 족했다.

아아, 내 말이 모두 내게 돌아오는 듯하다.

"그래서, 루크."

아리엘 님에게는 나의 작은 한숨이 들렸던 모양이다.

"실피가 루데우스를 택한 이상, 저는 당신에게 베이는 건가요?"

"예?"

"그럴 거면 베이기 전에 오라버니와 이야기를 좀 하고 싶네요. 다른 이들을 안전하게 국외로 보내달라고 부탁해도 괜찮겠죠?"

아리엘 님은 차분한 어조로 그렇게 말씀하셨다.

"왜 이런 짓을 했냐고 묻지 않으십니까?"

"예."

슬프구나. 이렇게 된 이상 변명도 할 수 없지만, 아리엘 님은 내가 배신할 거라고 생각하고 있었다.

철들었을 때부터 함께 있던 나를, 계속 그녀를 모셔왔던 나를, 스스로를 버리고 모셔왔던 나를, 지금까지 아리엘 님을 제일로 생각했던 나를. 중요한 상황에서 배신할 녀석이라고 생각하고 있었다.

하지만 다음 말에 그런 생각은 흩어졌다.

"내가 하고 싶은 말은 단 하나입니다, 루크."

"······?"

"저는 당신의 왕녀입니다."

눈물이 나올 것 같았다.

나에게는 그 말만으로 충분했다.

이럴 때에도 아리엘 님은 나를 자신의 기사라고 생각해 주셨다.

배신한다고 생각한 게 아니다.

절대로 배신하지 않는다고 생각하셨다.

목덜미에 칼이 와 닿은 이런 상황에서, 아직도 배신하지 않는다고 생각해 주셨다.

"······."

나는 검을 버렸다. 떨그렁 하는 메마른 소리가 그 자리의 분위기를 이완시켰다.

이어서 아리엘 님을 가만히 놓고 무릎을 꿇었다.

아리엘 님을 올려다보니, 그녀는 여전히 차가운 눈으로 나를 내려다보았다.

"루크, 당신은 무엇입니까?"

"저는 당신의 기사입니다."

아리엘 님은 부드럽게 미소를 지었다.

그 미소를 보고 나는 고개를 조아리고 머리칼을 가르며 목을 내밀었다.

"그럼 부디 이 배신자의 목을 쳐 주십시오."

죽고 싶지 않다.

나에게는 아직 할 일이 있다. 하지만 됐다. 만족했다.

"……."

아리엘 님은 검을 줍더니 한손으로 간신히 쳐들어서 칼등으로 내 머리를 퍽 때렸다.

둔한 고통이 머리를 지나갔다.

"루크. 여자를 밝히는 당신은 갑자기 주체할 수 없어져서 저를 껴안고 몸을 더듬었습니다."

"……?"

"원래 용서할 수 없는 행동이지만, 저도 조금 그런 마음이었던 것도 있으니 용서하지요."

나는 아리엘 님을 올려다보았다.

그녀는 장난스러운 미소와 함께 내게 윙크를 보냈다.

아아, 이런 미소, 오랜만에 보는군. 지금은 거짓 미소밖에 짓지 않는 그녀지만, 어렸을 적에는 곧잘 이런 식으로 웃었다.

"하핫!"

나는 용서를 받았다.

그 행동, 언동은 배신으로 보일 수밖에 없는데 용서받았다. 처벌 없이 끝났다.

"자."

아리엘 님은 숨을 내쉰 뒤에, 창백해진 아버지 쪽으로 몸을 돌렸다.

아버지는 그 시선을 받고 겁먹어 납작 엎드렸다.

"어떻게 해야 할까요."

아버지의 처우.

나의 배신을 용서하면서 자리의 분위기가 다소 변했다. 용서해야만 한다는 분위기가 흘렀다.

하지만 아버지의 죄는 무겁다. 배신하고 그 목숨까지 노렸다. 뭐라고 둘러대든지 나처럼 용서할 수는 없겠지. 뭔가 이유가 필요하다.

그렇게 생각할 때 루데우스가 다가와서 말했다.

"방금 전에 다리우스가 말했습니다. 사울로스 님을 죽인 것은 자기라고. 필레몬 님은 이용당한 것에 불과하겠죠."

"…다리우스는 어떻게 되었습니까?"

"죽었……죽였습니다."

"그렇습니까…. 그럼 죄는 모두 다리우스에게 씌우기로 하지요."

아리엘 님은 그렇게 말하더니 내 뒤로 시선을 보냈다.

어느 틈에 길레느와 에리스가 내 뒤에 와 있었다.

그대로 아리엘 님을 붙잡고 있었으면 뒤에서 베였을지도 모른다.

"길레느, 그거면 될까요?"

"나는…."

길레느는 불만스러운 얼굴이었다.

그렇게까지 아버지를 베고 싶었을까.

그때 에리스가 길레느의 꼬리를 잡아당겼다. 길레느는 그 감촉에 움찔 몸을 떨고 에리스를 보았다. 에리스는 손을 떼더니 팔짱을 끼고 턱을 쳐들었다.

"길레느! 할아버지의 복수는 아까 그걸로 참아!"

"……에리스 아가씨가 그렇게 말한다면."

그 한마디로 아리엘 님은 만족한 듯이 아버지 쪽을 보았다.

"그렇게 됐습니다. 필레몬 님. 앞으로의 처우는 후에 내리지요."

"예…!"

아버지는 감사의 마음에, 바닥에 기듯이 엎드렸다.

아무런 처벌도 없을 수는 없겠지만, 일단 목숨은 건진 거겠지.

"루크…. 미안하다…."

간신히 들리는 목소리에 나는 안도를 느꼈다.

주위를 둘러보았다.

루데우스는 뭐라고 하면서 실피를 껴안고 그 머리를 쓰다듬었다. 실피는 부끄러운 듯이 고개 숙이면서도 꼭 싫지만은 않은 모습이다.

에리스는 길레느와 뭐라고 말하고 있다. 목소리가 크니까 다 들리지만 "전에 루데우스가 그랬는데, 이게 분위기를 읽는 거래."라고 자랑스럽게 말하고 있었다.

페르기우스는 변함없는 모습이다. 아주 재미있다는 얼굴로 이쪽을 보았다. 지금 그 사건에 저 갑룡왕이 재미있어할 만한 요소가 있었을까. 아버지는 여전히 엎드려 있다.

그 모습은 역시나 작았지만, 그래도 뭔가 후련해 보였다.

이졸테라는 수습기사는 수신의 시체에 매달려서 울고 있다.

이쪽에게 덤비려는 기색은 없었다.

다리우스는 죽은 모양이다.

그라벨은 커다란 지원자를 잃고 완전히 지친 모습으로 의자에 앉아 있다.

그 주위에는 귀족들이 모여 있지만… 이제 큰일을 벌일 수 없겠지.

아리엘 파 귀족들이 여우에 홀린 듯한 얼굴로 이쪽을 보고 있다.

그중에는 양친과 함께 서 있는 트리스의 모습도 있었다.

이제 적은 없다.

이렇게 아슬라 왕국에서의 싸움은 막을 내렸다.

제12화 올스테드의 진실과 왕도에서의 열흘

왕궁에서의 싸움으로부터 열흘이 경과했다.

수신 레이다를 쓰러뜨리고, 오베르를 쓰러뜨리고, 다리우스를 쓰러뜨리고, 페르기우스를 아슬라 왕국에 맞아들이고, 그라벨을 압도했다.

필레몬은 당주 자리를 박탈하고 영지에 연금한다는 처벌을 받았다. 앞으로 노토스 그레이랫은 루크가 당주가 되고 루크의 형이 그 보좌를 맡는다고 한다.

루크의 형은 사교적이라서 정치적인 수완도 기대할 수 있으니까, 루크 대신 실무적인 일을 모두 떠맡게 된다나.

길레느는 처음에 그런 필레몬 일가에게 적의를 품었다.

하지만 루크의 형이 에리스를 마구 칭찬하고 구혼까지 하는 것을 보고 독기가 빠진 모양이다. 주인이 칭찬 듣는 모습을 좋아하는 개처럼, 뭔가 자랑스러워하는 표정이었다. 참고로 길레느는 그대로 아리엘의 호위라는 위치로 남게 되었다. 거의 영구취직이겠지.

당사자들의 마음은 모르겠지만, 제법 괜찮게 타협을 지었다고 할 수 있겠지.

자, 이 열흘 동안의 일을 순서대로 말해 보자.

일단 첫날, 올스테드 이야기를.

그 뒤에 우리는 파티장에서 의기양양하게 개선했다. 아무리 아리엘이라도 지쳤기에 일찍 방에 들어갔다.

나는 사람들 앞에서 당당하게 루디를 택하겠다고 선언한 실피에게 사랑스러움을 느꼈기에 방에 데려가서 마음껏 사랑해 주었다. 일기에서는 차였으니까, 솔직히 좀 불안했다.

그런데 많은 사람들이 있는 앞에서 당당하게 나를 택해 주다니.

소녀데우스의 마음이 울린다.

그렇기는 해도 실피도 지친 모양이라서 제2라운드에 돌입하는 일 없이 시합 종료.

실피는 곤히 잠들었다.

나는 뜨거워진 몸을 식히려고 좀 씻고, 그 도중에 싸움의 흥분으로 콧김이 가빠진 에리스가 난입해서 난폭하게 사랑받았다.

에리스는 소녀를 다루는 법을 조금 더 배우는 편이 좋을 것 같다.

영혼까지 뽑혀서 완전히 건어물 꼴이 된 다음날, 내 앞으로 편지가 왔다고 메이드가 연락해 왔다. 발신인은 없고 용신의 문장이 찍힌 봉투.

틀림없이 사내 메일이다.

메일의 내용은 간소해서, 내가 얼마나 다쳤는지 걱정하는 것과 오늘 회의할 장소가 적혀 있었다.

회의실은 묘지였다.

귀족 저택이 줄줄이 있는 지역 구석에 있는, 하인과 하녀들의 묘지였다.

거기에만 인적이 없어서 도시 한가운데의 외딴 섬처럼 적막한 장소…에서도 또 지하에 있는 무덤. 밤이 되면 언데드들이 운동회라도 벌일 듯한 분위기의 장소. 거기에는 언데드보다도 무서운 분이 숨어 있었다.

"왔나, 루데우스 그레이랫."

"예, 도착했습니다!"

올스테드는 관 위에 앉아서 손으로 턱을 괸 모습으로 기다리고 있었다.

이런 벌 받을 짓을. 나는 관에 앉을 생각이 들지 않아서 흙 마술로 테이블과 의자를 만들고 가져온 양초를 설치했다.

"앉으시죠."

"음, 미안하군."

사장에게 의자를 권하고 나도 그 앞에 착석했다.

자, 회의 시작이다.

"일단 수고 많았다고 해 두지. 루데우스, 이걸로 아리엘이 왕이 되는 게 확정되었다."

"확정입니까? 아직 국왕이 서거하기까지는 시간이 걸릴 것 같은데요?"

국왕은 불치병…이라기보다도 노쇠한 모양인데, 서거까지는 아직 더 걸린다.

그 시간 동안에 그라벨 파의 부활을 꾀하며 못된 짓을 꾸미는 세력도 적지 않게 존재한다. 방심하다간 다리를 잡아채일지도 모른다는 게 아리엘의 말이었다.

불안 요소는 아직 있다.

눈앞에서 스승이 살해된 수왕 이졸테. 다리우스와 유착한 보레아스 가문.

이 둘은 주의해야겠지.

그렇다면 내 다음 일은 그런 세력을 하나씩 박살내는 것이라고 생각했는데….

"아니, 페르기우스를 데려오고 다리우스를 쓰러뜨린 시점에서 아리엘이 왕이 되는 것은 확정되었다."

올스테드에게는 뭔가 확신이 있는 모양이다.

나로서는 잘 모를 이야기지만, 그의 안에서는 그렇게 확정된 모양이다.

"이해가 안 간다는 얼굴이로군, 루데우스 그레이랫."

어, 이런. 표정으로 드러났나.

"아뇨, 올스테드 님. 그저 아직 방심은 금물이라고 생각해서."

"……."

올스테드의 시선이 꽂혔다.

아니, 진짜로 사장님의 말씀을 안 믿는 건 아니거든요?

다만 아직 끝나지 않았다고 말하고 싶을 뿐이지….

"아니, 하지만 올스테드 님의 예상이 빗나갈 가능성도 있지 요? 이번에는 너무 금방 끝나 버렸고, 인신도 무슨 수를 남겨 서 또 한 차례 파란이 없을 거라고 장담할 수는 없겠지요?"

"파란은 없다. 장담할 수 있다."

"……."

그런 말까지 나오면 나도 입을 다물 수밖에 없다.

올스테드는 아직 내게 뭔가 숨기고 있지만, 그걸 가르쳐 주 지는 않는다.

"나는 어차피 예전에 인신의 사도였으니까, 가르쳐 줄 리도 없나…."

무심코 입에서 나온 말. 말할 생각 없었던 말. 실언.

그걸 듣고 올스테드가 일어섰다.

엄청난 눈빛으로 노려보았다.

"히익, 죄, 죄송합니다, 아닙니다! 가르쳐 주지 않는다고 불 만이 있는 건 아니고요…."

"루데우스 그레이랫. 분명히 나는 너를 완전히 신용하지 않 았다."

나는 예견안을 최대한 개방하면서 변명할 말을 찾았다.

틀렸다, 분신한 올스테드에게 둘러싸였다.

내가 도망치면 앞을 가로막을 것 같다. 어쩔 수 없지, 각오를 하자.

"이번에 인신에게 도로 넘어갈 가능성도 고려하여서 항상 감시하고 있었다."

감시, 뭐, 그렇겠지.

올스테드가 마음만 먹으면 오베르든 누구든 내가 안 보는 곳에서 처리할 수도 있었을 테니까.

"하지만 네가 입만 산 게 아니라 실제로 신용할 수 있는 남자라는 사실은 이번 일로 명백해졌다."

"……."

"루데우스 그레이랫. 사과하마. 나는 네게 거짓말을 하였다."

올스테드는 그렇게 말하고 다시 의자에 앉았다.

"거짓말, 이요?"

되묻자, 올스테드가 무서운 얼굴을 하였다.

아니, 복잡한 표정을 하였다. 이 사람은 스마일 연습 같은 걸 좀 하는 편이 좋지 않나?

웃음은 커뮤니케이션에 중요해. 나도 그렇게 잘하는 건 아니지만.

"그래, 이전에 나는 말했지. 내게는 초대 용신이 인신과 싸우기 위해 만든 비술, 운명을 보는 힘을 얻는 동시에 세계의 이치에서 벗어나는 비술이 걸려 있다고."

"예."

분명히 보는 자의 대략적인 미래가 보인다는 것이었나.

"그건 절반은 거짓이다. 내게 미래 예지의 힘은 없다."

…흐음.

"그럼 세계의 이치에서 벗어난다는 말은 사실이란 거군요."

"그래. 하지만 루데우스 그레이랫. 세계의 이치에서 벗어난다는 것은 대체 어떤 것이라고 생각하지?"

어떤 것이냐고 물어도 말이지. 어딘가에 힌트는 있을까.

예를 들어 저주. 올스테드가 가진, 남들에게 두려움을 사는 저주.

아니, 관계없나.

"마력 회복이 현저하게 느려진다…는 것은 부작용이었지요."

"그래, 마력 회복이 현저하게 느려지고, 대신 인신의 간섭을 피할 수 있다. 하지만 이상하다고 생각하지 않았나? 초대 용신은 왜 내 비술에 그런 디메리트를 넣었다고 생각하지?"

왜냐고 물어도 말이지. 인신의 간섭을 피하기 위해서는 그런 디메리트를 추가하는 것밖에 방법이 없었기 때문 아닐까.

아니, 하지만 올스테드의 팔찌를 장착한 내게는 그런 디메리트가 없는 것 같은데….

"초대 용신은 인신을 확실히 이길 수 있는 비술을 만들어냈다."

"……."

"그 비술은 마력의 회복력을 희생하여서 언제, 어디서 죽더라도 기억을 보존한 채로 처음부터 다시 시작하는 것이다."

다시 시작. 그렇다면 역시 올스테드는….

"처음이란 갑룡력 330년의 겨울. 중앙대륙 북부, 이름도 없는 숲속이다. 유예는 그때부터 200년. 그것이 지났을 때 인신을 죽이지 못했으면 나는 강제적으로 거기로 '되돌려진다'. 설령 도중에 내가 죽었다고 해도."

타임리프. 가능성은 있다고 생각했지만… 설마 진짜로 그렇다니.

"황당무계하겠지만, 시간전이를 목격한 너라면 믿을 수 있겠지."

"예, 그거야 뭐…."

미래의 나는 용족의 유적에서 시간이동의 힌트를 얻었다.

용족은 과거에서 미래로 전생하는 비술을 가졌다. 그럼 용신이 타임리프의 마술을 쓸 수 있다고 해도 이상할 것 없다. 내가 만들어낼 정도니까.

"저기, 그래서 올스테드 님은 얼마나 반복하신 겁니까?"

"백 번 이후로는 세지 않았다."

어디의 나장* 같은 말을 올스테드는 짜증스럽게 내뱉었다.

※어디의 나장 : 북두의 권의 등장인물인 한. 수라국편에 등장하는 3대 나장 중 한 명으로, 첫 등장 때 저 대사를 남겼다.

어어, 200년을 100번 했다면 2만.

2만 년 이상의 시간을 계속 루프했다는 건가. 눈이 돌 것 같군….

"그 수백 번의 루프 속에서 나는 아리엘과 그라벨의 싸움을 몇 번이나 보았다. 누가 필요하고, 누가 불필요한가. 무엇이 있으면 아리엘이 이기고, 무엇이 없으면 그라벨이 이기는가. 그리고 이 단계에서 그라벨이 다시 일어서는 일은 없다. 아리엘의 승리는 흔들림 없다."

"그건 인신이 관여해도 말입니까?"

"그래. 인신은 기억을 가져가지 않기 때문에 내가 '다시 시작한다'는 것을 모르지만, 내가 녀석이라는 존재를 알고 녀석과 싸우기 시작한 뒤로는 이런 싸움에 관여한 일이 몇 번이나 있었다. 그리고 모든 패턴에서 인신은 어느 시점에서 '손을 뗀다'."

"그것이 지금 이 타이밍입니까?"

"그렇다."

과연. 올스테드가 확신처럼 말하는 것은 지금까지의 수백 번의 경험에서 나온 것인가.

하지만 예외도 있지 않을까?

그렇게 생각도 했지만, 사람은 완전히 똑같은 상황에서는 완전히 똑같은 행동을 취한다고 한다.

완전히 똑같다고는 할 수 없지만, 그래도 '예외'의 가능성이 낮다는 정도는 나도 안다.

"그러니까 안심해도 좋다. 이 정도까지 왔으면 아리엘은 왕이 된다."

"알겠습니다."

그렇게까지 말한다면 아리엘은 왕이 되는 거겠지.

불안이 있다면 올스테드는 그렇게 수많은 횟수만큼 거듭 져 왔다는 것뿐이다.

"올스테드 님. 정말로 인신에게 이길 수 있습니까?"

"그래, 이길 수 있다. 녀석을 쓰러뜨리려면 뭐가 필요하고, 그걸 위해 어떤 준비가 필요한지는 이미 판명되었다. 이번에는 너라는 존재도 있다. 거의 다 왔다."

그럼 나는 그 말을 믿자.

올스테드가 미래를 볼 수 있는지, 몇 번이나 리셋을 해 왔는지, 관계없다.

내게는 그럴 수밖에 없으니까.

가족을 지키기 위해서라도 열심히 해야겠지.

사흘째. 이졸테가 우리가 체재하는 저택에 찾아왔다.

참고로 저택은 아리엘에게 받은 것이다. 아리엘이 가진 집 중에서 작은 편이라는데, 내 집보다 두 배는 크다. 집을 관리하는 하인도 세트로 주었다. 아슬라 왕국에서 별장으로 자유롭게 쓰라는 말이었다.

저택 이야기는 됐다. 문제는 이졸테다.

그녀는 에리스를 만나러 왔다.

이른바 복수인가. 그렇게 경계하는 나를 무시하고 그녀는 예의바르게 접대를 받았다.

메이드의 인사를 받고, 에리스의 안내를 받아 거실로 갔다. 에리스는 메이드들에게 차를 내오게 하고, 부드러우면서도 당당한 태도로 이졸테를 환대했다.

사람을 부리는 게 그럴 듯한 것은 원래 그녀가 귀족 영애로 태어났기 때문이다.

우리 집이면 그렇게 쉽지 않겠지. 아이샤는 메이드지만 하녀 같은 게 아니고.

이졸테는 환대를 받으면서도 방에 내가 있는 것을 의아하게 여기는 모양이었다.

경계하듯이 내게 고개를 숙였다.

"인사드립니다. 이졸테 크루엘입니다. 에리스와는 검의 성지에서 알게 되었습니다. 앞으로 잘 부탁드립니다."

"아, 루데우스 그레이랫입니다. 에리스의 남편입니다."

그렇게 인사하자, 그녀는 노골적으로 얼굴을 찌푸렸다.

"당신, 이었습니까…."

그래, 내가 그렇습니다. 아무래도 날 싫어하는 눈치인 것은 저번에 인사하면서 알았다.

"예…. 내가, 루데우스입니다."

"에리스를 버리고서 아내를 둘이나 두었다는?"

"……예."

이 느낌, 알고 있다. 크리프와 같다. 그렇다면 또 미리스 신도가 나타났나!

아니, 만났을 때에 확인했지만.

"그 루크라는 바람둥이 기사 쪽과 착각했습니다."

"거짓말을 한 적은 없습니다만?"

"아뇨, 제가 착각했을 뿐이니까요."

이졸테는 조용한 웃음을 지었다.

"그렇기는 해도… 생각보다 에리스를 아끼는 모양이군요?"

"그렇게 보입니까?"

갑작스러운 말에 고개를 갸웃거렸다.

에리스를 아끼네 어쩌네는 모르겠지만, 에리스는 날 소중히 여긴다.

물론 지금까지의 대화에서 그런 요소가 있었던 것 같지는 않다.

"수왕 이졸테가 찾아왔다. 수신 레이다의 제자로, 레이다는 그 파티장에서 살해되었다. 어쩌면 아리엘 왕녀의 적일지도 모른다. 어쩌면 복수하러 온 걸지도 모른다. 어쩌면 에리스가 검을 뽑을지도 모른다. 지키지 않으면, 함께 싸우지 않으면…. 얼굴에 그렇게 적혀 있습니다."

음, 그렇게 긴 문장이 얼굴에 적혀 있나.

최근 안색을 읽히는 일이 많군. 역시 스마일 연습을 해야 할까.

뭐, 그건 됐다.

"그게 에리스를 아끼는 것과 이어집니까?"

"아끼지 않는다면 방치하겠죠. 세 번째 아내니까요."

세 번째라는 말은 에리스 앞에서 하지 말아 줘.

나는 순서를 붙인 적 없으니까.

"솔직히 에리스를 더 괄시할 거라고 생각했습니다. 검 실력과 몸만을 요구할 뿐이지, 평소에는 제대로 이야기도 않는 입장이라고…."

무슨 못 되어먹은 남편 같군. 하지만 에리스는 평소에 말이 많은 편이 아니니까. 그녀 쪽에서는 별로 말을 붙여 오지 않고, 밤이 되면 몸을 요구해 오고…. 어라? 내가 잡혀 사는 쪽?

아니, 아니, 말을 않는 대신 훈련 같은 건 같이 하고.

"조금 안심했습니다. 에리스가 행복해 보여서."

"그렇게 보인다면 나도 행복합니다."

그렇게 말하자 이졸테가 웃었다.

투명한 웃음이다. 외모는 청초한 인상인데, 매력이 느껴진다. 인기가 있을 것 같은데, 지금은 아직 덜 피어났다는 느낌. 꽃이 피는 건 분명 결혼한 뒤겠지. 유부녀의 매력이다.

어차, 에리스 씨. 발을 밟으면 아픈데요.

"그래서 뭐 하러 왔어? 루데우스는 내 거니까 안 줘."

이미 나를 충분할 만큼 추어올렸지만, 에리스는 평소처럼 거만한 태도다.

"그런 건 필요 없습니다."

그런 거라고 하지 마. 상처 입어.

"그럼 뭐야? 결투?"

이졸테는 난처한 얼굴을 하고 있었다.

"아뇨, 스승님의 유언도 있고, 아리엘 님은 수신류에게 편의도 봐주신다고 했습니다. 제가 적이 되는 일은 없습니다."

이졸테는 예정대로 수습기사 기간이 끝나는 대로 정식기사가 되기로 한 모양이다.

미래에는 검술 지도자나 기사대장일까.

경우에 따라서는 작위도 받을 수 있겠다.

"스승님은 왕궁 안에 신봉자도 많았던 모양입니다. 아리엘 왕녀는 수신류 그 자체를 적으로 돌리고 싶지 않은 모양이군요."

"뭐, 그렇겠지요."

이 세계의 검사 중에는 괴물이 많다. 그래도 권력이 무력보다 강한 모양이지만, 적으로 돌리는 짓은 피할 수 있겠지. 힘센 녀석은 아군으로 두는 편이 좋다.

"우리로서도 도장을 빼앗길 가능성을 피해서 안도했습니다."

그 자리의 상황만 보면 레이다는 단순한 습격자였다.

아리엘의 목을 노린 자객이다.

아무리 정쟁이고, 암살자가 횡행하는 자리였더라도, 암살자가 공공연하게 나타났으면 추궁을 피할 수 없다. 말하자면 들키지 않으면 무슨 짓을 해도 좋지만, 아리엘이나 그라벨, 다리우스 정도가 되면 어느 정도 징계를 강행할 수도 있는 모양이지만.

이번에는 아리엘도 수신류 일파와 다투고 싶지 않았고, 수신류 일파도 못 이기는 싸움을 벌이고 싶지 않았다. 그렇게 서로의 이해가 일치하여서 징계 없이 넘어가기로 한 것이다.

이졸테의 마음만큼은 석연치 않지만.

"스승님이 돌아가신 건 안타까운 일입니다. 하지만 이런 평화로운 시대에 무인으로 싸우다 가실 수 있었으니까, 본인으로선 바라던 바였겠지요. 저로서는 사전에 아무런 이야기도 듣지 못했다는 게 쇼크였습니다만."

그 말처럼 이졸테는 레이다의 죽음을 그리 무겁게 받아들이지 않는 것으로 보였다.

이 감각은 모험가에 가까울지도 모르겠다.

"괜찮아?"

"분명히 저 개인으로서는 스승님의 원수를 갚고 싶습니다…. 하지만 그 상대가 에리스도 길레느도, 그쪽의 루데우스 님도 아니니까 어떻게 할 방도가 없습니다."

이졸테는 조금 분한 눈치였다.

그 자리에서 올스테드를 쫓지 않던 것을 다소 후회하는 걸까.

"난 딱히 상관없어."

"에리스, 농담하지 마세요. 지금 제게는 도장을 지킬 의무가 있습니다. 당신처럼 크레이지한 상대와 싸워서 평생 가는 상처가 남으면 어떻게 합니까?"

크레이지. 에리스에게 딱 맞는 말이다.

"도장 같은 건 하찮아."

"그건 당신이 의무를 버리고 집안을 버린 신분이니까 할 수 있는 말입니다."

"......."

에리스는 입을 다물었다. 답답한 표정을 한 채로.

"뭐, 헤어지고 아직 1년도 안 지났습니다. 서로 조금 더 강해진 뒤가 재미있겠지요."

이졸테는 장난기 담긴 시선으로 그렇게 말했다.

"응, 그래!"

에리스의 얼굴은 상기되어서, 정말로 그렇게 생각하는 걸로 보였다.

하지만 이졸테의 얼굴은 정반대였다. 역시 개에게는 고기를 주는 게 제일이라고 말하는 얼굴이었다.

에리스를 잘 다루는 사람이군.

"오늘은 에리스를 만나러 왔을 뿐입니다. 모처럼 왔으니까 왕도를 안내할까 해서."

"그래. 마침 좀 한가하던 참이야! 가자!"

"루데우스 씨도 함께 가시지요."

시내에서 에리스와 싸움이라도 벌이면 문제가 될 테고, 혹시 지금 대화의 대부분이 거짓말이고 에리스를 안내한 곳에는 수신류 문하생이 잔뜩 기다리는 걸지도 모른다.

여기서는 따라가야겠지.

"…그런 거라면 동행하도록 하겠습니다."

그렇게 해서 이졸테와 사이좋게 왕도를 관광했다.

내 걱정과 달리 이졸테는 평범하게 도시를 안내하고, 에리스와 즐거운 시간을 보냈다.

스승이 죽은 지 아직 며칠밖에 안 지난 시기인데 찾아온 것은, 그녀 나름대로 마음의 정리를 하고 싶었던 걸지도 모르겠다.

닷새째. 보레아스 가문에게서 식사 초대가 왔다.

나와 실피, 두 사람에게만. 에리스를 뺀 식사 초대였다.

이건 독살인가. 그렇게 경계하고 대부분 입에 대지 않을 각오로 갔는데, 이야기의 내용은 나를 통해 아리엘과 가까워지고 싶다는 것이었다.

나는 당주인 제임스와 면식이 없었지만, 피트아령의 부흥을 진두지휘하는 알폰스가 내 이름을 듣고 과거의 일들을 말한 것이 초대의 원인이라는 모양이다.

그때 알폰스는 내가 노토스 그레이랫의 혈족, 말하자면 집안을 뛰쳐나간 파울로의 아들이라는 사실도 흘렸던 모양이다.

본래 아리엘의 필두부하이며 노토스의 당주가 된 루크의 앞에서 나와 친하게 지내면 노토스와의 사이가 틀어질지도 모르지만, 나를 통해서 노토스의 약체화를 꾀하고 싶다는 생각도 있는 거겠지. 내가 노토스 그레이랫 가문에서 지위를 원하면 머지않아 루크와 대립하겠고, 가령 내가 못 이기더라도 내부항쟁이 일어나면 비집고 들어갈 틈도 생긴다.

그런 생각임에도 불구하고 에리스를 부르지 않았던 것은 역시 경계하기 때문인 모양이다. 내가 노토스 가문을 내부에서 흔들 가능성이 있는 인물이라면, 에리스 또한 보레아스 가문을 내부에서 흔들지도 모르는 존재다. 말하자면 보레아스에게 에리스는 눈에 밟히는 존재란 소리다.

그렇다고 나더러 노토스 약체화의 공작을 벌여달라는 심정이면서도 자기가 폭탄을 껴안기는 싫다는 모호한 태도는 내가 좋아하는 보레아스가 아니다.

식사 자리에서는 적당한 대답을 해 두었다.

여드레째. 이런저런 사후 상황을 보고 다녔다.

트리스 쪽도 귀족으로 돌아가는 모양이다. 입장은 엘모어나 클리네와 마찬가지로 종자 같은 느낌이다. 아리엘은 그 도적들을 써먹을 수 있다고 생각하는 모양인지, 그 교섭 담당으로 트리스를 쓰려고 뒤에서 움직이는 기색이다.

아리엘과 루크는 앞으로를 향해 정력적으로 움직이느라 바쁜 기색이었다.

다리우스가 죽으면서 왕궁에는 다소 혼란이 찾아왔지만 큰 일까지는 가지 않았고, 아리엘은 왕이 되기 위한 준비를 갖추었다.

페르기우스는 성에 부하 한 명을 대리로 체재시키고 일찌감 치 공중성채로 돌아갔다.

두 명 죽은 것에 대해 위로의 말을 하였더니, 공중성채에서 부활시킬 수 있다는 대답이었다. 정말이지 편리한 사역마다.

올스테드의 말처럼 정말로 괜찮은 모양이다. 이 이상 내가 할 수 있는 일은 없을 것 같다.

내 일은 끝났다.

그럼 슬슬 돌아갈까.

그런 취지를 아리엘에게 전하자 다음날에 호출을 받았다.

아흐레째, 밤. 왕궁에 있는 아리엘의 방.

바람피우는 거냐고 의심 사는 것을 가급적 회피하고 싶은 나 는 실피와 함께 아리엘을 찾아갔다.

혼자 오라는 말은 없었으니까.

아리엘의 방은 엄청나게 호화스러웠다.

일단 왕궁 안에 있는 것이지만, 집이라고 해도 과언이 아닐

만큼 넓은 방이었다.

　방 안의 가구는 하나 같이 고급스러운 것이고, 소파는 녹아 버리는 게 아닐까 싶을 만큼 푹신했다.

　금속도 아닌데 반짝반짝 빛나 보이는 것은, 이게 이 세계의 최고급이기 때문이겠지.

　평소라면 이 방에도 메이드가 주르륵 대기하겠지. 하지만 오늘은 그런 사람들을 모두 물렸는지 텅 비어 있었다. 화려한 가구가 많은 삭막한 풍경 안에서 아리엘이 직접 음료를 준비해 주었다.

　"드시죠."

　"감사합니다."

　황금색 잔에 보라색 액체가 채워졌다.

　와인인가. 이것도 비싸겠지. 로마네 콩티급으로.

　"실피도 왔네요."

　"예, 밤중에 미녀와 단둘이 있으면 이상한 소문이 도니까요."

　"뭐, 분명히 단둘이면 어떻게 될지 모르지요."

　아리엘은 웃고 있었지만, 실피는 웃지 않았다. 농담인데.

　"루디라면 정말로 어떻게 될지 몰라."

　내 하반신에 신뢰는 없다. 어쩔 수 없다.

　하지만 나는 실피를 신뢰한다. 저번에 아리엘보다 나를 택한 다고 말해 주었다.

　솔직히 감동받았다. 내가 사마귀라면 실피에게 잡아먹혀도 좋다고 생각할 정도로.

"어디."

마실 것을 다 돌리고 아리엘도 자리에 앉았다.

"루데우스 님. 거듭 감사의 말씀을 드립니다. 덕분에 여기까지 올 수 있었습니다."

"아뇨, 아리엘 님 자신의 노력의 성과겠죠."

아리엘이 라노아 왕국에서 기른 인맥은 잘 움직였다.

다리우스가 죽은 구멍을 메우듯이, 그라벨 파의 귀족을 대신하듯이, 우수한 인재가 중요한 자리에 앉았다.

이대로 생각대로 일이 진행되면 아리엘은 완전히 아슬라 왕국을 좌지우지할 수 있겠지.

"페르기우스 님도, 여행도, 그분도, 루데우스 님의 협력이 없었으면 저는 어딘가에서 좌절하였겠지요."

"천만의 말씀입니다."

"정말로 실피의 말처럼 하룻밤을 보내도 좋을 정도로."

아리엘은 그렇게 말하고 눈웃음을 보내 왔다.

그 바람에 나도 아리엘의 목덜미에 눈을 줄 뻔했지만, 실피의 눈총에 황급히 시선을 거두었다. 아리엘도 웃는 얼굴로 돌아왔다.

"농담은 이쯤하고. 뭔가 사례를 하고 싶은 마음인 것은 사실입니다."

"사례라뇨, 그런 건…."

일로 한 것이고, 게다가 집까지 받았다.

그 저택, 앞으로 내 소유물이 되어서 별장으로 써도 된다고 하고….

"뭐 바라는 것이 있습니까? 루크와 약속한 것이 있어서 영지나 작위는 드릴 수 없지만, 그 이외라면 제가 자유롭게 할 수 있는 범위로 얼마든지 드릴 텐데요?"

그렇게 말해도 말이지.

아리엘에게 받고 싶은 거라면… 잔뜩 있는 것 같기도 하고, 없는 것 같기도 하고.

뭘 받지. 아슬라 왕국이면 다른 곳에 없는 것이 잔뜩 있을 것 같군.

마도서라든가?

아, 아니, 부탁해야 할 게 하나 있었다.

"그럼 언제가 될지 모르겠습니다만, 조만간 책과 조각상을 세트로 팔까 합니다. 마족의 조각상입니다만, 왕실의 이름으로 허가를 받았으면 합니다."

"아하, 페르기우스 님과 이야기했던 그거로군요."

"예, 어렵겠습니까?"

아슬라 왕국이면 미리스 교의 세력권이다.

왕실에서 마족 조각상을 대대적으로 팔면 문제가 생길 가능성도 있다.

"어렵지 않습니다. 양산하기 위한 공방 같은 것도 준비하지요."

"미리스 교로 괜찮겠습니까?"

"괜찮습니다. 그런 건 돈으로 해결할 수 있으니까."

머니의 힘인가.

그런가. 아슬라 왕국의 왕이 된다는 것은 세계에서 제일 큰 부자가 된다는 것과 같나.

"그럼 돌아간 뒤에 진전이 있거든."

"예. 기다리고 있겠습니다."

스폰서와 공방을 얻었다.

이제 줄리의 성장에 달렸군.

분명히 그림책 형식으로 했더니 잘 팔린다는 이야기가 일기에 있었다.

최대한 많은 이에게 읽히려면 역시 그림책이지. 글을 못 읽는 이가 많이 있지만, 그래도 그림이라면 볼 수 있다. 그러면 화가도 필요한가….

내가 벌써부터 그런 계산을 하고 있자, 아리엘은 미안함이 담긴 태도로 실피를 보았다.

"실피도 수고 많았어요."

"아리엘 님도 정말로 고생하셨습니다…."

실피는 어제 정식으로 아리엘의 호위직을 그만두었다.

그저께까지 인수인계 수속을 밟았던 모양이고, 어제는 뭔가 넋이 나간 모습으로 보냈다.

"이제 저는 필요 없는 거지요?"

"예. 이제 괜찮습니다. 오랫동안 정말 고마웠습니다."

아리엘은 그렇게 말하며 깊이, 정말로 깊이 실피에게 고개를 숙였다.

아리엘이 고개를 숙이는 모습은 보기 드물다.

"아리엘 님, 고개를 들어 주세요."

"하지만 실피. 이 마음은 보수 같은 걸로 얼버무리고 싶지 않아요. 말과 마음을 당신에게 전하고 싶네요. 저는 그만큼 당신에게 도움을 받았으니까요."

"됐어요, 그런 건. 친구를 돕는 건 당연한 일이니까."

실피는 그렇게 말하며 아리엘의 손을 계속 잡았다.

십년지기 친구라고 할까. 이런 관계 좋구나.

"실피, 언제든지 놀러 오세요."

"예, 아리엘 님도, 혹시 라노아에 일이 생기거든… 뭐, 우리 집에 오실 짬을 내긴 어려울 것 같지만."

"그렇군요. 그때는 라노아의 성에서 파티라도 할 테니 초대장을 보내겠어요."

"아하하, 완전히 국빈이네요."

그 뒤로 한동안 실피와 아리엘은 둘이서 웃으면서 이야기를 나눴다.

나는 그걸 들으면서, 실피와 만났을 때를 떠올렸다. 외톨이로 밭길을 걷던 실피의 모습을. 주위 아이들이 진흙을 던져도 반론도 할 수 없었던 실피. 그 무렵의 그녀가 일국의 왕녀…
아니, 한 여성과 웃으면서 이야기를 한다.

그 사실이 왠지 너무나도 기뻤다.

그러는 동안에 아슬라 왕국을 떠나는 날이 찾아왔다.

제13화　이별 연습과 실피의 변화

출발 당일 새벽. 아직 해가 솟지도 않은 시간에 우리가 머무
는 집에 어느 인물이 나타났다.

길레느였다.

그녀는 목검 세 자루를 들고 저택에 찾아왔다.

뭘 하려는 건지, 뭘 하고 싶은 건지…는 설명을 들을 것도
없이 알 수 있었다.

나와 에리스는 묵묵히 목검을 받고 옷을 갈아입은 뒤에 정
원으로 나갔다.

저택 정원은 그럭저럭 넓지만, 수많은 꽃을 심어놓았기 때
문에 다소 비좁게 느껴졌다.

하지만 앞으로 할 일을 생각하면 충분히 넓었다.

정원에 선 나와 에리스는 길레느의 앞에서 검을 들었다. 졸
린 얼굴의 실피가 조금 떨어진 곳에 있는 의자에 앉아 있다.

아침 일찍부터 일하기 시작하는 메이드들도 무슨 일인가 싶어서 슬쩍슬쩍 시선을 보냈다.

"연습을 시작한다."

길레느의 말에 나와 에리스는 검을 패용하는 자세로 인사했다.

"잘 부탁드립니다."

길레느는 살짝 고개를 끄덕이고 검을 들었다.

우리도 그걸 따랐다.

"그럼 휘두르기 연습 시작~! 하나! 둘!"

길레느의 움직임과 목소리에 따라서 나와 에리스는 목검을 휘둘렀다. 조용한 정원에 목검이 공기를 베는 소리가 빨려들었다.

내 검은 두 사람의 휘두르기에 비해서 둔하다. 하지만 길레느가 질타하는 일은 없었다.

예전에 그녀에게 검을 배우던 시절에는 휘두를 때마다 자세를 똑바로 해라, 칼끝을 보라는 식의 잔소리를 들었다. 오늘은 아무 말도 없나.

"루데우스! 정신 딴 데 팔지 마라!"

"예!"

그런 건 아닌 모양이다.

하지만 자세에 대해서는 딱히 아무 말이 없었다. 적어도 자세는 괜찮은 걸까.

나도 휘두르기나 품새 연습은 최대한으로 하고 있으니까. 당시보다 훨씬 늘었을까.

"198! 199! 200! 그만!"

딱 200번에서 길레느는 움직임을 멈추었다.

길레느와 에리스의 이마에는 땀이 맺혀 있었다.

고작 200번. 하지만 그 200번을 모두 전력으로 휘둘렀겠지.

숫자가 아니다.

물론 숨이 가빠진 것은 아니다. 그건 나도 마찬가지다. 휘두르기는 워밍업에 불과하다.

"그럼 질풍 자세부터 시작한다!"

"예!"

나와 에리스는 목검을 들고 품새에 따른 자세로 검을 휘둘렀다.

허둥댈 것 없다. 다 아는 자세다. 검신류의 기초적인 것으로 노른에게도 가르쳤다.

에리스와 결혼한 뒤에는 그녀와 둘이서 매일처럼 했다.

"좋아, 그만!"

훈련으로 행해지는 모든 자세가 끝났을 때, 길레느가 외쳤다.

"마주 보고!"

호령에 나와 에리스는 마주 보았다.

이건 둘이서 하는 연습이다. 대부분의 경우는 이른바 대련 형식부터다.

검도에서는 공격하는 쪽과 수비하는 쪽으로 나뉘고, 보통 상급자가 수비가 되는데 여기서는 에리스가 공격이다. 예전부터 그랬고, 결혼한 뒤로도 그랬다. 그럼 지금도 그렇다.

"시작!"

"하아아아아!"

길레느의 말에 에리스가 공격해 왔다.

어디까지나 연습이기 때문에 그렇게 빠르지는 않다. 내가 아슬아슬하게 따라갈 수 있는 속도로 하고, 타격 직전에 멈춘다. 물론 검신류에 그런 것은 없고, 예전의 에리스는 멈추지 않았다.

지금은 할 수 있다. 할 수 있게 되었다.

"교대!"

입장이 반대가 되면 내 검은 닿지 않는다.

직전에 멈출 필요도 없다. 그만큼 나와 에리스의 검술에 차이가 생겼다. 나도 예견안을 쓰면 다소 낫지만, 지금은 쓰지 않는다. 피트아령에 있을 무렵, 나는 마안을 가지지 않았다. 그러니까 쓰지 않는다.

"좋아, 그만!"

길레느의 호령에 나와 에리스는 검을 멈추었다.

보통은 다음에 일반적인 대련을 한다. 마안도 마술도 없이 내가 에리스와 대련을 하면 결과는 불을 보듯이 뻔하다…라고 생각하는데, 길레느는 내 쪽을 향해 턱짓을 하였다.

"루데우스! 너는 견학이다!"

내가 물러나자 길레느가 한 걸음 앞으로 나섰다.

나는 다섯 걸음 더 물러나서 잔디밭 위에 정좌했다.

길레느는 에리스와 마주보고 서서 허리 높이로 검을 들었다.

"에리스. 이게 마지막이다."

"……예."

에리스는 고개를 끄덕이고 상단세로 섰다.

나와 연습할 때 그녀가 상단세를 취하는 일은 없다. 발도 자세인 길레느와 검을 하늘로 향하는 에리스.

대조적인 두 사람의 자세.

공기가 얼어붙고 시간이 멈추었다. 서로가 가진 것이 진검인가 싶은 착각마저 일었다.

내 등에 식은땀이 흘렀다.

영원하다고도 할 수 있는 순간. 거기에 한 줄기 바람이 불어왔다.

신호는 없었다.

"……."

구오오옹 하는 소리만이 울렸다.

내 눈은 두 사람의 움직임을 포착할 수 없었다. 다만 결과만을 보았다.

서로 검을 후려친 듯한 자세.

차이가 있다면 길레느가 손에 든 검은 밑동부터 부러졌다는 것일까.

에리스의 검은 다소 휘어졌지만, 길레느의 목덜미에 닿아 있었다.

"……."

"……."

두 사람은 잠시 동안 그 자세로 멎어 있었다. 그리고 천천히 검을 거두었다.

입을 일그러뜨린 에리스. 차분한 얼굴의 길레느는 살며시 끄덕이고 말했다.

"이걸로 연습을 마친다."

"감사합니다!"

나는 앉은 채로 그렇게 말하고 고개를 숙였다.

고개를 들자 에리스가 아랫입술을 깨물면서 계속 고개를 숙이고 있었다. 그 미간에는 주름이 있고, 얼굴은 부들부들 떨리고 있었다.

"그럼 에리스… 아가씨… 이만."

"스, 스승님도, 거, 거, 건강히…!"

에리스는 고개를 들더니 눈가에 굵은 눈물이 맺힌 채 다시 고개를 숙였다.

길레느는 그 이상 아무 말도 없었다. 그저 마지막으로 내게 시선을 주고 저택을 떠났다.

그 눈에서는 아가씨를 부탁한다는 마음이 느껴졌다.

내 착각은 아니겠지.

나는 일어서서 길레느를 향해 다시 한번 깊이 허리를 굽혀 인사했다.

검술을 가르쳐 준 그녀에게, 에리스를 지킨 그녀에게.

내 감사는 끝이 없다.

"와아아앙! 와아아아아!"

길레느의 모습이 보이지 않게 된 순간.

에리스가 울었다. 슬픔을 흩어버리려는 듯이 크게 소리내면서, 땅 끝까지 닿을 듯한 목소리로 울었다.

오전, 출발 시간이 되자 많은 이들이 실피를 배웅 나왔다.

태반은 아리엘 파의 귀족이었던 이들이지만, 대부분이 실피=무언의 피츠가 여성이라는 사실을 몰랐고 나와 결혼했다는 사실을 듣고 놀랐다. 하지만 그렇다고 해서 실피를 다르게 대하는 일은 없었다.

그들은 짧게 인사하고 돌아갔다.

실피는 그런 사람들에게도 웃는 얼굴로 대응했지만, 역시 인사치레 같은 것이었겠지. 마지막에는 '이러는 건 어깨가 결려'라고 진절머리 나는 얼굴로 푸념하였다.

그런 실피도 종자 두 사람이 왔을 때에는 얼굴을 활짝 폈다.

엘모어 블루울프.

클리네 엘론드.

나와는 딱히 관계가 없는 두 사람이지만, 실피와는 친한 사이이다. 그녀들과는 언젠가 또 만나자며 눈물과 함께 작별을 아쉬워했다.

마지막에 온 것은 루크였다.

그가 있던 시간은 고작 15분 정도일까. 아리엘의 보좌로서, 지방영주로서, 점점 바빠지는 그는 일하는 시간을 쪼개어 인사하러 온 것이다.

"실피…. 건강해라."

"응."

루크는 조금 미안한 마음이라도 있는지 실피와 제대로 눈을 마주치지 못했다.

"저기, 미안했다. 마지막에 시험하는 말을 해서."

"아니, 루크도 불안했던 거니까 어쩔 수 없어. 하지만 혹시 진짜로 아리엘 님을 어떻게 하려는 거였으면 나도 어쨌을지 몰라."

"그래…. 고맙다."

"무슨 말을…이라는 소리도 이상하네."

"그렇군."

실피와 루크는 그렇게 말하고 웃었다.

잠시 동안 함께 웃은 뒤에 루크는 쓴웃음을 지으면서 "어어

~" 소리를 내며 다음 말을 찾았다. 그리고 폭탄선언을 했다.

"실피, 혹시 루데우스의 곁에 있을 수 없게 되거든… 나한테 와라."

그 말을 들은 순간 굳어 버렸다.

아니, 이건 완전히 구혼 아닙니까?

남편이 옆에 있을 때에 할 말이 아니잖아….

"무슨 소리야…. 루디랑 헤어질 리가 없고, 혹시 그렇다고 해도 루크랑 결혼 같은 건 안 할 건데?"

"아니, 결혼 이야기가 아냐. 그저 갈 곳이 없게 되었을 때, 나도 엘도 리네도 너를 맞아들이는 것을 주저하지 않는다는 말을 하고 싶었다."

루크는 남자답게 말했다.

연애 감정 없이, 상황이 곤란해지거든 의지하라는 소린가. 헷갈리게 말하시는군요.

하지만 루크의 이마에는 식은땀이 보였다. 혹시 이 녀석 실피를 짝사랑하는 걸까. 가슴이 없는 여자에게는 흥미가 없다고 하면서… 아니, 나한테 못을 박는 의미도 있겠지.

나도 더 노력하자.

"그렇게 되지 않을 거라 생각하지만, 뭐, 놀러는 올게."

"음, 또 보자."

"응, 루크도 건강해."

에리스와 비교하면 담백한 작별이었다.

뭐, 평생 못 볼 것은 아닐 테니까 그런 걸까. 뿐만 아니라 앞으로도 평범하게 교류할 것 같다.

"루데우스."

그렇게 생각하는데 루크가 내 쪽으로 왔다. 뭐지, 또 결투인가?

"도중에 의심해서 미안했다."

사과를 했다.

"아뇨, 나도 수상한 행동이 많았으니 어쩔 수 없지요."

이번에 루크는 인신의 꼬드김에 넘어갔다.

하지만 결국 내가 의심을 살 만한 행동이나 언동을 한 것도 사실이다. 루크가 인신의 사도일 가능성이 높다고 알았을 텐데. 그러니까 루크만 잘못한 게 아니다.

"게다가 의심하는 것도 루크 선배의 일이죠."

"…그렇게 말해 주니 고맙군."

루크는 얼굴을 벅벅 긁더니 히죽 웃었다.

"루데우스, 너도 실피에게 만족할 수 없게 되거든 나를 찾아와라. 노토스 가문에는 이렇게 밋밋한 아이와는 비교도 안 되는 시녀를 많이 두고 있으니까."

"루크!"

실피의 분노에 루크는 몸을 움츠리며 웃었다.

"농담이다…."

그리고 루크는 자기가 타고 왔던 말로 돌아갔다.

백마에 훌쩍 올라탄 그 모습은 정말로 그럴 듯했다. 어디를 어떻게 봐도 왕자님이다.

"루데우스, 실피를 부탁한다. 실피, 건강해라."

루크는 마지막에 그렇게 말하고 멋지게 떠나갔다.

처음 만났을 때에는 싫은 녀석이라고 생각했지만, 의외로 파울로가 집안을 뛰쳐나가지 않고 같은 가문에서 나고 자랐으면 저 녀석과는 더 친해질 수 있었을지도 모르겠군….

그렇게 생각하면서 나는 실피와 함께 그 뒷모습을 지켜보았다.

자, 인사는 다 했다. 이제 돌아가기만 하면 된다.

돌아가는 길은 또 한 달 반의 여정…일 리도 없어서, 페르기우스가 보내준다는 수순이었다.

열흘 동안에 페르기우스는 왕성에 전이마법진을 재설치했다는 모양이다.

그걸 써서 공중성채로 이동하고, 마법도시 샤리아 근교의 요새 터까지. 거기서 반나절이면 사랑하는 나의 집이다.

갈 때와 비교하면 올 때는 금방이었다.

아슬라 왕국에 가고 싶다면 앞으로도 반나절이면 이동할 수 있다.

그런 사실을 에리스에게 설명하자, 아무래도 그녀는 돌아갈 때도 한 달 이상 걸릴 거라고 생각했던 모양인지,

"뭐야! 바보 같이 울었잖아!"

라면서 나를 때렸다.

아니, 작별 인사는 중요하다고 생각하는데. 물리적으로는 금방 만날 수 있어도, 정신적인 거리는 떨어져 있는 거고.

뭐, 그 눈물을 괜히 흘렸다는 건 맞는 말이군. 에리스의 귀중한 눈물이 아깝다.

하지만 에리스가 그렇게 생각하는 것을 보면, 길레느도 비슷하게 생각했던 모양이다.

사제는 닮는다는 걸까. 조만간 갑작스럽게 나타나서 깜짝 놀라게 해 주고 싶다.

뭐, 일도 없이 페르기우스를 이동수단처럼 쓰다가 눈총 받는 것도 그러니까, 무슨 일이 있을 때에만 페르기우스에게 부탁하기로 하자.

…아니, 하지만 긴급한 이동수단은 있는 편이 좋지.

올스테드도 전이마법진을 그릴 수 있는 모양이고, 아슬라 왕국만이 아니라 각국으로 직통 루트를 만들어두는 편이 좋을지도 모르겠다. 우리밖에 모르는 마법진이라면 인신도 부술 수 없겠고.

좋아, 다음에 그런 기획서를 내자.

금기인 전이마법진을 쓰는 것이니, 작별한 뒤에는 시외로 나갔다가 나중에 몰래 돌아와서 성 안으로. 그런 식으로 이동했더니 금세 해가 졌다. 고로 오늘밤은 공중요새에서 하루 머물도록 하는 흐름이 되었다.

현재 위치는 페르기우스의 공중성채의 한 방.

멤버는 나, 에리스, 실피.

올 때는 여덟 명. 돌아갈 때는 세 명. 왠지 적적한 느낌이다.

그렇게 생각하면서 나는 난롯불을 바라보았다.

뒤에 있는 침대에서는 에리스와 실피가 나란히 자고 있다.

평소라면 방을 나누어 썼겠지만, 어째서인지 실피도 에리스도 나와 같은 방에서 자고 싶어 했다.

무슨 생각하는 바라도 있는지 모르겠다. 어쩌면 오늘은 YES인 날일지도 모른다. 하지만 셋이서 하는 걸 에리스가 주저하기 때문에 오늘은 그런 거 없음.

아무튼 조금 큼직한 방을 빌려서 셋이서 나란히 누워 잤는데, 나는 왠지 눈이 떠졌다. 딱히 하는 일도 없이 난롯불을 보면서 생각에 잠겼다. 주위는 조용했다.

불이 타오르는 타닥타닥 소리만이 그 자리를 지배했다.

나는 그것을 보면서 이번 일에 대해 생각했다.

나는 승리했다. 인신에게 이겼다. 대승리라고 해도 과언이 아니겠지.

이쪽에 사상자는 없고, 사도를 전부 쓰러뜨렸고, 아리엘을 왕으로 만들었다.

하지만 대승리라고 해도 불안이 많고 실감도 없다.

이건 어디까지나 올스테드가 두었던 포석에 불과하다. 이번은 중요한 싸움이긴 하지만, 결국 한 라운드를 딴 것에 불과하다. 앞으로도 이런 싸움이 계속된다.

피로감과 불안만이 떠돌고, 이겼는지 아닌지 실감이 들지 않는 싸움이.

이번에 내가 뭘 했단 말인가.

아리엘에게 도움을 받았고, 에리스가 죽을 뻔했고, 올스테드가 뒤처리를 해 주었다.

이래도 되는 걸까….

"…루디."

그런 식으로 생각할 때에 실피가 눈을 떴다.

"아직도 깨어 있어?"

"응."

"이미 심야인데?"

그녀는 창밖을 보면서 말했다.

밖은 어두웠다. 두 사람이 잠들고 시간이 상당히 경과한 모양이다.

"후우…."

실피는 다시 잠들지 않고 내 옆에 앉았다.

몸을 바싹 붙이고 내 어깨에 고개를 올려놓았다. 나는 당연하다는 듯이 그 어깨를 안았다.

"……."

한동안 말없이 시간을 보냈다.

실피의 몸은 따뜻하다. 열이라도 있는가 싶을 정도로 뜨거웠다.

목덜미 근처를 보다가, 고개를 든 실피와 눈이 마주쳤다.

실피의 눈동자는 살짝 젖어 있었다. 여기서는 키스라도 해야 하는 거겠지. 그렇게 생각하며 어깨를 안은 손에 힘을 주었을 때.

"…왠지."

실피가 조용히 입을 열었다.

"아리엘 님의 호위를 그만두니까 넋이 빠지는 것 같아."

나는 키스를 캔슬하고 이야기를 듣기로 했다.

"전부 다 끝났구나…싶어서."

실피의 얼굴은 후련해 보였다.

그녀는 8년 동안 아리엘의 호위로 일해 왔다.

8년이다.

열 살부터 열여덟 살까지. 그녀의 청춘시절은 항상 아리엘이나 루크와 함께 있었다.

어쩌면 지금은 뭔가를 잃은 것처럼 느낄지도 모른다.

과연 나는 그 뭔가를 메워줄 수 있을까.

하지만 나는 이미 실피와 친구가 아니다. 부부는 친구를 대신할 수 없다.

"그래서 루디. 나도 생각했어."

내가 아무 말도 않고 있자, 실피는 조용히 말했다.

"지금까지 아리엘 님과 있느라 루시를 잘 봐줄 수 없었으니까, 앞으로는 계속 집에 있으려고 해."

실피를 보니, 그녀는 뭔가 결심한 얼굴을 하고 있었다.

"루시도 쑥쑥 자라고, 지금까지보다 더 손이 많이 가게 될 거야."

실피는 그렇게 말하면서 내 어깨에 머리를 비볐다.

나는 그 머리를 거칠게 쓸어 주었다. 실피의 머리는 평소보다 열기를 띤 것처럼 느껴졌다.

"그러니까 육아에 전념해서 좋은 엄마가 될까 해."

실피가 부족한 어머니라고 생각하지 않는다.

하지만 이 세계에서는 아이를 소홀히 생각하는 것으로도 비쳐졌겠지.

육아를 메이드에게 전부 맡기는 것은 귀족 정도다.

우리는 귀족이 아니다.

하지만 나는 여기와 다른 세계 출신이다. 맞벌이가 드물지 않은 나라에서 왔다.

"하고 싶은 일이 있거든 해도 되는데?"

실피는 아직 열여덟 살이다.

이 세계에서는 번듯한 성인이지만, 그래도 18년밖에 살지 않았다.

꿈이라든가 하고 싶은 일이 아직 많이 있겠지. 놀고 싶으니까 육아를 소홀히 한다면 몰라도, 육아를 하면서 스스로를 성장시키는 것은 좋은 일이라고 생각한다.

뭐, 그런 생각은 내가 아버지로서의 자각이 부족한 탓일지도 모르지만.

"으음…. 하고 싶은 일이라…."

실피는 고개를 갸웃거리며 나를 올려다보았다.

"으음, 나는 말이지, 에리스처럼 되고 싶었어."

"에리스?"

그 말에 내가 제일 먼저 떠올린 것은 가슴이었다. 실피의 가슴은 작으니까 좋지만, 너무 커져도 곤란하다. 뭐, 그렇게 키우고 싶다면 내가 매일 마사지를… 아니, 가슴 이야기는 아니겠지.

"그래, 루디랑 같은 위치에 서서. 같이 싸우고. 대등한 입장에서 루디와 서로 등을 지키는, 그런 관계가 되고 싶었어."

"……."

"하지만 올스테드 문제나 이번 일로, 실감했어. 나는 에리스에게도, 루디에게도 아득히 미치지 못한다고."

그건 아니라고 생각한다.

실피는 충분하고 남을 만큼 강했다. 분명히 에리스와 비교하면 격이 떨어질지도 모른다.

하지만 그건 어쩔 수 없다. 에리스는 그것만을 위해 살아왔으니까.

대신 실피에게는 있고 에리스에게는 없는 것도 많으니까.

"그러니까 그건 포기하고 다른 방향으로 루디의 등을 지킬게."

아하, 그래서인가. 실피는 에리스와 다른 방향으로 나를 지켜주는 건가.

"그게 엄마?"

"응. 록시도 한동안 교사를 그만둘 생각이 없는 모양이고, 내가 열심히 집안의 아이들을 돌볼게. 예절을 가르치고 교육을 시키고, 어디에 내놔도 부끄럽지 않은 아이로."

고맙다. 그리고 미안하다.

나는 분명 앞으로도 아이를 제대로 돌보지 않겠지. 인신과의 싸움이 이걸로 끝이 아니고, 올스테드의 부하로서의 일은 계속 들어올 것이다.

이번처럼 집에서 멀리 떨어진 곳으로 나가서 싸우고 돌아오겠지.

"그러니까 루디. 앞으로는 맡겨줘."

뭐가 어찌 되었든. 실피는 새로운 목적을 설정했다. 자신의 새로운 역할을 찾았겠지. 일이 하나 끝나고, 다음 스텝에 발을 올렸다.

"응, 앞으로도 잘 부탁해."

왠지 실피가 갑자기 사랑스럽게 여겨졌다.

항상 귀여운 실피가 오늘은 그 이상으로 귀엽게 보인다.

더는 못 참겠다. 나는 얼굴을 가져가서 실피에게 키스를 했다. 실피는 거스르는 일 없이 그것을 받아들여 주었다.

어깨에 두른 손을 엉덩이로 이동시켰다.

실피는 퍼뜩 깨달았다는 듯한 얼굴로 눈썹을 찌푸리면서도 허리를 살짝 들….

"……!"

…그때 나는 메두사 앞의 전사처럼 움직임을 멈추었다.

시선이 느껴진다. 어디지… 침대다.

자고 있을 터인 에리스가 이쪽을 보고 있었다. 번쩍거리는 눈으로 보고 있었다. 결코 콧노래를 부를 만한 눈이 아니다. 공룡 같은 눈이다.

그녀는 왜 이런 장면을 볼 때에 기척을 죽이는 걸까. 엄청 무섭다.

"역시 이만 잘까."

"어? 어…. 응, 그래."

실피와 둘이서 에리스가 기다리는 침대 안으로 들어갔다.

뭐, 그런 건 돌아간 뒤라도 늦지 않다. 이 성이면 페르기우스의 귀에 다 들어갈지도 모르고.

"에리스, 방해하지 마…."

"미, 미안…. 하지만 그런 건 너무하잖아…."

"너무하지 않아. 뭣하면 지금부터 셋이서 할래?"

"무, 무리야. 그런 거, 셋이면, 창피해…."

에리스와 하면 한심한 모습을 보이게 되니까 내 쪽이 창피한데….

둘이서 그렇게 이야기하는 것을 들으면서 나는 기분 좋은 만족감을 얻었다.

실피의 안에 커다란 변화가 하나 있었다. 그녀는 이번 일로 크게 성장한 걸로 보였다.

그럼 나도 조금 더 변해야겠지.

그녀에게 등을 맡기고 긍정적으로 나아가야….

그렇게 생각하면서 나는 잠이 들었다.

제14화 귀환과 결의

마법도시 샤리아는 하나도 변하지 않았다. 두 달 전과 똑같았다.

뭐, 기껏해야 건설 중이던 집이나 수복 중이던 성벽이 완성된 정도일까.

그도 그렇지. 고작 두 달. 무슨 일이 있을 리가. 올스테드는 가족이 무사할 거라고 약속하였다. 혹시 샤리아가 잿더미가 되어있었으면 노동조합을 세울 판이다.

아리엘과 함께 머리띠를 두르고 사장에게 직접 담판이다. 그런 농담을 할 수 있는 것도 딱히 아무 일이 없음을 알고 안도했기 때문이겠지.

광장을 지나서 집 앞까지 이동했다.

집도 전혀 변하지 않았다. 불타거나 얼어붙거나 가시넝쿨로 뒤덮이는 변화는 없었다. 정원 앞에서 광합성을 하던 비트가 굼실거리는 정도다. 개집에서 아르마딜로 지로도 낮잠을 자고 있었다. 평화롭다.

"나 왔어."

"어서 오세요!"

현관문을 열자, 안쪽에서 타닷 소리를 내며 바로 아이샤가 뛰어나왔다.

그녀는 씩씩한 모습으로 내 품에 뛰어들었다.

기운이 넘치네. 변함없어서 다행이다.

"선물은?! 선물 사 왔어?"

"그래, 여기."

곧바로 에리스가 짐에서 상자 하나를 꺼냈다.

아이샤는 내게서 떨어져서 그걸 받았다.

"와아, 에리스 언니, 고마워!"

아이샤는 바로 상자를 열고 안에 있던 것을 꺼냈다.

주걱 같은 모양을 한 자기. 손잡이에는 섬세한 조각이 새겨져 있다. 아이샤는 그걸 보며 눈을 빛냈다.

"이거 거울이구나! 실론에서 본 적 있어!"

"그래!"

아슬라 왕국은 베가리트 대륙과 교류가 있는 탓인지 유리 세공을 많이 팔고 있었다.

이번에는 이동시간이 짧은 것도 있어서 거울이나 유리 세공을 중심으로 사왔다.

"와아, 굉장해…. 아주 비싸겠어! 와아…!"

"후후, 마음에 든 모양이네!"

기뻐하는 아이샤를 보고 에리스는 자랑스러워했지만, 그걸 고른 건 실피다.

에리스도 센스가 나쁘지 않지만, 그녀가 고른 건 너무 단순하다. 튼튼한 식칼이라든가.

"이렇게 보면 나도 제법 예쁘잖아…!"

아이샤는 자화자찬하면서 빙글빙글 돌았다.

리랴가 한 발 늦게 나타나서 그 머리를 찰싹 때릴 때까지 그 회전은 계속되었다.

기운이 넘치는 아이샤를 보니 마음이 놓이는군.

기뻐해 주니 다행이다.

"…리랴 씨, 그 뒤로 별일 없었습니까?"

일단 그렇게 물었다. 리랴는 평소처럼 무표정하게 끄덕였다.

"예, 다들 건강히 지내고 있습니다."

"그런가."

다행이다. 정말로 다행이다.

그렇게 가슴을 쓸어내릴 때 아이샤의 표정이 갑자기 어두워졌다.

"아, 하지만 오빠⋯. 록시 언니가⋯."

록시?! 록시가 어쨌는데?! 설마 유산⋯?! 아니, 그러면 리랴도 그렇게 말했겠지. 몸이 좀 안 좋아져서 입원했다든가?

"록시 언니가 ⋯."

거기서 아이샤는 말을 멈추었다.

그 시선은 거실로 이어지는 문을 향하고 있었다. 거기서는 록시가 얼굴을 내밀고 있었다. 가정부는 보았다, 같은 포즈로. 몸을 절반만 보이며.

"록시, 지금 돌아왔습니다."

적어도 몸이 안 좋은 걸로는 보이지 않는다. 다친 걸로도 보이지 않는다.

아주 건강해 보인다.

"루디, 어서 오세요."

내가 말을 걸자, 록시는 그 포즈인 채로 대답하였다.

"조금 더 걸릴 줄 알았습니다만, 예정대로 돌아왔다는 건 순조롭게 끝났다는 소리로군요."

"예. 아리엘 님은 무사히 정쟁에서 이겼습니다."

뭐, 정확하게는 아직 이긴 게 아니고, 나중에 '아리엘 여왕 사망!' 같은 뉴스가 들어올지도 모르지만⋯. 뭐, 그런 소리를 하면 끝이 없다.

"그렇습니까, 그건 다행입니다."

록시는 모습을 보이지 않는다.

얼굴만 이쪽에 보이고 있다. 기분 탓인지 그 얼굴은 부은 것처럼도 보였다.

혹시 록시가 살쪘다…?!

괜찮아, 록시. 아이를 낳으려면 살짝 통통한 편이 좋다는 이야기도 있고!

체중이 늘었다고 신경 쓸 것 없어.

에리스의 체중은 록시의 두 배 정도 될 것 같으니까.

"저, 저기, 오빠. 록시 언니, 최근 조금 우울하니까 잘해 줘."

우울하다. 임신 중에 체중이 급증해서 불안해지기도 하겠지.

그리고 불안해졌을 때 안심시켜주는 것도 내 일이다.

"우울하다고 할 정도는 아닙니다."

"그럼 왜 아까부터 몸을 숨기고 있어?"

실피의 말에 록시는 떨떠름한 기색으로 모습을 보였다.

집을 비우고 있었던 것은 약 두 달. 그동안에 록시의 배는 꽤나 불러 있었다.

생각해 보면 임신 중에 체중이 느는 것은 당연한 일인가. 애가 커지니까….

그렇기는 해도 가슴도 조금 커진 것처럼 보인다. 평소에는 옷을 입고 있어서 모를 정도지만, 지금은 조금 커진 것처럼 보인다. 벌써 모유가 나오는 걸까.

조금 맛을… 아니, 그건 넘어가고.

그렇긴 해도 마족이라고 해도 미굴드족은 인간과 그리 다르지 않구나….

"최근 내 몸이 내 몸이 아닌 느낌이 듭니다. 배도 불러오고, 안에서 움직이는 걸 알 수 있고…. 다들 걱정할 것 없다고 합니다만…."

"아, 이해돼. 나도 그랬어. 하지만 꼭 그럴 때에 루디가 없고."

실피의 동의에 가슴이 뜨끔했다.

미안해. 그때는 정말로 어쩔 수 없었다고 해도 미안해.

"우우, 미안해, 실피… 록시…."

"어? 아, 딱히 그걸로 루디를 탓할 생각은 없어."

실피는 서둘러 말하면서 시선을 돌렸다.

"어어, 일단 오늘은 루디와 둘이 지내도 돼. 그렇지, 에리스?"

"어? 어, 그, 그래."

에리스는 록시의 배와 자기 배를 교대로 보았다.

자기가 임신하게 될 때라도 생각했던 걸까.

"그렇게 되었으니까 루디는 록시랑 같이 지내도록 하고, 짐 같은 것은 내가 정리하고…. 어어, 루시는 어디?"

"루시 님은 2층에서 제니스 님과 놀고 계십니다."

"그래, 고마워, 리랴 씨…. 자, 에리스도."

"알았어."

두 사람은 내 대답을 기다리지 않고, 짐을 들고 2층으로 올라갔다.

나는 시키는 대로 록시와 거실로 이동했다. 거실에는 성수 레오가 난로 앞에서 몸을 옹크리고 있었다. 레오는 내 모습을 보자 워웅 하고 한 차례 울더니 꼬리를 흔들며 다가왔다.

머리를 쓰다듬어 주자 손을 날름날름 핥았다. 오오, 귀여운 녀석.

"……."

록시와 나란히 소파에 앉았다. 그녀는 내게 별로 몸을 보이고 싶지 않은지, 낙낙한 옷을 입은 채로 몸을 옹크리고 있었다. 몸매가 망가진 걸 신경 쓰는 걸까. 지금 모습도 충분히 매력적이라고 생각하는데.

"록시?"

"아, 아슬라 왕국 쪽은 어땠나요? 예정대로 돌아왔다는 건 순조롭게 끝났다는 소리로군요."

"그 말, 아까도 했는데요?"

어쩐 일로 록시가 여유가 없는 모습이다.

어떻게 된 거지? 이러는 록시는 귀여우니까 좋지만.

너무 귀여운 모습을 보이며 유혹하지 말아 줘. 왕도에서는 그런 일을 할 수 없었지만, 일을 마치고 마음이 풀어진 탓인지 내 머리의 번뇌 비중이 커지니까.

아무튼 우울하다면 에로 방면은 좀 삼가는 편이 좋겠지.

분위기를 읽을 줄 아는 남자는 자기 욕망을 분출하지 않는다. 배려하는 말부터 들어가자.

좋아.

"어어…. 저기, 배, 꽤나 불렀네. 만져도 돼?"

"아, 안 됩니다!"

즉답이었다. 안 되나. 뭐, 섬세한 시기이기도 하고. 그렇다면,

"가, 가슴도 안 되겠거든요?"

선수를 빼앗겼다. 마치 내가 항상 가슴 생각만 하는 것 같군. 부정은 않겠지만.

"최근 왠지 노란 게 나옵니다."

"그렇군요."

실피 때도 그랬지만, 모유가 나오는 전조겠지.

마사지라면 맡겨달라고 하고 싶지만, 시켜주지 않는다.

"그럼 머리는?"

그렇게 말하자 록시는 머리를 이쪽으로 내밀었다.

쓰다듬었다. 손가락 사이를 빠져나가는 머리칼이 기분 좋다.

가슴과 배는 안 된다. 하지만 머리는 된다. 그 선이 어디인지 확실히 해야 한다.

아슬아슬하게 걸치는 스트라이크 코스를 찾는 거다.

"엉덩이는?"

"…뭐, 괜찮습니다."

록시는 얼굴을 붉히면서도 합의해 주었다.

좋은 모양이다. 사양 없이 만진다. 둥글… 아, 아니, 이게 아니야. 내가 마음을 써줘야 할 것 아냐.

이게 아냐. 예를 들자면 아이 이야기라든가.

"어어…. 집에 있는 동안은 최대한 록시와 있을까 합니다."

"그, 그런가요? 하지만 무리하지 않아도 됩니다. 아이샤도 있고, 루디도 할 일은 많지요?"

"분명히 많지만, 그래도 임산부가 힘들다는 것 정도는 아니까요. 계단 오르내리는 것부터 목욕 도우미까지 뭐든지 하지요."

"모, 목욕이라고요?!"

록시는 목욕이라는 말에 과도하게 반응했다.

뭐지, 가슴과 배는 안 되고, 머리와 엉덩이는 되고, 목욕이 좋지 않다. 음, 모르겠다.

"그렇군요…. 루디는 제 몸을 씻기는 것을 좋아했습니다…."

그래, 좋아한다. 천을 쓰지 않고 손으로 씻기는 걸 좋아한다. 대개 도중에 참을 수 없어져서 가솔린을 공급하지만.

"루디…. 언젠가 들킬 거니까 말하겠습니다."

"예."

록시는 체념한 것처럼 이쪽을 보았다. 진지한 얼굴이다.

어라? 혹시 내가 생각했던 이상으로 심각한 사태일까.

사실은 배 속의 아기가 안 좋은 병에 걸렸다든가. 배 속에서 '사람들이 말하길! 마, 계, 대, 제!' 라는 소리가 들린다든가….

아니, 그렇다면 리랴가 그렇게 말했겠지. 아무리 봐도 이상 사태고.

그럼 뭘까. 흠, 혹시 배 속의 아이는 루디의 애가 아닙니다, 같은 것일까. 태어나고 보니 동물의 귀와 꼬리가 있다든가. 어, 어이어이, 그런 건 참아 줘….

"……."

록시는 차분한 얼굴로 옷의 단추를 끌렀다. 그리고 옷을 걷어올리듯이 배를 보여주었다. 하얀 배는 크게 부풀었고 살짝 배꼽이 나왔다.

귀엽다. 응, 귀엽다. 그것밖에 모르겠다.

피부에 이상한 반점이 있는 것도 아니고….

"뭐가 문제인가요?"

"보, 보면 알겠죠?"

봐도 모르니까 묻는 건데….

"저기… 배꼽이 나왔지요?"

흠, 분명히 볼록배꼽이 되었다. 그게 어쨌다는 걸까. 그야 안쪽에서 밀고 있으니까 들어가 있던 것이 나오는 것은 당연하지 않나.

임산부에게 흔히 있는 일이라고 들은 적 있다.

"…예."

"우우, 역시 이상한 거지요…?"

록시는 아무래도 이 볼록배꼽이 마음에 안 들었던 모양이다.

과연, 확실히 우울하군. 남들이 보면 대단한 건 아니다. 하지만 본인에게는 큰일.

그런 일도 있겠지.

"…아뇨, 아주 귀여운데요."

"안 속을 겁니다. 지금 살짝 대답이 늦었으니까요."

"거짓말 아니에요. 신경 안 씁니다."

"거짓말입니다. 루디는 전에 말했잖아요. 제 배꼽을 핥으면서 '우헤헤, 역시 록시의 배는 최고다'라고."

그럴 수가. 아무리 나라도 그렇게 기분 나쁠 리가 없어…. 어, 아니, 하지만 침대 위라면 분위기에 따라서 할지도 모르지. 그랬을지도. 한 것 같은데. 했나. 했다. 나는 꽤나 기분 나빴다.

"그날부터 저는 배꼽 청소를 빼먹은 적이 없습니다. 배꼽을 좋아하는 루디는 이걸 보고 실망했겠지요?"

"안 합니다."

이번에는 즉답이었다. 배꼽 애호가인 것도 아니고. 록시의 몸이라면 설령 배꼽에서 미사일을 발사하더라도 신봉할 수 있다.

아, 그리고 보니 떠올랐다. 분명히 밤에 어른의 레슬링을 하는 도중에 배꼽을 핥았더니, 록시가 아주 부끄러워했다. 그러니까 신이 나서 계속 핥아댔다.

"안 속을 겁니다. 루디는 말만 그러니까요."

하지만 록시는 믿어 주지 않았다. 으음.

"속아 주길 바라면 행동으로 보여주세요."

"행동이라면 뭘로?"

내가 할 수 있는 거라면 록시 교단을 본격적으로 세워서 10만 명을 넘는 신도들 앞에서 연설과 의식을 하는 정도다. 그것도 시간이 좀 걸릴 것 같으니까 당장 할 수도 없다.

그렇게 생각하는데 록시는 배를 살짝 내밀었다.

"핥아 주세요."

"괜찮나요?"

록시, 엄청난 소리를 하는군.

하지만 그걸로 되나. 오히려 포상이라고 할 수 있지 않을까. 이쪽이 부탁해야 하는 것 아닐까.

아니, 어렵게 생각할 것 없다. 이것이 신의 뜻대로, 란 것이다.

좋아, 손을 모아주세요!

잘, 먹, 겠, 습, 니, 다.

"……."

핥았다.

무슨 재미있는 일을 하는 거냐고 근처로 다가온 레오의 코를 밀어내면서 록시의 배꼽을 핥았다.

도중에 배 속에서 뭔가가 움직였다.

움찔이라고도, 툭이라고도 할 수 있는 힘으로, 하지만 혀로 핥던 탓인지 확실히 알았다.

록시도 알았겠지.

몸을 굳히고, 고개를 든 나와 시선을 마주쳤다.

"움직였다."

"···아빠한테 어서 오세요, 라고 했겠지요."

나는 몸을 일으켰다. 록시의 배를 쓰다듬었다. 처음에는 안 된다고 했지만, 이번에는 거절하지 않았다.

따뜻한 배다. 차갑게 해선 안 된다.

"······."

록시는 부끄러워하지 않았다.

그저 자애로운 표정으로 내 손에 자기 손을 겹쳤다.

"고맙습니다, 루디. 실피의 말이 맞네요. 왠지 마음이 놓였습니다."

록시의 그 말에 어째서인지 나도 마음이 놓였다.

"다시 말할게요, 루디. 잘 돌아왔어요."

"예, 고맙습니다."

나는 집에 돌아왔다.

다음날, 나는 관계자들에게 귀환 인사를 다녔다.

자노바, 크리프, 엘리나리제. 나나호시는 공중성채를 들를 때에 만났으니까 다음 기회로.

생각해 보면 마법도시 샤리아에 있는 내 지인도 꽤 줄어들었다.

다들 이 도시를 떠난다. 크리프와 자노바도 언젠가는 없어지겠지.

그렇게 생각하면서 마지막 장소로 향했다.

시각은 이미 저녁.

오렌지색의 세계에서 내가 들른 곳은 묘지였다.

둥근 묘비가 늘어선 조용한 장소. 보통은 이런 시각에 오지 않지만, 인사를 다니다 보니 이 시간이 되어서 어쩔 수 없다.

나는 묘지기에게 인사를 하고 안에 들어가서 한 묘비 앞에 섰다.

파울로 그레이랫.

그렇게 새겨진 둥근 묘비. 아직 새것으로 보이는 묘석 앞에 서서 손을 모았다.

"아버지, 이번에는 아무도 안 죽고 끝났습니다."

왕도에서 사 온 술과 근처에서 사 온 꽃을 바치고, 이번 일을 보고했다.

올스테드 이야기, 인신 이야기. 그리고 아슬라 왕국에서 일어난 싸움 이야기.

"아버지의 동생과도 만났습니다. 저한테는 숙부지요. 아버지와 닮았고 마음 약할 것 같은 사람이었습니다."

필레몬의 얼굴을 떠올렸다. 그는 역시 어딘가 모르게 파울로와 비슷했다.

체격도, 성격도 전혀 다르지만, 역시 동생이기 때문이겠지. 눈가가 많이 비슷한 것 같았다.

"그 사람도 안 죽고 끝났습니다. 아버지의 조카가 목숨을 걸고 지켰습니다. 솔직히 조금 부러웠어요."

루크는 처형당할 뻔한 아버지를 지켰다. 이야기를 전부 다 들은 건 아니지만, 내 눈에는 그렇게 비쳤다. 필레몬은 결코 칭찬들을 만한 인간이 아니라, 당초 예정으로는 죽일 생각이었지만….

어째서인지 나는 루크의 모습을 응원하고 싶어져서 도와주었다.

"그리고 사람을 죽였습니다. 제가 직접 손을 댄 건 아니지만, 죽일 생각으로 싸우고 공격하여서 상대는 죽었습니다. 후회는 하지 않지만, 뒷맛은 나쁘네요."

첫 살인이라고 할 정도는 아니다.

그 정도라면 전에도 있었다. 이번만이 특별한 건 아니다. 그럴 텐데 어째서인지 이번에는 마음에 남았다. 분명 수신 레이다의 이야기를 들었기 때문이겠지.

"……."

나는 이번 일을 돌아보았다. 이번에는 어떻게든 되었다.

죽지 않으면 싶었던 사람들은 아무도 안 죽었고, 목적도 달성했다.

하지만 아슬아슬했다. 아슬아슬이었다. 뭔가 하나만 어긋났으면 누군가 죽었을지도 모른다. 목적은 달성했지만, 뭔가 마음에 응어리가 남는 결과로 끝났을지도 모른다.

이번 일은 분명히 성공했다. 뭐라 할 나위가 없는 완전승리다.

하지만 반성해야 할 점이 많았던 것 같다.

혹시 적룡의 수염에서 오베르를 쓰러뜨렸다면.

혹시 위 타를 놓쳤을 때 올스테드가 없었다면.

혹시 수신의 박탈검계 때 올스테드가 오지 않았다면.

혹시 오베르의 독에 해독약이 없었다면.

물론 그런 소리를 하면 끝이 없다.

하지만 딱 하나 말할 수 있는 게 있다. 이번 싸움에서 인신은 죽은 게 아니다. 한 건 끝나긴 했지만, 싸움 자체가 끝난 건 아니다. 이제부터 몇 번이나 계속될 싸움의 한 장면에 불과하다.

싸움은 계속된다.

그 싸움… 앞으로도 이렇게 아슬아슬해도 될까.

이번에는 운이 좋았다. 하지만… 그럼 지금까지는 어땠을까. 나는 이제까지 몇 번이나 실패해 오지 않았나. 하지만 나는 그걸 실패라고 생각하지 않는 듯하다.

예를 들어서 파울로가 죽었을 때.

전력을 낸 결과니까 어쩔 수 없다고 생각하려던 것 같았다. 분명히 그때, 그때에는 전력을 냈다. 판단 미스는 있었고, 선택을 그르친 적도 있었을지도 모른다. 하지만 그 자리에서 할 수 있는 일은 다 하였다. 그런 끝에 원치 않는 결과가 나왔다. 그것은 피할 수 없는 일이다. 운이 나빴다. 어쩔 수 없었다.

하지만 정말로 그럴까.

그럼 운이 좋았으면 파울로는 살아남았을까.

그래, 살아남았겠지. 마지막 순간 히드라의 마지막 몸부림에 파울로는 죽었다. 그럼 운이 좋았으면 살았겠지. 운 좋게도, 뭔가가 다르면. 반대로 운 나쁘게 누군가가 부상을 입어서 돌아오게 되었으면. 그때와 조금이라도 상황이 달랐으면, 전력이 한 명이라도 많았으면….

그랬으면, 그렇다면, 이라는 가정의 이야기지만, 운이란 것은 항상 그렇다.

나는 앞으로.

운이라는 것에 가족의 목숨을 계속 맡겨야만 하는 걸까.

이번에는 많은 인간이 죽을 뻔했다. 특히나 에리스는 어깨에 중상을 입고 독까지 당했다.

죽음의 심연 앞에 서서 운 좋게 살아남았다. 다음에는 아슬아슬하게 죽음에 떨어질지도 모른다.

그것을 운에 맡겨도 될까.

아니, 그야 물론 운으로밖에 말할 수 없을 때도 있다. 인간의 능력에는 한계도 있고, 불가능할 때도 있다. 모든 것을 컨트롤할 수 있을 리가 없다.

하지만 예를 들어서 이번 경우.

내가 조금만, 할 수 있는 게 많았으면. 아주 조금만 더 강했으면. 아주 조금만 더 인맥이 있었으면.

조금 더 편할 수 있지 않았을까.

조금만 더 뭔가가 다르면, 조금만 더 여유가 있지 않았을까.

그 조금의 무엇. 그것을 내 손에 끌어 모을 필요가 있다. 나는 더 강해질 필요가 있다. 단련할 필요가 있다. 동료를 늘릴 필요가 있다.

"…뭐, 그건 지금까지도 해 온 일인가."

후회는 언제든 계속된다. 모든 것을 완벽하게 해내려면 시간이 부족하다. 뭘 하면 안심이라는 보증도 없다. 그만큼 강해진 미래의 내가 그렇게 불행해졌듯이, 강하기만 해선 안 된다.

하지만 이번에는 잘 풀렸다고 마음 놓고 있지는 말자.

앞으로도 올스테드의 부하로서 인신과 싸우고, 아슬아슬하게 살아남던 것이 다소 여유를 가지고 살아남는 방향으로. 내 무력함 때문에 가족을 잃지 않도록. 조금이라도 잘 지켜낼 수 있도록.

방심하지 말고 해 나가자.

그걸 거듭 맹세하자. 그리고 잊을 것 같거든 몇 번이든 여기에 와서 맹세하자.

"아버지, 앞으로도 열심히 할게요. 지켜봐 주세요."

나는 마지막으로 그렇게 말하고 묘지를 뒤로 했다.

막간

???

어느 나라의 어느 장소. 시각은 심야.

어느 주점의 마스터는 신기한 것을 보았다.

한 남자다. 그는 취해 있었다.

가게를 몇 개나 거쳐 왔겠지. 가게에 들어왔을 때에는 이미 잔뜩 취해 있었고, 이 가게에서도 페이스를 떨어뜨리지 않고 계속 마셔대서 완전히 고주망태가 된 상태로도 또 계속 마시고, 몇 번이나 가게 화장실에 가서 토했다.

물론 주점의 마스터로서는 주정뱅이를 보는 게 드문 일도 아니다.

한계를 넘어서 계속 마시다가 그대로 죽는 녀석도 몇 번 봤다. 이 정도의 주정뱅이는 매일 본다.

하지만….

"우욱~~ …어?"

심야가 되어가는 시간, 손님도 거의 없어지기 시작할 무렵.

마스터가 슬슬 가게를 닫을까 생각하면서 설거지를 하던 때.

남자가 뭔가 깨달은 것처럼 고개를 들었다. 제대로 초점이 맞지 않고, 반쯤 자고 있는 듯한 얼굴로 옆자리를 보았다.

남자의 옆에는 아무도 없었다.

"오랜만이잖아! 어이!"

하지만 남자는 갑자기 그렇게 말하더니, 옆에 있는 누군가의 어깨를 두드리는 시늉을 하였다. 그 손은 그대로 허공을 갈랐지만, 남자는 개의치 않고 말을 이었다.

"뭐야. 꽤나 꼴사나운 얼굴이잖아. 엉? 뭐 안 좋은 일이라도 있었어?"

마스터는 주정뱅이의 허언이라고 생각하면서 다시 설거지를 하려고 했고,

"뭔데…. 어이, 마스터."

그렇게 부르는 바람에 고개를 들었다.

그쪽을 보니 남자는 초점이 맞지 않는 눈으로 주위를 두리번 거리고 있었다.

"이 녀석한테도 술 좀 내줘!"

마스터는 '이 녀석'이란 게 누구인지 몰랐지만, 주문이라면 준비해 주자고 생각하고 답변하려던 찰나,

"없는 건가. 참나, 손님을 방치하고 어디로 간 거야, 아앙?"

남자는 주위에 아무도 없는 것을 확인한 것처럼 그렇게 말하더니, 김샜다는 얼굴로 옆의 누군가에게 말했다.

마스터는 한숨을 내쉬었다.

주정뱅이의 허언을 듣는 게 처음은 아니지만, 이상한 소리를 하는 손님은 때로는 의미도 없이 소동을 피울 때도 있다. 보아하니 이 남자는 별로 싸움이 셀 것 같지도 않지만, 이런 심야에 할 일이 늘어나는 건 좀 사양하고 싶었다.

마스터의 걱정도 모른 채 남자는 옆의 누군가와 대화를 계속했다.

"그래서 뭐야. 네가 모습을 보이는 것도 오랜만이잖아. 미궁

에서 보고 처음이니까, 어어…. 뭐, 됐어, 무슨 일이 있거든 말해봐."

이렇게 남자는 옆에 있는 누군가의 이야기를 듣기 시작했다.

그걸 들으면서 마스터는 신기하게 생각했다.

그 '대화'가 주정뱅이의 혼잣말이라고 생각할 수 없을 정도로 '대화'답게 전개되었기 때문이다.

"헤에, 그렇다면 너는 목숨을 위협받고 있다는 소린가."

"흥, 그야 네 방식으로는 적이 많겠지. 나도 입장만 다르면 널 죽이고 싶을 만큼 미워했을지도 모르고. 뭐, 나는 과거에 집착하지 않는 남자니까 일부러 적이 될 마음은 없지만."

"…아앙? 부탁이 있어? 어이어이, 어쩐 일이야, 네가 부탁을 다하고."

"그래도 말이지. 전에 네 부탁을 들어주다가 꽤나 안 좋은 꼴을 겪었으니까. 기억해? 내 고향이 사라진 거."

"사과한다고? 어이, 너한테 그런 기특한 말이 나오다니, 이거 내일은 해가 서쪽에서 뜨려나."

"그래. 그렇게 위험해? 나 같은 녀석의 힘을 빌릴 정도로?"

"호오…."

"뭐, 맞는 말이군. 생각해 보면 나는 너한테 몇 번이나 도움을 받았으니까. 저번 미궁의 일도 난 감사하거든?"

"그야 뭐, 별로 좋은 결과로 끝나진 않았지만. 그래도 그건 우리의 힘이 부족했던 거지."

"어차, 이쪽이 약하게 나가면 바로 이렇다니까. 뻔뻔한 소리나 하고. 너 의외로 약삭빠르다니까."

"음, 뭐, 도울 수 있는 일이라면 도와줄 수도 있겠는데?"

"…헤에, 호오."

"그야 너 같은 녀석이면 목숨을 노리는 녀석이 있어도 이상하지 않지."

"그래서 누가 널 노리는데?"

"헤에, 그거 거물이잖아. 우와, 진짜냐? 허풍 아니지?"

"어? 뭐? 그 녀석은 그렇게 대단할 것 없어? 헤에, 피라미라. 말은 잘해요."

"그래서 뭐가 문제야?"

"…어어."

"그런 거로군. 녀석도 그랬나. 헤에…. 어쩐지. 그래, 납득이갔어. 지금까지의 일도."

"응? 도와주는 거냐고?"

"어쩔까…. 난 그 녀석이 꽤 마음에 들거든."

"…오, 왜 그래? 갑자기 세게 나오시고?"

"어쩐 일로 필사적인데? 내가 아무것도 못하는 쓰레기라고그러던 주제에. 그렇게 도움이 필요해?"

"알았어. 알았어. 도와줄게."

"그래서 어쩔 생각이야? 지금 어떻게 되었는지는 모르지만,그 녀석은 제법 셀걸?"

"계획은 있냐…. 동료? 나 같은 녀석을 모으라고?"

"그래서? 흠흠, 그래, 그리고?"

"…그렇군, 그걸로 잘 풀리면 좋겠는데. 뭐, 되는 데까지는 해 볼까."

"후아아…."

거기까지 말한 뒤 남자는 테이블에 고개를 처박고 쿨쿨 잠들기 시작했다.

모든 것을 다 들은 마스터는 생각했다. 이 남자는 뭔가 엄청나게 못된 것과 계약을 한 게 아닐까? 눈에 보이지 않는 악마 같은 것과 대화를 나눈 게 아닐까? 그 악마는 훔쳐들은 마스터에게 다가와서 이렇게 속삭이지 않을까? '…들었구나.'라고.

"아니, 설마."

마스터는 으스스한 기분을 떨쳐내면서 남자에게 다가가서 그 어깨를 흔들었다.

"손님, 슬슬 가게 닫을 시간이야. 여기서 자면 안 되지."

몇 번 흔들자 남자는 움찔 몸을 흔들더니 천천히 몸을 일으켰다.

"…어? 어어."

방금 전까지의 신이 난 모습은 어디로 갔는지, 남자는 부스스 일어나더니 주머니에서 동화 몇 개를 꺼내어 테이블에 놓고 주정뱅이답게 비틀거리는 걸음으로 출입구로 향했다.

마스터는 그걸 보고 '뭔가에 씐 것 같군'이라고 생각하면서 동화를 집어 주머니에 넣고 주방으로 돌아가려다가… 문득 뒤에서 들리는 남자의 목소리에 발을 멈추었다.

그 목소리는 작으면서도 확실히 마스터의 귀에 닿았다.

"참나, 어쩔 수 없네. 녀석은 내 은인이고, 나는 녀석의 은인이니까…. 어느 쪽에 붙을 거냐고 하면 이렇게 되지."

악마의 목소리는 아니었다. 하지만 주정뱅이의 목소리라고는 생각할 수 없을 만큼 차가운 목소리였다.

마스터는 등골이 오싹해져서 돌아보았다.

하지만 이미 출입구에는 누구의 모습도 없었고, 누군가가 있던 흔적으로 문에 달려 있는 방울이 딸랑 소리를 낼 뿐이었다.

17권 끝

무직전생 ~ 이세계에 갔으면 최선을 다한다 ~ **17**

2019년 4월 10일 초판 발행
2022년 2월 10일 4쇄 발행

저자   리후진 나 마고노테
일러스트   시로타카
옮긴이   한신남

발행인   정동훈
편집인   여영아
편집 팀장   황정아
편집   노혜림

발행처   (주)학산문화사
등록   1995년 7월 1일
등록번호   제3-632호
주소   서울특별시 동작구 상도로 282 학산빌딩
편집부   02-828-8838
영업부   02-828-8986

ISBN 979-11-348-1455-7 04830
ISBN 979-11-256-0603-1 (세트)

값 9,000원